賭博師は祈らない《トバクシハイノラナイ》

周藤　蓮

illustration ニリツ

序　賭博師が守らなければいけない三つのこと

『これから賭博師として生きていこうと思うのなら、三つのことを守らなくちゃいけないよ』

ラザルス・カインドはかつて養父からそのように習った。

実の両親を知らない孤児であり、彼を拾った養父が賭博師であった以上、ラザルスが賭博師として成長したのは当然の成り行きだ。

養父がラザルスに対してこの決まり事を教えてくれたのは、ラザルスが初めて賭博で勝った日の夜だったと記憶している。尤《もっと》もラザルスの養父は複雑な世の中を単純化した法則によって語るのが好きだったので、これに限らず多くの「決まり事」を教えられたが。

賭博師として守らなければいけない三つのこと。

その一つ目は極めて当たり前のことだった。

『一つには、負けない』

これは明快だ。

農家が作物を育てるように、商人が物を売るように、貴族がその領地を治めるように、賭博師とは賭け事をする仕事である。

仕事で利益を上げなければ口を糊《のり》していくことが出来ないのは当然の理だ。だから賭博師は負けてはいけない。賭博師の決まり事の一つ目がこれであるということは、賭博をしたことがないような人でも簡単に分かるだろう。

逆に二つ目は、賭博師ではない人にはすぐにそうとは分からないようなものだ。

『二つには、勝たない』

初めて勝った日にこのようなことを聞かされたのだから、まだ幼かったラザルスは養父に幾らかの反駁《はんばく》をした覚えがある。そのラザルスに対して養父はこのように語った。

賭博というのは余り真っ当なものではない。『余り』という表現は賭博師であった養父が使ったものであり、もっといってしまえばかなり真っ当なものではなく、即《すなわ》ちそれで生業を立てる賭博師とていってしまえば碌《ろく》でなしである。

そして賭博師と同様かそれ以上に、賭場の経営者もまた裏社会の住人だ。

賭場というのは公共事業でも慈善事業でもなく、歴《れっき》とした一つの営利組織である。賭場の経営者はやってくる客から金を巻き上げることを考えている。

賭場で勝つということは、その裏社会の経営者の利益を掠《かす》め取るということでもある。

勿論《もちろん》そこが賭場である以上、ある程度の勝者は必要になるし、望外の幸運によって一晩で大金持ちになる人間も出てくるだろう。そういった客側の勝利の一切を排除してしまうような賭場には、そもそも客が来なくなってしまう。

だが賭博のみによって生活をしている賭博師が、継続的に大きく利益を上げ続けるようなことをすれば、経営者に目を付けられるのは当然の流れだ。

『勝たない』

という養父の言葉をより正確に表現するならば、『賭場の運営に目を付けられるような大きな勝ち方を続けるのは、その後の報復を考えた場合には避けなければいけない』となる。些《いささ》かばかり省略が過ぎているような気がするが、そうした端的な言葉を使いたがるのが養父の癖だった。

賭博師は負けてはいけないが、勝ってもいけない。

勝ち続けたその先に待つのは賭場の経営者とその部下達による、裏社会らしい短絡的で暴力的な解決策だ。フリート川の汚泥《おでい》の中で腐った死体になり、屑拾《くずひろ》いどもに身ぐるみを剝《は》がされるのは誰だって嫌だろう。

ただのストリートチルドレンであり救貧院から逃げ回るばかりの生活をしていた自分を、賭博師というヤクザな道とはいえ掬《すく》い上げてくれた養父に、ラザルスは深く感謝をしている。なので彼の教えてくれた多くのことはなるべく忠実に守っていて、特にこの賭博師の三つの決まり事は、ラザルスが最も気に入っているものだった。

最終的に養父は裏社会の大物の機嫌を損ねてあっさりと殺されてしまったという事実まで含

めて、非常に説得力のある決まり事だ。

『そして三つ目には――――』

負けない。勝たない。それに加えてもう一つ。

その教えを守ってきたからこそ、ラザルスは養父が生きていた間も、死んだ後も、二十代の半ばを超えるまで賭博師として生きて来られたのだと思っている。

しかし、そういった意味においてその夜のラザルスは全く賭博師失格だった。

「………しまったな。勝ち過ぎた」

一晩を賭場ブラック・チョコレート・ハウスで明かしたラザルスは、そう呟《つぶや》いて首を振った。

ことの経緯は簡単だ。いつものようにカード賭博に興じてそれなりに勝ったラザルスは、自分が今日は些《いささ》か勝ち過ぎていることに気付いた。別にそれほど問題になるような勝ち分ではなかったが、さりとて金が入り用な時期でもなく、ラザルスは適当な賭けをしてその多過ぎる勝ち分を必要最低限まで減らそうと目論《もくろ》んだのだ。

賭場に目を付けられない程度の少額をこつこつと勝ち続けるのがラザルスの生き方であり、それに従ってラザルスはその日の多過ぎた勝ち分を全て纏《まと》めてルーレットの一点賭けへと突っ込んだ。

この手の賭場には経営者側が利益を確保するためのイカサマが仕組まれていることが多く、まさかこんな適当な一点賭けが当たるはずもないとラザルスはそう思っていて、しかしながら、

（まさか、当たるとは）

何度目を擦《こす》ってみても、ラザルスの賭けた赤の十四のスポットに球は転がり込んでいた。見れば歳若《としわか》いルーレットのディーラーが、スポットとは逆に顔を真っ青にしている。多分『赤の十四番には絶対に入れるな』と指示を与えられて、何らかのイカサマをしたのだろう。だがそれが失敗したのか事故が起きたのか、結果は見ての通りだ。

（今日は客が多くて、ビビっちまったのかね……）

ディーラーの内心を推し量りながら、ラザルスはどうしたものかと鼻から息を吐き出す。

ブラック・チョコレート・ハウスには賭博のための卓が六つ据え付けられている。そして賭博以外に、食事や取引のためのテーブルもまた幾つか、壁に沿って並べられていた。

それぞれの卓では十人ほどの博徒《ばくと》が入れ替わり立ち替わり賭け事に励んでいるが、しかし賭場に来る人はそれだけではない。

賭場を社交場代わりに使っている噂《うわさ》好《ず》き。引《ひ》き際《ぎわ》を見失った賭博師を手ぐすね引いて待つ高利貸し。賭場の従業員であるウェイトレスに、大儲《おおもう》けした賭博師を狙う掏《す》りに追《お》い剝《は》ぎ。チップをもらおうと小僧達が客の合間をちょろちょろと駆け抜け、物見高い紳士階級や淑女の姿もちらほらと見受けられる。

夜明けを前に最後の一騒ぎとばかりの賭場は足の踏み場に困るほどの混雑だ。パイプの紫煙、蠟燭《ろうそく》の煙、人いきれ、香水、コーヒーやチョコレートに料理の匂いまで入り混じった空気はむわりと重く、吸い込むと肺が湿っぽくなった気がした。

思わず、重々知っている事実を単なる確認として質問してしまう。

「あー、一点賭けの配当は幾つだったか」

「さ、三十六倍です……」

ディーラーがか細い声で答えると同時に、周囲の観客が一斉に沸いた。

一般客からすれば一点賭けをして、しかも見事に的中させた姿は良い見物なのだろう。ラザルスに向かって口々に声がかけられ、ディーラーが震える手で大量の配当を渡してくる。

積み上がる金貨。ラザルスはその内の一枚を持ち上げて、手の中でくるくると回してみた。

困ったな、と思う。帝都には星の数ほどの賭場があるが、しかし馴染みといえるブラック・チョコレート・ハウスに目を付けられるのは余り宜しくない。

ならばこの大量の利益を今から負けてみようかとも思うが、そろそろ夜が明けて賭場が閉まる頃合いだ。多少は減らすことが出来るだろうが全ては無理だろうし、下手に減らすのを焦って一点賭けをするとどうなるかは、たった今思い知ったところである。

一つ、大きく溜め息を零す。

ラザルスは金貨をテーブルに置いて、それからポケットに手を突っ込んだ。

「おい」

とラザルスがいうと、ディーラーは哀れになるほどびくりと肩を揺らす。こんな派手な失敗をしてしまって、この後ここの経営者にどんな責任の取らされ方をするのか、悲惨な想像が頭の中で渦巻いているのだろう。

そのディーラーに、ラザルスはポケットから取り出した金貨を見せた。今は余り使われていない、ソブリン金貨という古い時代の硬貨だ。

「俺は静寂主義《クワイエティズム》じゃないが、困った時にやることは、いつだってあらかじめ決められていると思っている」

困惑するディーラーの視線が金貨を捉《とら》える。大振りなそれの表面に刻印されているのは今は亡《な》きエリザベス女王の姿。

「表が出たら、そうだな。この上がりでなんか高い物でも買って帰ろう。勿論《もちろん》、この店で」

ラザルスがそういった意味を一瞬ディーラーは捉《とら》えかねて、次に彼は顔を輝かせた。賭場で働くにはとても適しているとは思えない、表情が出易《でやす》い気質らしい。

要は、今の問題は賭場に大量の不利益を強いてしまうということなのだから、ラザルスが受ける利益を還元してやれば良いのだ。この手の賭場は裏社会の住人と通じているし、そこでは表立ってはいえない商品がやり取りされている。

特に欲しい商品はないが、適当に高いものを買ってやればここの経営者も満足してくれることだろう。ディーラーへの説教も随分軽いものになるに違いない。逆にラザルスは今日の利益を丸ごと捨てることになる。

「裏が出たら普通にこのまま帰る。この大量の金で何か手堅い商売でも始めて、賭博師はやめるかな。貸本屋でもやってみるか」

今度はディーラーの顔が露骨に沈んだ。こちらではラザルスは利益を確保できるが、賭場には睨《にら》まれることになるし、このディーラーもさぞかし酷《ひど》い目に遭うことだろう。

金貨を指に挟んで、ラザルスはゆらゆらと揺らす。

自分と、目の前のディーラーと、あるいはこの賭場の今後も決まってしまう可能性のある行動だが、大して気負いもなかった。

なるようになるさ、というには少しばかり後ろ向きな感情をラザルスはいつも抱えている。ここで金貨を投げたところで、そのコインがどちら側を上にしたところで、ラザルスは変わらないだろう。

ラザルスは抱えている感情をより正確に呟《つぶや》いた。

「どうでもいい」

親指で金貨を弾《はじ》く。

賭場の揺れる光の中で金貨は金色の蜂のように残光を引きながら伸び上がって、しかし結局どこに辿《たど》り着くこともなく重力に捕えられた。

落ちて来た小さな金貨をラザルスは片手で受け止める。慣れた仕草は彼が度々こうして決断の際に金貨を投げてきたことを示していた。

果たして、

「――さて、何か買って帰るか」

開いた手の中では、エリザベス女王が微笑《ほほえ》んでいた。金貨の眩《まばゆ》さもかくやというくらいにディーラーが笑みを浮かべる。

頭の中で手元の膨大な利益と、それを還元するためにブラック・チョコレート・ハウスで何を買えばいいかを計算する。

この賭場で加工している訳ではない宝石は、案外利益の還元率が低いのでまず除外した。市販のものよりも強烈な麻薬や違法な物品は高価だが、しかし守るべきラザルスの平穏な暮らしに禍根を残しそうだ。

となれば、取れる選択肢はそれほど多くなかった。

「人、か」

高価で、違法ではなく、面倒の少ない買い物。

奴隷をおいて他になかった。

後に、この時代は賭博の世紀と呼ばれるだろう。

ハムレットはかつてこのように悩みを吐露した。

「生きるべきか死ぬべきか《To be or not to be》、それが問題だ」

戯曲ハムレットを不朽の名作たらしめる、知らぬものはいない名句だ。だがハムレットが今の世にいればきっとこう叫んだだろう。

「賭けるべきか降りるべきか《To bet. or not to bet》、それが問題だ」

前世紀に教会の主流派であった清教徒《ピューリタン》が力を減じていくに連れて、彼らの作り上げた規律もまたその力を失っていった。謹厳と清貧、禁欲をモットーとする清教徒の時代は終わりを告げ、今の世紀は全く新しい様相を露《あら》わにした。

雪解けを待っていた草木のように一斉に芽吹いた賭博の文化は、瞬《また》く間《ま》に帝都と、そしてイギリス全土を覆っていった。

今では軒を連ねて賭場が建ち並び、賭博の対象とならないものがない。政治も宗教も戦争も個人の人生でさえ、賭け金として壺《ポット》へと放り込まれていく。

一種、躁病《そうびょう》のような空気がこの時代にはあった。清教徒達による抑圧が、皮肉なことにかつてにも増した賭博の隆盛を齎《もたら》した。

王族も、貴族も、富裕層も、労働者も、誰も彼もがこぞって賽子《さいころ》の出目に一喜一憂していた。昨日は乞食《こじき》をしていた男が一晩にして富豪の仲間入りをし、そして貴族がたった一枚のトランプで破滅を迎える。一握りの勝者に憧れ、その数百倍とも数千倍ともつかない敗者が生まれた。

後に、この時代は賭博の世紀と呼ばれるだろう。

賭博師ラザルス・カインドもそんな時代に生きていた。

一　南の海に雪は降らない

帝都の朝はいつでも騒がしい。

六十万とも百万ともいわれる帝都の住人達が一斉に目覚め火を熾《おこ》す音は、それぞれは家の中に聞こえる程度の小さなものだというのに、全てが集まると潮騒《しおさい》の如《ごと》く帝都全体を覆う。

気の早い御者は早くも馬車を乗り回し、早朝の不機嫌さを抱えた馬達が甲高い嘶《いなな》きを上げる。その馬車に轢《ひ》かれそうになった配達人達の罵声《ばせい》や、馬車を呼び止めようとする早起きな仕事人達の大声がそこに絡《から》まり合う。

朝の十時までに家の前の街路を清掃しておくこと、という法令が守られることは稀だった。馬車や人々は好き勝手に道の汚泥《おでい》を蹴り上げ、服を汚された洒落者の悲鳴が聞こえる。

起きて窓を開け屋上にでも登れば、刷毛《はけ》で塗った薄墨のように空を覆う雲と、港を目指して並ぶ白い羽のような帆船が見えてくるだろう。人々の生活音は潮騒《しおさい》のようだったが、耳を澄ませばすぐ近くの港湾から本当の潮騒《しおさい》が聞こえてくるかも知れない。

高らかに鳴り響いたのは教会の鐘。帝都だけで数百もある教会の鐘楼が、敬虔《けいけん》なる信徒達に起きて仕事へ打ち込む時間だと口々に告げる。

田舎者が目を回すようなめまぐるしい帝都の朝だが、しかし帝都で生まれ育ったラザルスにとっては単なる日常の一風景だ。

「朝まで勤労に励んだんだから、寝かせてくれよ……」

カーテンを閉め忘れた窓から差し込む光に眉を顰《ひそ》めながら、ラザルスは呻《うめ》いた。清教徒《ピューリタン》が聞けば激怒するような内容だったが、賭博師であるラザルスからすれば賭博は立派な仕事だ。

ブラック・チョコレート・ハウスで賭け事を行い、トラブルもあったせいで随分疲労が溜《た》まっている。夜が明ける直前に家へとふらふら辿《たど》り着いて、ソファに身を投げ出したのがつい数分前のことに思えた。

養父はある日突然に殺されてしまったのでそんなつもりなどなかっただろうが、多くのものをラザルスに遺《のこ》してくれた。

イーストエンドに建てられたタウンハウスもまたその内の一つだ。

敷地《しきち》は広くないが三階建ての家の造りはしっかりとしていて、一人暮らしのラザルスにとっては十分な空間がある。むしろメイドの類《たぐい》も雇っていないために、家事の方が追いつかないような状態だ。

日の光を嫌う亡者《もうじゃ》のようにラザルスはもそもそとソファの上で身体を丸める。真面目に考えればベッドに移動するかカーテンを閉めれば良いのだが、そうすることさえ億劫《おっくう》に感じる程度には彼は面倒くさがりだった。

来客があるか、腹が減るまではこうして寝転がっていようとラザルスは決める。

窓から入ってきた光は室内を漂っている埃《ほこり》に拡散されて、傾いた一本の柱のようになっている。その様子をみてラザルスは天使の梯子《はしご》という言葉を思い出し、苦笑した。

「天使だってこんな家に来るのはお断りだろうなぁ……」

欠伸《あくび》を一つ漏らして、目を閉じる。

泥濘《ぬかるみ》のような眠りに囚《とら》われてうつらうつらとしていたラザルスだったが、しかし彼のその平穏な朝は長くは続かなかった。

「――――ん。誰だ？」

早々に家の扉が乱暴にノックされたからだ。キツツキのように忙《せわ》しなく鋭い叩《たた》き方は、ラザルスの少ない友人の誰かではないようである。

居留守を決め込もうかとも思ったが、ノックの仕方は明らかに確信的で、来客はラザルスが室内にいることを知っているらしい。

仕方なしに立ち上がって、パイプをどこへやったかと服のあちこちを叩《たた》きながら玄関へと向かう。結局どこにも見つからなかったので、寝起きの粘つく生唾を飲み込んでからラザルスは玄関を開けた。

「おはようございます、ラザルス様。商品のお届けに上がりました」

扉の外にいたのは、早朝の爽やかな空気にはおよそ相応《ふさわ》しくない男だ。

体躯《たいく》は針金のように細く、初秋だというのに厚手のコートによってその身体を包んでいる。帽子の鍔《つば》の下から覗《のぞ》く目は笑みの形に歪《ゆが》んでいるが、その内側の瞳はそういった陽気さとは無縁のどろどろとした暗い色を湛《たた》えている。職業が何かまでは分からないが裏社会の住人であることだけは間違いないな、とラザルスは思った。

そしてその黒い不吉な男の隣には一人の子供の姿。フードを深く被《かぶ》っているのでよく見えないが、女だろう。

「教会の喜捨の頼みか？　聖歌隊にしちゃ人数が少ないようだが」

「いいえ、違いますとも。ブラック・チョコレート・ハウスから来たものです」

ラザルスの詰まらない冗談に、男は愛想笑《あいそわら》いだけを浮かべて滑らかに答えた。ラザルスは鼻を鳴らす。

（商品のお届け。ブラック・チョコレート・ハウス。――ああ、そういえば）

昨日、何かを買ったのだったか、とラザルスは思い出す。そして賭場に睨《にら》まれないためにその利益で高いものを買おうとしたことも連鎖的に脳裏に現れる。

『そういえば』というのは冗談でも何でもなく、本当にラザルスはその事実を殆《ほとん》ど忘れていた。昨日の買い物はいってしまえばブラック・チョコレート・ハウスに利益を還元することが目的だったのであり、商品を買うことが目的だった訳ではない。

ラザルスからすれば買った商品には一片の興味もないので、一度寝た後では『買った』という事実すらも忘れかかっていたほどだ。どうやら相手の方は忘れていなかったようで、そんな約束をしたかどうかは覚えていないが、こうして翌日に商品の配達にやってきたらしい。

黒い男は機嫌が良さそうに指を擦《こす》り合わせ、

「ブルース・クォーターも喜んでおりましたよ。これはさる富豪に頼まれて用意した商品だったのですが、その富豪との商談が破談になってしまい、大口の取引がそうそう舞い込む訳もなく困っていたところでして。おっと、勿論《もちろん》、新品ですのでご安心ください」

「あぁ、そう」

流石《さすが》に『どうでもいい』と口に出しはしなかったが、あからさまにそういった感情を滲《にじ》ませた声に、少しばかり男が困惑を表に出した。

本来ならば、こういった商品の取引ではもうちょっとあれこれの感情が見える物なのかもしれない。

因《ちな》みにブルース・クォーターとは昨日行っていた賭場ブラック・チョコレート・ハウスの経営者であり、裏社会のそれなりに有力な人間の一人だ。ブラック・チョコレート・ハウス自体が大きな賭場ではないので、あくまでもそれなりだが。

犯罪も含め手広く商売を広げるタイプの男で、狡猾《こうかつ》そうな固太りした顔立ちをしている。

黒衣の男はまだあれこれと話をしたそうで、更にいえば家に上がって歓待を受けたいような顔つきだったが、ラザルスはそれを気付かなかったことにした。欠伸《あくび》を一つ漏らして、

「とりあえず、商品はこれだけか？　あっそ、じゃあ、良《い》いや。ありがとな」

とだけいって男の目の前でぴしゃりと扉を閉じた。男の訪問によって妨げられた眠りがまだ頭に蟠《わだかま》っているからでもあるが、しかし彼は眠くない時でも大体こういった態度である。

扉越しに気配を窺《うかが》えば、しばらく待った後で男が立ち去るのが分かった。

「さて、と」

そして扉の内側に残されたのはラザルスと、一人の少女。

「………どうすっかな」

ラザルスが昨晩に買った商品とは、即《すなわ》ち奴隷である。

この国に、一説には二万人を超える奴隷がいるとされている。

彼らの殆《ほとん》どはアフリカ大陸から単純な労働力として持ち込まれた黒色人種なのだが、中にはもっと様々な場所から、様々な用途のために持ち込まれた奴隷達もいた。逆に少数ながらも奴隷として輸出するために帝都で誘拐事件が起きることもある。

ラザルスが買ったのは、遠方から輸入されてきた奴隷のうちの一人だ。宝石と違法な物品を除いてしまったら、ブラック・チョコレート・ハウスで買える高価な商品がそれくらいしか残らなかったのである。

「初めて買ったな」

と単なる事実確認のようにラザルスは呟《つぶや》いた。

わざわざ奴隷を買う必要性が生じたのはこれが初めてのことであり、ラザルスの人生で奴隷というものに接した機会自体が殆《ほとん》どない。

室内に入ったのにフードも取らないままぼんやりと立ち尽くすその少女の奴隷はまるで人形のようであり、一般的な奴隷はこういうものなのだろうかとラザルスは内心で首を傾《かし》げた。

ともかく、玄関でいつまでも並んで立っているのも間抜けな話だ。

ラザルスはさっさと居間に戻ろうと廊下を歩いて、それから振り返って眉を顰《ひそ》めた。

「おい」

背後の奴隷はついてくるものだと思ったのだが、彼女はそのまま玄関先に立ち続けていたからである。

ラザルスが不機嫌そうに声を投げかけると微《かす》かにフードが動いて、軽い足音とともに寄ってくる。別に足が不自由だとかそういう理由ではないらしい。

溜《た》め息《いき》を零《こぼ》し、居間へと入ってソファにどっかりと腰を下ろす。長く使っているせいですっかり凹《へこ》んでしまっているソファは、大して重くもないラザルスの体重ですら悲鳴を上げた。

「…………で」

部屋の入り口の辺りでまた立っている奴隷を見て、ラザルスは面倒そうに頬杖《ほおづえ》をついた。

座ったことで視線が下がり、フードの下が見えるようになる。人種が違うために正確な年齢を測ることが出来ないが、多分十は超えていて十五には届かないくらいだろうか。

異国情緒を感じさせる浅黒い肌。他人に見せることを意識して綺麗《きれい》に伸ばされた髪の毛は、結い上げずにフードの内側に垂らしている。女性で髪の毛をそのまま下ろしているのは娼婦《しょうふ》か子供くらいだが、目の前の異国の少女はまだ幼いせいか娼婦《しょうふ》のような印象には繋《つな》がらなかった。

顔立ちは整っているが、表情が何も浮かんでいないためか死んだ美しさだ。大きな瞳にラザルスの顔が映り込んでいるのが小さく見えた。

「どうすっかな」

別にラザルスは欲しくて奴隷を買った訳ではないので、奴隷にさせるべき何かがある訳でもない。

「おい」

「…………」

ラザルスが呼びかけてみると、その少女の表情は変化しなかったが、その瞳に微《かす》かに怯《おび》えが浮かんだ。職業柄、相手の隠された感情を読み取ることに慣れているラザルスでなければ分からない程度の、ほんの僅かな量だったが。

しかし、返事はない。

「おーい」

「…………」

「んん。まさか言葉通じてないのか？」

それにしたって返事くらいはあっても良いだろうにとラザルスが困惑していると、少女が一度口を開いて閉じた。

ひゅる、と喉を風が通る音とともにぱくりと開閉し、それから少女が指を口に当てる。ジェスチャーは小さなものだったが、何を伝えたいのかは分かった。

「……喋《しゃべ》れないのか」

今度は一度だけ頷《うなず》いた。返事をしないのではなく、出来ないらしい。意味は伝わっているようなので、英語は理解できるようだが。

「何でわざわざ喋《しゃべ》れない奴隷なんて送ってきたんだ？　カモられたかな」

昨晩はもう面倒になって適当に商談を終えてしまったので、ラザルスは奴隷を自分で選んでいない。高い金を渡して何故《なぜ》、喋《しゃべ》れない奴隷を送られてきたのかがラザルスはよく分からなかった。足下を見られて不良品の処分に利用されたのだろうか、と溜《た》め息《いき》を零《こぼ》す。

買う時に確認しなかったラザルスが悪いのだろうし、それ以前にわざわざ確認するほどの興味を持てなかったのだが。

当然ながら少女は喋《しゃべ》れないので、ラザルスの独りごちた言葉に返事をすることはなかった。

ただ、ラザルスの一挙一動に密《ひそ》かに注意が向けられ、彼が何かをするたびに酷《ひど》く怯《おび》えていることだけが分かる。

ラザルスは首を緩やかに振って、

「なぁ、別にそんなに怯《おび》えなくても、取って食いやしねぇよ」

といってはみたが、その言葉ですら少女を酷《ひど》く怯《おび》えさせるらしいと気付いた。

何をいっても何をしても、どうにも少女を怖がらせてしまう。少女の目にはライオンか熊のようにラザルスが見えているのだろう。同じ檻《おり》の中にいるライオンが友好的に話しかけてきたところで、それが牙や爪を備えた獣であるからには、怖いものは怖いに違いない。

更に何かを言おうかとも思ったが、結局面倒になったし、それ以上に眠かった。まだ疲労が抜け切っていないようで、全身が怠《だる》い。

「どうでもいい」

と切り替えるために呟《つぶや》いてから、ラザルスは近くの戸棚へと手を伸ばす。ラザルスも、彼の養父も、整理整頓という言葉とは無縁の人間だった。賭場で稼いだ金や、得た物をそこら辺にほっぽり出して忘れ去ることも珍しくなく、月日が埃《ほこり》を堆積させるように、戸棚には賭場で得た多くの脈絡のない物品が詰まっている。

中から取り出したのは一つの懐中時計だ。物は古く少しばかり手入れをサボっているが、まだそれなりに値打ちがするだろう。

それをひょいと少女に向かって軽く放った。少女が鈍い反応ながらも時計を落とすことなく受け止めた。

「気が向いたら、十一時頃に起こしてくれ。――時計の読み方は分かるな？」

自身も時計のムーブメントの一部であるというような無機質な動きで少女が頷《うなず》くのを見てから、ラザルスはまたごろりとソファに横になった。

知らない人間が同じ室内にいる状況では寝られないかとも思ったが、どうやらラザルスは自分で思う以上に図太い神経を持っているようだ。

眠りはすぐに彼を搦《から》め捕《と》った。

次に起きた時、ラザルスは一瞬奴隷の少女が自分を殺そうとしているのかと思った。

起き抜けの耳に酷《ひど》く暴力的な音が叩《たた》き付けられたからだ。突き刺さるようなその音がラザルスに、人間が人間を殴っている情景を想像させ、そしてそれは彼の頭の中で奴隷の少女が自分を殴っている姿に変化した。

だが実際には音はただ玄関先から届いてくるだけで、彼の身体には誰も触れてはいなかった。

夢と混じり合った幻想を彼は首を揺らして振り払い、のっそりとソファで身を起こす。

「…………」

少女は変わらずに、ラザルスが寝た時と同じ位置に立っていた。『変わらずに』というのは立ち位置が変わっていないのみではなく、姿勢が何一つとして変化していないということだ。

まさか指一本動かさないまま待機していたのだろうか、とラザルスが訝《いぶか》しむ。瞳の中で微《かす》かに感情が揺れているのでノックの音には気付いているのだろうが、顔をそちらに向けることすらもしない少女は精巧な蠟《ろう》人形のようだった。

「あぁ、いや、ノックの音か」

自分を起こした音がノックであると、ラザルスは思考に遅れて気付く。まるで玄関の扉をそのまま吹き飛ばそうとするような叩《たた》き方は、朝のものとは違い、聞き慣れた叩《たた》き方だ。

時間を知ろうとラザルスは少女が受け取ったまま動かずに持っている懐中時計へと手を伸ばした。その手に少女がびくりと反応する。

「…………っ」

少女の喉から嗄《か》れた息が漏れて、肩が跳ねる。死んだように眠っていたラザルスが突然に動いたのだから、意表を衝《つ》かれたのかも知れない。

溜《た》め息《いき》を堪《こら》えて、懐中時計をなるべくそっと持つ。午前十時二十三分。起こしてくれといった時間よりは前だ。

放っておくと扉を破壊するまで叩《たた》き続けそうな調子のノックに応じようと立ち上がってから、ラザルスは口《くち》の端《は》を意地悪く曲げた。

「なぁ、おい」

少女が怯《おび》えながら、こくりと頷《うなず》く。

「ちょっと玄関開けてきてくれ。どうせ、こんな熊みたいな男が一人いるはずだから」

こんな、といってラザルスがおどけたように自分よりも倍ほども大きい人間をジェスチャーで示す。それが伝わったかどうかは分からないが、少女は頷《うなず》いてから踵《きびす》を返した。

ラザルスはソファに深く座り直して、近くにあった金属容器を拾い上げた。鶴頸《つるくび》の瓶の中身は幾らか残っていて、甘く酸《す》っぱいリキュールを軽く呷《あお》る。

数秒後、扉が開く音が聞こえた。

「よお！　〝ペニー〟カインド！　ブルースの賭場でしくじったって聞いた――」

直後に沈黙。訪ねてきた知り合いと少女が見つめ合う時間をラザルスは想像して、

「ラザルスぅうううう！　お前！　一体どうしたその姿は！　なんだ、罰として変な薬でも飲まされたか！　うわあ！　ちっこくなりやがって！　人種まで変わってやがる！　性別も！　年齢すら！　なんてことだ！　ラザルス！　ラぁぁザルぅううス！」

家中に響いた大声に腹を抱えて笑った。

訪問者はよほど驚いたのかどたんばたんと足音が居間にまで届く。この家に住んでいるのはラザルスだけであるし、メイドも雇わないラザルスの偏屈さは皆が知るところなので、出てくるのがラザルスだと想像したところに小さな少女が出てきたから驚かされたのだろう。

少女が戻ってくるまで頻《しき》りに驚いている声がずっと聞こえていた。居間の扉が開いて、少女

とその後ろに続く大男が姿を現す。

「よう、ジョン」

「ああ、良かった！　お前がラザルスだよな！　お前がこんな可愛《かわい》らしい姿になっちまったら、もうどうしようかと！」

入ってきたその男の名を、ジョン・ブロートンという。ラザルスの少ない友人のうちの一人だ。

ラザルスが座っていることとは関係なく、見上げなければいけないほどの身長をした男である。隣の少女の倍近く身長があり、鍛え上げた筋肉によって肥大したジョンの上腕二頭筋は少女の腰よりも太い。

昔は船乗りであった彼の肌は、一年中どんよりとした雲が溜《た》まり続けるようなこの帝都だというのに、触れれば熱そうなほどの赤褐色をしている。潮風で傷んだ髪の毛は薄い金色で、度重なる怪我《けが》によって歪《ゆが》んだ顔は厳《いか》めしいが瞳は存外子供のように純粋だ。

尤《もっと》も、今はその瞳の片方は膨れ上がった青痣《あおあざ》によって押し隠されてしまっていたが。昨日の仕事で強《した》たかに打撃を受けたのだろう。

彼は、拳闘士《ボクサー》である。

この時代の拳闘とは即《すなわ》ち、スポーツに発展する以前のルール無用の路上試合だ。そしてこの時代の全てのものがそうであるように賭けの対象であり、それが縁でラザルスと知り合った。

数日前にも会ったばかりだというのに、ジョンは数年ぶりの再会だといわんばかりに両腕を広げて笑みを浮かべる。

「しかし、心配したぞ！　〝ペニー〟カインドが珍しく大勝ちしてトラブル起こしたって！　つーか、あの可愛《かわい》らしい子はどうした、一体誰だ！　そうかフランセスと別れたと思ったらお前はそっちの方が趣味だったのか！　朝飯持ってきたから食っていって良いか！　昨日の試合に勝ってな！」

「せめて話は絞ってくれよ。後、フランセスには振られたんだよ」

「そうだったか？　あっはっは！　それはすまんかったな！　だがフランセスはお前に振られたといっていたぞ！」

「お前のそのデリカシーのDもないところ、一周回って凄《すご》いと思うわ」

肺の底から溜《た》め息《いき》を零《こぼ》してから、一片の反応も見せないまま立ち尽くしている少女へと視線をやる。興味もなさそうだが、一応紹介をしておく程度の気遣いはラザルスにもあった。

「この無駄に部屋の空間を圧迫する奴《やつ》が、ジョン・ブロートン。それなりに売れてる拳闘士で、自宅を道場に改築したら住むところがなくなったとかいう底抜けの馬鹿だ」

路上試合で名を挙げたジョンはこのままでは拳闘の文化が衰退してしまうと一念発起して、史上初めてとなる拳闘の道場を立ち上げた。

それはいいのだが、自宅をそのまま道場に改築した上に居住空間を考えていなかったなどというボケをやらかし、現在は住む場所にも苦労している有様《ありさま》である。

普段は道場で起居しているのだが家具もないため、食事は基本的に外で食べ、たまにこうしてラザルスの家で食べることもある。拳闘の興行であちこちを巡っているためにラザルスが直接目にする機会は少ないが、試合も道場も好調ではあるようだ。

「脳味噌《のうみそ》まで筋肉に回したお陰でそこそこ強いから、拳闘の試合に賭ける時にこいつがいたらおすすめだぞ」

「はっはっは！　プロの賭博師にそういって貰《もら》えるとはありがたいな！」

ラザルスの皮肉交じりの言葉に気付いていないのか、気付いていて無視しているのか。どちらにしろそれをさらりと受け流せるからこそ、ラザルスと友人関係が続いているのは間違いなかった。

話しかけられたからとりあえず首を動かしたというような相槌《あいづち》を打った少女をジョンは見やって、

「それでこのお嬢さんはどちら様だ？　そうか、お前の遠い親戚《しんせき》だな！」

「なんでそう思ったんだよ。………昨日俺がドジ踏んで大儲《おおもう》けしちまったことは聞いてるんだよな？」

「うむ！　らしいな！」

「相変わらず帝都は噂《うわさ》の巡りが早いな。まぁ、そんでブルースのデブに利益を返還する必要があった。そのまま返すんじゃ面子《メンツ》が立たねぇから何か買おうと思って、買ったのがそれだ」

「…………」

少女が無言で一礼をした。

「ほう！　なるほど！　お前の臆病も筋金入りだな！」

というのがジョンの真っ先に出た感想だった。賭博師の三つの決まり、という形ではないが何度か一緒に賭場に行ったことのあるジョンは、ラザルスの『勝ちすぎない』という生き方を知っている。

「そんなに萎縮《いしゅく》せずとも勝って良いだろうに！　むしろ本気を出して勝つことこそが礼儀だ！」

「お前ら殴り合いの世界と一緒にすんなよ」

「そしてこちらのお嬢さんは奴隷であったか！　辛《つら》い生い立ちであるな！」

ジョンは鍋摑《なべつか》みのように分厚い掌《てのひら》で、無造作に少女の頭を撫《な》でる。抵抗するための力すら入れていないのか、少女の細い首が取れそうにぐらぐらと揺れた。

「それで、この子はなんという名前なのだ？」

「………名前？」

「そうとも！　奴隷といえど名前はあるだろう！　挨拶をしたいのだが名前が分からぬのでは些《いささ》か失礼だ！」

ラザルスは視線を随分と下げて、フードに隠された少女の旋毛《つむじ》の辺りを見た。視線は感じているだろうに、相変わらず少女はぴくりとも反応を見せない。

「そういえば、名前は何だったか。あの変な黒い奴《やつ》も教えてくれなかったな」

教える間もなく面倒くさがって扉を閉めたという事実を棚に上げながら、ラザルスは嘯《うそぶ》く。

「おい、お前、名前は……って喋《しゃべ》れないんだったな」

ラザルスの言葉に少女は最低限、目が合うくらいだけ顎《あご》を持ち上げると、次に自分の服の襟の辺りを引っ張った。

少女が着ている服といえば飾り気のないワンピースとその上から被《かぶ》っているフードばかりだったが、その襟には小さな文字が縫い付けられていた。

恐らくは言語の違う文字を、音だけで英語に置き換えたものなのだろう。字面《じづら》には違和感があるが、しかし音を拾い上げることは出来た。

「リーラ?」

名前を呼ばれた少女——リーラは一瞬だけ痛みを覚えたように眉を歪《ゆが》めてから、頷《うなず》く。

「リーラね。リーラっていうんだとさ」

「なんと!　この子は喋《しゃべ》れないのか!」

「よく分からん。それなりの金を払って買ったはずなんだが、来たのはこれだった。見た目で値段が吊《つ》り上がるのは分かるが、喋《しゃべ》れないってのに高いのかね。しかも、妙に怯《おび》えられてる」

今こうしている間も、少女の瞳の中のどろどろとした怯《おび》えは拭《ぬぐ》われていない。奴隷として売られて来たのだから当然とも思えるが、それにしても相当根深い怯《おび》え方のようにラザルスには思えた。

「そうか？　表情がないから分からんぞ！」

「お前はもう少し人の顔色を見た方がいい」

ラザルスは肩を竦《すく》める。殴り合いが仕事の拳闘士に、その技術が役に立つかは別として。単なる愚痴と自分への説明を併せたような言葉だったが、しかしジョンは一つ唸《うな》ると身を屈《かが》めた。痣《あざ》によって潰《つぶ》れている目を無理矢理開くようにしてリーラを覗《のぞ》き込み、次に無造作に指で口を開けさせた。

喉の奥まで眺めてから、

「ふむ！」

「そうしてると、悪霊《ボダツハ》が子供を攫《さら》いに来たようだな。警察に捕まっても知らんぞ」

「あれだな！　むしろ喋《しゃべ》れないから高い類《たぐい》の奴隷だな、この子は！　どうやら喉は後から焼かれたらしい！」

結論づけるようなジョンの言い方にラザルスは眉を顰《ひそ》めた。

「どういうことだ？」

「可愛《かわい》らしい子供を、反抗しようという気持ちが湧かないほどに痛めつけて躾《しつ》ける！　ついでに喉を薬で焼くし、文字は教えない！　そうすれば何をしようがどんな扱いをしようが、決して逆らわないし、万一逃げても何の問題にもならない奴隷が出来るという訳だ！」

「………随分詳しいな」

「結局のところ俺の売り物は暴力だからな！　幾らかの繋《つな》がりが出来てしまうのは仕方がないのだ！」

そういえば、とラザルスは思い出す。

リーラを連れてきた時、あの黒い格好をした男は部下も連れずに一人だった。売り物の奴隷に逃げられかねず不用心なことだとは思ったが、そもそもとして『逃げない』ようにリーラが躾《しつ》けられているという自信があったからのことだったのだろう。

それにラザルスが寝ている間にも彼女には逃げるチャンスがあったというのに、彼女は一歩も動かないままでそこにいた。

「そういう風に、躾《しつ》けられている、ね」

「怖がられて当然だろう、ラザルス！　そんな子供を買うなど、どんな変態性癖の持ち主だったのだ！」

「別に欲しくて買ったんじゃねぇよ」

妙に動きに乏しいのも、自発的について来なかったりするのも、『そう命じられていないから』というだけのようだ。だけ、と語って良いことではないが。

彼女の瞳の中にある怯《おび》えの理由もよく分かった。

(単に普通の性欲満たすだけなら、そこらに幾らでもいる娼婦《しょうふ》で事足りる話だからなぁ。ここまで徹底的に他人と対話が出来ないようにしているんだから、いわれたら不味《まず》いようなことをするための奴隷ってことだ)

お伽噺《とぎばなし》なら青髯《あおひげ》で、最近ならばマルキ・ド・サド。リーラから見たラザルスはそういった、暴力と性愛を混同した変態に見えているのだろう。

彼女は躾《しつ》けられる過程で、自分が売られた先でどういう目に遭うのかをたっぷりと説明されてきたし、ずっと想像してきたはずだ。その上で反抗も逃亡も出来ないよう、徹底的に心を折られてきた。

彼女の奴隷としての過去と、彼女が想像している未来が、自分自身を苛《さいな》んでいるのが見えるようだった。

(そりゃ、こんな顔つきにもなるか)

虚《うろ》のように空っぽなリーラの表情は、明日の朝を迎えることすらないかも知れないという境遇に対する、彼女の適応であり覚悟だ。

ではラザルスが今何をいえば良いかと考え、

「……………どうでもいい」

埃《ほこり》の臭いの移ったリキュールの余りを一息に胃の底まで流し込んだ。ともかくこうして奴隷の少女と見つめ合っていても何にもならないことだけは確かだった。

「つーか、そういえば俺の自己紹介もしてないな。ラザルス・カインドだ。賭博師をやってる」

「〝ペニー〟カインド、もう少し人付き合いが上手《うま》くなっても良いんだぞ！」

「うるせぇなぁ。――――あぁ、〝ペニー〟カインドは単なるあだ名だ」

分かり辛《づら》いながらも疑問が浮かんだリーラの視線にラザルスは答える。

「いっつも小銭《ペニー》だけ稼いで帰るからな。それがそのままあだ名になった。まぁ、馬鹿にされてんだな、臆病者だっつって」

「何故《なぜ》だ！　良《い》いあだ名ではないか、〝ペニー〟カインドとは！」

「お前は話ややこしくなるから黙ってろ」

無論、1ペニーだけ稼いだところで生活は出来ないのでもう少し稼いではいるが、常に少額の安定した勝ちを狙い、大勝ちとリスクを避け続けるラザルスの態度は余り賭博師らしいものではない。

「そんで昨日はうっかり勝っちまってだな…………」

淡々とした口調でラザルスは昨晩に自分が陥った状況について、そしてそれの解決方法について語った。

「要するに、別に俺は奴隷が欲しくて買った訳でもないし、別に性欲を持て余してもいない。

極端な話、お前なんてどうでもいい。そこまでは分かるな？」

理解したかどうかは怪しいものだが、少女は首を縦に動かす。歳若《としわか》く帝都育ちでもない少女にどこまで事情が伝わったかは分からないけれど、丁寧に説明するのは億劫《おっくう》だった。

「安心して良いぞ！　こいつは基本的に引き籠もりで性格が悪く無愛想だが、甲斐性《かいしょう》のなさで娼婦《しょうふ》にすら嫌われるほどの面倒くさがりだ！」

「喧嘩《けんか》売ってんなら買うぞ、おい」

今の言葉のどこに安心できる要素があるというのだ。

「まぁそれでも、別にお前みたいなちっこいのにどうこうするほど俺は倒錯しちゃいない。逆にいえばクェーカーの連中みたいに奴隷の権利についてどうこう主張するほど優しくもないが」

ラザルスは肩を竦《すく》める。

彼の奴隷に対するスタンスは、一般的な帝都の住人と変わらない。つまりそれほど興味がなくて、わざわざそんなことで悩むよりは目先の考え事が優先されるので、考えたこともないという程度だ。

「そこで質問なんだが、お前はこっちの方に親戚《しんせき》はいるか？　血縁じゃなくて、頼る当てでもいいが。それか何か職を得る伝手《つて》でも良《い》い」

その三つの質問に等しくリーラは首を横に振った。

予想していた事態ではあるが、残念ながらラザルスが街に彼女を放り出した場合、彼女は飢え死にするかもっと悪い状況になるかのどちらかしかないらしい。

ラザルスは腕組みをしてソファの背に寄りかかり、天井を見上げてしばし悩んだ後で、顔に降って来た埃《ほこり》のせいでくしゃみをした。

「…………そうだな。一応選択肢を用意してやろう」

「…………？」

「一つはこのまま俺の家で過ごす道。丁度、家事が溜《た》まって誰か雇おうかと考えていた頃合いだ。メイド扱いで、給料も出そう。ただ俺は所詮《しょせん》は碌《ろく》でなしだから、あんまり色んな保証がない。もう一つは俺の伝手《つて》でどっか適当な場所に雇ってもらえるように頼む道だ。一応まともな場所は選ぶようにするが、その後に関しては知らん。つーか頼れる伝手《つて》にまともなもんはねぇな。三つ目にこの両方を無視してこの家から出て行くというのもありだし、俺は止めないが、自殺と同じ意味だから止《や》めた方がいいぞ」

三本立ててから一本を折り、残ったラザルスの二本の指を、リーラは昆虫のように無感動な視線で追った。

「意外だな！『どうでもいい』といってばかりのお前だから、『どうでもいい』と外に投げ捨てて終わりだと思ったが！」

「ジョン。お前は、俺を血も涙もない賭け事の権化《ごんげ》だと思ってないか？」

ジョンは賢明にも返事をしなかったが、しかし彼の表情はラザルスの言葉が間違いではないとはっきり語っていた。

ラザルスは舌打ちして、

「別に、どうでもいい。これが生きようが死のうが、俺には関係のない話だ。が、『どうでもいい』ってのは『死ね』って意味じゃない。幸福だろうが不幸だろうが俺にはなんら関わりがないが、俺にだって泣いている子供を見りゃ痛める良心くらいはある」

賭けに負けた賭博師の末路は悲惨なものと決まっているが、今日までラザルスはそれほど負けずにやってこられた。そして勝ち続けている間の利益が大きいからこそ、賭博師を標榜《ひょうぼう》する人間は後を絶たないのである。

「別に幸福だろうが不幸だろうがどうでもいい。どうでもいいから、目について手が余ってりゃ、助けることとくらいある。どうでもいいから不幸になってくれなんていう奴《やつ》は、どうでもいいって思ってない嘘《うそ》吐きだ」

少なくとも自分のミスによって奴隷を買うことになったのだから、そのくらいの責任感はあるのだった。

ジョンは心底意外そうに瞬《まばた》きをしていたし、リーラは元から喋《しゃべ》ることが出来ない。少しの間居間には沈黙だけが残って、ラザルスはもう一度舌打ちをした。

ポケットから金貨を取り出す。

「決められないなら、こっちで決めちまうぞ。表が出たら俺が雇う。裏だったらどっかに行け」

「…………」

リーラが頷《うなず》いたので、ラザルスは指で金貨を弾《はじ》いた。

ラザルスはどうでもよく、リーラは無表情で、その金貨の行方を一番はらはらとしながら追ったのは一番この場に関係のないジョンだっただろう。

はらはらとしている、ということはジョンはこの家でリーラが雇われた方が良《い》いと考えているということだ。そのことが妙におかしくラザルスには感じられる。賭博師というのは青少年の教育に良《い》い職業でもないし、それ以前に明日には一文無しになっていてもおかしくない不安定なものなのだが。

ともかく、澄んだ音を立てた金貨は落ちてきてラザルスの手の中へとすっぽり収まり、

「表か。良し、雇うとするか。お前の最初の仕事は自分の住むスペースを確保するために掃除だろうがな。あぁ、いやその前に飯を食うとしようか」

「合点《がってん》！　今日は羊肉のパイを買ってきたぞ！　三人になったら取り分が減るが、何、そこは歓談によって腹を膨らませようではないか！」

「…………」

リーラは丸い金色の中に収まったエリザベス女王をぼんやりと眺めていた。

その瞳の中に浮かぶ感情は変化していたが、しかし好意的な感情は相変わらず見えなかった。恐怖を浮かべるだけだった目に、猜疑心《さいぎしん》と困惑が入り交じって色が濃くなっただけのことだ。一般的な奴隷の持ち主の人格をラザルスは知らないが、しかし彼女が想像していたよりはよほどマシな対応をしたという自信がある。

ただその事実を単純に喜ぶには、彼女は絶望し過ぎたということなのだろう。雇われたという結果だけに反応したのか一礼をしたリーラの表情は最後まで欠片《かけら》も動くことがなく、ラザルスは思ったよりも面倒臭い奴《やつ》かも知れないと溜《た》め息《いき》を零《こぼ》した。

賭場に行った翌日は大抵そうするように、その日の日中をラザルスは寝て過ごした。目を醒《さ》ましたのは太陽が傾いて、帝都を血のように赤く染め上げていた頃合いだ。欠伸《あくび》をすると寝ている間に渇き切ってしまった喉が、外気に触れてばきりと罅割《ひびわ》れるような感覚があった。

ソファから身体を起こしたラザルスは、自分の近くにのっそりと立っている影に気付いてぎょっとする。

「…………」

「うわ、びっくりした。何だよ、立ってたのかよ」

ジョンは今日もまた拳闘の試合のためにすぐに帰って行ったので、そこにいるのはリーラである。

　まさか起きるまでずっとそこに立っていたのだろうか、と思ったが『まさか』と思ったことが間違いだろう。立っていたに違いない、というような雰囲気がその立ち姿には漂っていた。

「ワイン……」

　とラザルスが呟《つぶや》いたのは、単に寝起きで口が緩んでいるせいだ。彼は一人暮らしだったのだから、当然自分で取りにいこうとして、しかしその言葉にぱっとリーラが反応する。

　ラザルスが腰を半分ほどソファから持ち上げるよりも早く、彼女はキッチンに行って金属のカップにワインを一杯注いできた。差し出されたそれをラザルスは受け取って、

「ありがとう」

「…………」

　その言葉を、まるで聞き慣れない異国の言葉のようにリーラは首を傾《かし》げて聞いていた。

　いや、実際彼女は肌の色からして異国の人間であることは紛れもない事実なのだが、そういう次元ではなく、生まれて初めて感謝された幼子のような言葉の受け取り方だった。

　リーラの表情を見て何となく気まずくなったラザルスは、視線を逸《そ》らしてどっかりとソファに座る。

「立ってんのが面倒だったら、座って良いんだぞ」

「…………」

「なるほど、座れ」

「………」

ラザルスが一つの椅子を指差すと、リーラは椅子に座った。座面が今にも尻に噛《か》み付いてくるというような、とても楽そうではない浅い座り方だったが。

一杯のワインを飲み干して、その酸味の強い後味が舌の上から消えるまでゆっくりと天井を見上げてから、ラザルスは溜《た》め息《いき》を零《こぼ》した。

「飯食いに行こうと思ったが、手持ちが覚束《おぼつか》ないな……」

昨日の賭場での儲《もう》けは、今は少女の姿をしてラザルスの前に座っている。仕事が上手《うま》くいかなかったのだから財布が薄くなるのは世の摂理だ。

（棚とか家中漁《あさ》れば当分食っていけるくらいの金は手に入るだろうが……）

ラザルスが実際にそれをすることはないだろう。

これまでも捨て置いてきた金品を、ただ生きていくためだけに拾い集めるような行為は、賭博師として酷《ひど》く矜持《きょうじ》が足りない。一度そうして楽をすることを覚えたら、賭博の腕が錆《さ》び付いてしまうような気がした。

それに拾い集めることにかかる手間と精神的な苦痛を思えば、賭場に行く方がラザルスにとってはよほど前向きで健全である。

「仕方ない、好きじゃないが、儲《もう》けながら飯を食うとしようか」

ラザルスはソファから立ち上がり、上着を羽織った。眠る前に読んでいた本をそのポケットへと無造作に押し込む。

「ついてこい」

「………?」

リーラの表情は欠片《かけら》も動いていなかったが、一緒について行くという発想が彼女の中になかったことは、その瞳の感情からよく分かった。

「そんな不思議そうな顔をするなよ。この家にまともな飯なんてねぇぞ」

ラザルスは全く料理が出来ないし、この家ではメイドなんて雇っていなかった。即《すなわ》ちこの家のキッチンとは物置の別名でしかない。

「あぁ、そうだ」

と玄関まで行ったところで、思い出してラザルスは呟《つぶや》く。

彼がポケットから取り出したのは寝る前に持たせていた懐中時計だ。それをリーラへと押し付け、持たせる。

「お前を雇うとはいったが、別にお前が出て行きたいなら止めはしない。外に出て逃げたくなったら逃げていいし、その時に金が心許《こころもと》なければそれでも売れば足しにはなるぞ」

リーラの瞳の中で多くの感情がぐるぐると渦を巻いていくのが見える。何気なく時計を受け取った彼女は、続いたラザルスの言葉を聞いて、その時計がまるで同量の金塊よりも重いというような持ち方をした。

逃げ出すという希望。ラザルスの思惑が分からない猜疑《さいぎ》。逃げたところでどうにもならないという諦念《ていねん》。多くのものが混じり合っているが、結局のところ『何故《なぜ》』という疑問を彼女は瞳で提示していた。

「別に。どうでもいいからな、お前のことなんて」

ラザルスはそうとだけ答えて、玄関の扉を押し開いた。

次の瞬間に、外の刺激が押し寄せてくる。それは猥雑《わいざつ》な喧噪《けんそう》に限らず、五感の全てでここが帝都であることを主張するような、奔流のようなそれだ。

通りを走り回る椅子駕籠《かご》の担《にな》い手《て》達の、道を塞《ふさ》ぐ群衆への罵声《ばせい》。歩き売り達の、明らかに嘘《うそ》と分かる大仰な売り文句。蹄《ひづめ》の音とともに流れ込む馬の獣臭。衆目を引こうと着飾った女達は熱帯の植物を思わせる極彩色《ごくさいしき》で、中には男でもそんな派手な色使いをしている奴《やつ》もいる。

一説には、帝都に来た田舎者が真っ先に驚くのが住人のせかせかとした足取りであるらしい。なるほど、こうしてみればどの人物も狭い帝都を、何をそんなに急いでというほどの足の動かし方で進んで行く。うかうかとしていれば跳ね飛ばされ、道の側溝に埋まってしまうだろう。

「…………！」

そして異国から来たらしく、これまでまともに外出もしたことがない様子のリーラが外を見て驚くのも当然のことだった。

彼女は玄関から外を窺《うかが》って、まず目を見開いた。それから何の祭りの日なのかというように彼女の視線が通りを端から端まで眺め回して、そして特に祭りでもなんでもなく、これが単なる帝都の日常であると理解してかまた瞠目《どうもく》した。

朝もこちらに来た際に外出はしたはずなのだが、あの時は馬車かなにかを使ったのだろう。ラザルスが平然と外に歩み出るものだから彼女もそれを追って階段を下りたが、しかし直後に椅子駕籠《かご》に轢《ひ》かれそうになって跳び上がった。

慌てて避けただけの仕草なのだが、無表情で鈍い動きばかりの彼女にしては珍しい、子供らしさを感じさせるものだったので、ラザルスはおやと思う。

そしてラザルスがそう思ったことにリーラの方も気付いたようで、すぐにまた無感動な殻が彼女を覆ってしまった。

その際に小さくリーラが身を震わせたことにラザルスは目敏《めざと》く気付く。

「お前、服それしか持ってないのか？」

リーラの着ている服は麻製で、飾り気も防寒性もあったものではない。商品として奴隷を売ったのだから、奴隷以外の価値のあるものは何一つ付属させないというブルースの商人根性が透けて見える。

曇りがちで冷え込むことの多い帝都で、その格好は無防備が過ぎる。機械的な仕草でリーラが頷《うなず》いて、ラザルスは首を振った。

「まぁ、どうでもいいか。ついてこい」

ラザルスはすぐに歩き出す。その後ろをおっかなびっくりと感じながら、それを押し隠してリーラがついてきた。

もしリーラが駆け出せば、逃げてしまうのは簡単だっただろう。

帝都は余りにも人が多く、一度人混みに紛れてしまった誰かを捜し出すのは限りなく困難だ。

そしてラザルスは彼女に伝えたように、わざわざリーラを追うほど彼女に執着がない。

だが実際には、リーラは淡々とラザルスの後を追って来た。彼女に施された教育という名の痛みが、枷《かせ》として縛り付けているのが目に見えるようだった。

ラザルスはそんなリーラを眺めて、鼻を鳴らす。

「どうでもいい」

帝都の街並はまるでパッチワークのようだ。

街が造られた頃からずっと建っているのではないかと思わせる古い木造建築から、まだ真新しい煉瓦《れんが》造りの家まで。通りを歩きながら辺りを見回しただけで両手を使っても数えきれないほどの年代、建築様式の建物が目に入ってくる。

時折新しい住宅が纏《まと》まって建っていることがあるのは、帝都で頻発する火事のせいである。

十七世紀のロンドン大火を筆頭に、帝都は大小を問わず火事の多い土地柄で、そして新しい家は防火性を高めるために煉瓦《れんが》造りにすることが法律で定められている。古い街並の一部だけが焼け、そこに新しい建物が嵌《は》め込まれるという繰り返しが帝都の歴史であり、角を一つ曲がっただけで街並がからりと変わることも珍しくなかった。

（この街でどこでも見られる特徴っていったら、そこに賭博があることくらいだろう）

賭博師としてそれを専業に生きていく人間は少ないが、しかし帝都において賭博というのは最もありふれた娯楽である。

歩きながらちらりと見ただけでも、コーヒーハウスのオープンテラスでは男達がサイコロ遊びに興じていて、別なところでは道端の樽《たる》をテーブル代わりに今回政府が提案した法案が成立するか否《いな》かの賭けが行われている。露天商の並べた本の中には賭博に関するものがちらほらあり、そこにはトランプも売り物として交ざっていた。

ラザルスが向かっている先もまた、そうした広く膾炙《かいしゃ》した賭博のうちの一つである。

「あ、ラザルスさん！」

店が見えた頃に、ラザルスに声がかけられた。

目的の酒場からひょこりと顔を出してラザルスに向かって手を振ったのは、宗教画の天使がそのまま成長したような一人の青年だった。どうやら知り合いを送り出したところだったらしいその青年は、そのままラザルスに微笑《ほほえ》みかけてくる。

「珍しいですね、こっち来たんですか？」

細い体つきに、柔らかく巻いた茶色の髪の毛。純真そうな瞳がラザルスのことを見て、喜びできらきらとした。

「久しぶりだな、キース。ちょっと飯がてら、ついでに賭けも」

キースという名のその男も、ラザルスと同じ賭博師の内の一人である。友人というほど親密ではないし、居着いている賭博の種類が違うために余り頻繁に顔をあわせる訳でもないが。

ただ『友人というほど親密ではない』と考えているのはラザルスの方だけなのか、人懐《ひとなつ》っこい犬が寄ってくるような仕草でキースは近付いてきた。

「わ、やった！　ラザルスさんが一緒にやってくれるなら、僕も勝てそうです！　最近負け続きで！」

「何で一緒に賭ける前提なんだよ」

「いいじゃないですかー。僕、全然賭け事が上手《うま》くならなくって……あれ、その子、ラザルスさんの連れですか？」

馴《な》れ馴《な》れしいとラザルスが感じる距離感に踏み込んできたキースは、そのラザルスの後ろをついてくる小さな影にも気付いた。

「初めまして。キースです。苗字《みょうじ》は割ところころ変わるんで、覚えなくていいですよ。可愛《かわい》いですね、何歳？」

キースは服の裾《よご》が汚れるのにも拘《かか》わらず膝《ひざ》を折って、リーラに視線を合わせた。女なら誰もが一目惚《ひとめぼ》れを感じそうな甘い笑みが彼の顔に浮かぶ。

だがリーラは女というには若過ぎたらしい。地獄の門もかくやという程度に閉め切られた彼女の感情はキースの笑顔では小揺るぎもせず、そもそも焦点がキースにあっていて彼を認識しているかすら怪しい。

気を悪くした風でもなくキースは立ち上がって、

「うーん。前の時も思いましたけど、ラザルスさんって、こう癖と気が強いタイプが好みなんですね」

「お前らは何で俺がガキ連れてるだけで恋人だと思うし、必ずフランセスについて触れんだよ」

「そりゃぁ、ラザルスさんが二人連れで歩いていたのも、誰かと恋していたのも、フランセスさんがいた頃だけだからですよ」

「…………糞《くそ》が」

そもそも『前の時』でフランセスを思い出した時点で負けたようなものだった。

「お前が賭け事上手《うま》くならないのは、色んなものを抱え過ぎだからだよ。色恋で判断を狂わせた賭博師は、すぐに死ぬって決まってんだ」

賭博に色恋はつきもので、それにまつわる話も幾らでも転がっている。賭博師が恋に落ちた話は、いつだって最後には賭博師の死で終わるのだった。

「えぇー。なら、僕、賭博師じゃなくて良《い》いです」

あっさりと言葉を翻《ひるがえ》して口を尖《とが》らせるキースを押し退《の》けて、ラザルスはさっさと酒場へと入る。通りもまたうるさいものだが、酒場の中には別種の喧噪《けんそう》と熱気が満ち溢《あふ》れていた。

「…………？」

ラザルスに次いで入ってきたリーラが、少しだけ不思議そうに顔を傾けた。確かに、一見してこの店は酒場らしくない席の並び方をしている。

広い店の中央には円形のぽっかりとした空間があり、そこには腰ほどの高さまでの木製の柵が並べられているのだ。丁度直径五メートルほどのリングを作るような形である。

店内のテーブルはそこを囲むように並べられているが、殆《ほとん》どの客は席に着くことすらせずに柵の周囲へと集《つど》っている。リングの周囲を二重になるほどの人混みが埋め、彼らは興奮した様子で頻《しき》りに囁《ささや》き交わしていた。

折良く目的の賭け事が始まる直前だったらしい。店内の熱気は今まさに飛び立とうとする気球のようで、逆にいえば座るテーブルには困らなかった。

上着を脱いでどっかりと座ったラザルスに、キースが目敏《めざと》く反応する。上着のポケットから、持ってきた本が半分ほど覗《のぞ》いていた。

「ラザルスさんって本とか読む人でしたっけ？　あれですよね、その本。ジョンソン先生が出したっていうシェイクスピアの評論」

サミュエル・ジョンソンという高名な学者を、キースはまるで友人のように呼んだ。

「暇潰《ひまつぶ》し程度だがな」

「はは ぁ、ラザルスさんもモテたいんですね？」

「何でそうなる？」

「文学を読んだり書いたりするのなんて、女の子にモテたい以外に理由あるはずないじゃないですか！　それっぽいことを諳《そら》んじてみせれば、女の子にきゃーきゃー言われるんですよ？」

「世の文学者が聞いたら噴飯ものだな」

「いいなぁ。僕も読みたいんですけど、今手持ちが覚束《おぼつか》ないんですよねぇ」

「そうか。ならやるよ」

ラザルスは無造作に本をキースへと押し付けた。キースが目を見開く。素直な心の動きのはずなのに、彼の動作は一々芝居がかっているように感じられる。

「えぇっ⁉　読み終わってたんですか⁉」

「終わってもないが、どうでもいい」

さして興味があって読んでいた本でもなく、ラザルスはさばさばと肩を竦《すく》めた。漫然と目を通していただけで、続きに興味は湧いて来なかった。

「貰《もら》えるんならありがたく貰《もら》いますけど、ラザルスさんってその辺の価値観ちょっとヤバいですよ」

いそいそと本を受け取りながらキースが、悪意のなさそうな口調で指摘してくる。

「本だって安くないですし、あっさり人にあげちゃ駄目ですって。悪い人にたかられちゃうとかそれ以前に、渡せちゃうっていう価値観が駄目です」

「自覚はあるよ」

生まれてこのかた、ずっと賭博だけをしてきたのだ。ほんの数分で貴族になれそうなほどの金が生まれ、次の数分でそれを失う。金に限らずあらゆるものが賭博で手に入れられ、そして手放される。そういう生活である。

賭博師という人種は大抵金銭感覚が麻痺《まひ》しているし、ものに対する執着心が乏しい。ラザルスは特にそれが顕著である。

キースがにこりと笑って、

「あるけどどうでもいい、って次に言いますよね」

ラザルスは鼻を鳴らした。

「どっちに賭けます？　僕もそれに乗ります」

キースがそう声をかけてきたのは、ラザルスが適当な注文をやってきたウェイトレスに伝えた後だ。

どっち、という言葉を補足するように、柵の中へと二羽の鶏が運び込まれる。

ただの家畜ではないことは一目見て分かるだろう。そこら辺の農家で放し飼いにされているものとは違い、羽はピンと伸びて誇らしげで、栄養状態がいいのかつやつやとしている。両足の蹴爪《けづめ》には銀色の金属が取り付けられ、それが灯《あか》りを反射してきらきらと輝いていた。

ラザルスは一瞥《いちべつ》だけして、

「赤」

「じゃあ僕もそれで」

「乗っかるのは許してやるから、胴元に賭けてこい」

懐《ふところ》から取り出した幾らかの金を、キースに渡す。キースは笑顔でそれを承って、一番大きな黒山へと向かって行った。

やがて食事が運ばれてくる。酒場らしい乱雑さに溢《あふ》れた、パンとチーズとソーセージの盛り合わせだ。それが、二人分。

ぐうと鳴った腹を押さえてから、ラザルスは首を捻《ひね》って後ろを見た。

そこには当然のような顔をして、リーラが立っている。彼女がラザルスの所有している奴隷であることを考えれば『当然のような』というか『当然』なのかも知れないが、ラザルスは面倒そうに口を開いた。

「お前は、何でそこに立ってるんだよ。立って飯を食う趣味なのか？」

「………？」

「二人分の飯が、お前には一体何に見えてるんだ？」

リーラの視線は、今まさに人混みに揉《も》まれてよく分からない方向へと流されているキースを見た。

「あれと飯を一緒に食うとか勘弁しろよ。面倒しか見えねぇ」

キースは別段悪人ではないし、嫌っている訳でもないが、彼のその性質上、一緒に食事をするには不適切だ。

「あれ見ろ、あれ」

とラザルスは流されて行ったキースを指差す。

人混みに押されたキースはうっかり近くにいた女性のスカートの裾を踏んでしまい、その相手に対して柔らかな謝罪をしているところだった。人が多いのをいいことに、彼女に微《かす》かに触れ、その距離を詰めている。

こうして見ていても全くそうは思えなかったが、しかしあのスカートを踏んだのがわざとであることをラザルスは知っている。

「あいつと前に飯食った時は、その場に四人のあいつの『運命の相手』が現れて、経過は省略するが最終的にキースの頬骨に罅《ひび》が入った」

顔の輪郭が歪《ゆが》んだキースは『僕って格好良過ぎて相手が引いちゃうことあるんで、こっちの方がいいかもしれませんね』などといっていたのをラザルスは思い出す。

「そういう訳でそこはお前の席だ」

「………」

リーラの感情は複雑過ぎて、ラザルスでも読み取るのは無理だった。

『座れ』といえば彼女は座るだろうし、『食え』といえば彼女は何も感じずに淡々と食事をするだろう。

ただラザルスはそこまで彼女の面倒を見るつもりはないし、かといっていつまでも辛気臭いのもごめんだった。

「食いたきゃ座って食え。帰っても飯はねぇぞ」

ラザルスがかけた言葉は、そういうものだった。

それだけいって、ラザルスは自分の食事をさっさと始める。ナイフでぶっつりとソーセージを切って、まともに噛《か》みもせずに飲み込んだ。この店で作っているソーセージなのだろう。酒場らしい濃く大味なソーセージは、見た目以上にずっしりとしている。

「…………」

リーラはラザルスを見て、テーブルを見て、そしてまたラザルスを見た。

朝食の席では結局『もう食べてきたから』というような意思表示をして食事に手をつけなかったので、リーラと食事をするのはこれが初めてになる。

どういった考えが浮かんでは消えたのか分からないが、ラザルスが二本目のソーセージに取りかかる頃に、そろそろとリーラは対面の席へと座った。

「…………っ」

彼女がその決断にかけた重さは、震えている彼女の喉からよく分かった。

彼女は絞首台《こうしゅだい》に並んでいる海賊だってもう少し堂々としているだろうというような手つきで、そっとフォークとナイフを摘《つま》み上げ、かちかちと食器にぶつけながらパンを口に運んだ。

何もそんなに怯《おび》えなくともいいだろうにとラザルスは思うが、そんなにも怯《おび》えなければ生きていけない場所で彼女は生きてきたのだろう。

ふと、昔知り合いだった南海出身の船乗りをラザルスは思い出した。

よほど暑い地方からやってきたらしい船乗りだったその男と、ラザルスは一つだけ賭けをしたことがある。

賭けの内容は、『今年雪が降るかどうか』だった。

帝都は秋から冬にかけて雪が降るし、テムズ川は凍り付いて歩けるようになる。誰だって知っていることだ。ただしその誰だっての範囲に、その南海の船乗りは含まれていなかった。

南海出身のその男は『雪』というものを見たことがなかった。空から氷が降ってくるだなんていうのは、その男にとってはあり得ないことだったのだ。

雪を実際に知らない人間は、雪というものを現実に対して当てはめることが出来なかった。

つまるところ、リーラは南海から帝都に連れて来られたのと同じだ。

優しさのない環境にいた彼女は、周囲に敵意しか存在していない。無関心によって振るわれているラザルスの乏しい善意ですら、彼女は敵意で解釈することしか出来ない。

『目の前の男はこうして自分を連れ回して、きっとこの後酷《ひど》い目に遭わせるに違いない』。リーラはそう考えているのだろう。

リーラの認識する世界に、優しさは存在していない。

(そういえば――)

思考が過去に逸《そ》れていく。

(親に捨てられて、糞《くそ》みたいな路地裏で生きていて、俺が最初に善意を教えられたのは一体いつのことだったか――)

当たり前のように善意と敵意を識別して考えることが出来る自分を、ふいにラザルスは自覚した。変わらない日々の繰り返しの中で、それは成長したという自分に気付いた瞬間でもある。

逸《そ》れた思考はすぐに現実に立ち戻ることになった。

一際《ひときわ》大きな歓声が群衆から上がったからだ。リーラとラザルスの視線が同時にそちらを向いた。

帝都で一番行われている賭け事が何であるか、というのを正確に調べるのは不可能だ。

だがその候補の一つがこれから行われる、闘鶏であることだけは間違いない。

動物同士を戦わせる、動物苛《いじ》めと呼ばれる賭博は限りなく古く、そして有名なものだ。かのマクベスの中にすら『俺は杭《くい》に繋《つな》がれてしまった。もう逃げられない。熊のように、犬共と戦わねばならぬ』と敢然と宣言する幕がある。杭《くい》に繋《つな》がれた熊と、それに襲いかかる犬とは即《すなわ》ち、熊苛《いじ》めの賭博のことだ。

そしてその分派である闘鶏もまた同様である。ヘンリー八世は自ら闘鶏場を一つ作らせ、ジェームズ一世は闘鶏官《コック・マスター》と呼ばれる官位を制定してまでこの賭博に入れ込んだ。

二羽の鶏を一つのステージで戦わせ優劣を決める競技は見た目に派手で分かり易《やす》く、熊や雄牛のように高価ではないので開催が手軽で、ついでに血が見られる。暇を持て余した帝都の住人達が、どこの酒場でもこぞってこれを行うようになったのは当然の成り行きだろう。

「おーおー、頑張るなぁ」

とラザルスが呟《つぶや》いたのは、白熱する二羽の鶏の争いと、そしてその近くで行われているのが見えるキースのナンパに対してだ。

キースは賭博師を名乗っているが、その本質は情夫に近く、賭博そのものではなくそこで出会った女性達に食わせてもらうことを本業としている。こうして賭け事によって興奮する群衆の中では貞操も緩むのか、ナンパの成功率が上がるらしい。

ああだこうだと口八丁で女性を丸め込んでいる手口は、傍《はた》から見ていると随分と面白い。

「これで赤の鶏が勝ってくれりゃ随分楽になるんだが――」

賭けた分だけのリターンがあれば、少しの間は生きていくことができるだろう。ラザルスはぼやいて、それから視線を前に戻して動転した。

「………」

何も喋《しゃべ》らないのにはもう慣れたが、そのリーラの頬が一目で分かるほどに青ざめていたからだ。

「どうしたよ。飯が不味《まず》かったか？」

と聞いてみるが、そういう様子ではない。

リーラの視線は闘鶏の方を向いていて、そこにははっきりと恐怖が浮かんでいる。

「なんだかわからないが、怖いなら見なくていいぞ」

「…………」

いってはみたが、それではリーラが視線を逸《そ》らさないことも理解していた。

何をそんなに怖がっているのかとラザルスはしばらくの間訝《いぶか》しんで、それから視線の先のものを見直してようやく理解した。

ラザルスは賭博師であるから——あるいは帝都に住んで長いからすっかり感覚も麻痺《まひ》していたが、しかし改めて見れば闘鶏というのは非常に野蛮な遊びといえるだろう。

意図的に試合を早く進め、派手な怪我《けが》をさせるために鶏の蹴爪《けづめ》には金属が取り付けられている。興奮した鶏達がお互いにそれを突き刺し合うものだから、見る間に辺りは血塗《ちまみ》れになって、千切れた羽毛がばさばさと散っていた。

動物同士がそうやって殺し合っているということが、単純に怖い。

たったそれだけの理由だと理解して、ラザルスは溜《た》め息《いき》も出なかった。怖ければ目を逸《そ》らせばいいのに、それが出来ないせいで話が面倒になっている。

というかそれ以前に、

(俺は善意と悪意の違いは学んだが、他人に向ける善意は雑なままらしいな)

とラザルスは自分に向けて呆《あき》れていた。闘鶏を怖がる人がいるというのを想定もしていなかった。別に禁止されている訳ではないが、そういえば賭場にくる子供は余りいない。そういった、年頃の乙女らしい純真さをラザルスは上手《うま》く想像できなかった。

『目を逸《そ》らせ』というのは簡単だったし、そうすればリーラは目を逸《そ》らすだろうが、しかしそれでは意味がないように思える。

ラザルスは少し悩んで、両腕をリーラに向かって伸ばした。

「…………っ」

伸ばされた手を見て、リーラは自分が殴られるのだと思ったのだろう。彼女の肩がびくりと跳ねて、しかしラザルスの手は彼女の頭の両側に触れただけだった。

「ちょっとじっとしてろ」

リーラの耳を両側から塞《ふさ》ぐ。真正面から腕が伸ばされているので、これで闘鶏が目に入ることもないだろう。

「どうせすぐに終わるから、そしたら飯食って出るぞ」

そういってから、自分の手で耳を塞《ふさ》いでいるのだからその言葉が届くことはないと気付いて

苦笑した。

「何やってんだかなぁ」

怪しげな行動をしているせいか、闘鶏の最中だというのにちらちらと視線が集まっているのが分かる。だがこの帝都で怪しい人間というのは珍しくもないので、強いて話しかけてくる奴《やつ》はいないから良しとした。

触れられているリーラが石のように固く身を強《こわ》ばらせているのが分かる。

「……………ほんと、何やってんだかなぁ」

赤コーナーの鶏が、青コーナーの鶏にとどめを刺していた。

二　人は生きて死んで寂しくなる

昔の夢を、ふと見た。

その頃のラザルスは痩《や》せっぽちのどこにでもいるような孤児で、そもそもラザルスという名前ですらなかった。

親は彼に何かの名前を付けてくれたかも知れないが、それを覚えるよりも前に路地裏に彼自身を捨て去った。それ以来地面に這《は》い蹲《つくば》るようにして生きて来た中で、彼に名前が必要になる機会はなかった。もしかすると、意図的に自分の名前を忘れたのかもしれない。

その頃は世界の全てが敵だと思っていた。

同じ孤児の集団は路地裏で手に入るゴミを奪い合う敵であり、手に入れたゴミを売りに行く先の大人はただでさえ価値のないそれを買い叩《たた》く敵であり、それ以外の人間は無関心という名の真綿で彼の首をゆっくりと絞めてくる敵だった。

政府が孤児を救済する名目で建てた救貧院というものの存在は知ってはいたが、その救貧院が豚の餌《えさ》を奪い合って食べるようなおよそこの世の地獄であることもよく知っていた。帝都の路地裏に孤児が多かったのは、救貧院から逃げる孤児がそれだけ多かったということだ。

どうにか食い繋《つな》ぐだけの生活に将来のことを思い悩むような余裕など何一つなく、将来のことを想像できるほどの想像力もなかった。いつかこの生活は終わるだろうと冷たい路地裏を寝床としながら彼は時折思ったが、それは成り上がるだとか助けて貰《もら》えるだとかそういう未来ではなく、単に朝起きることなく冷たい亡骸《なきがら》に変わる瞬間を思っているだけのことだった。

綱渡りのような生活を続けていればいつか限界が来るのは道理であり、だからその日彼が路地裏で倒れていたのも、彼にとってはそう不思議なことではなかった。

たまたま路地裏で銀貨を拾ってしまい、それを拾うところを別の孤児に見られてしまった。その数秒後には彼の後頭部に角材が振り下ろされていて、後頭部から血を流して動かなくなった身体の代わりに銀貨はあっさりと手から失われた。

手足に力が入らないし、痛みは感じないが頭はふわふわとした感覚に包まれているし、多分この怪我《けが》のせいで死ぬのだろうな、と素直に想像した。

仮に怪我《けが》そのもので死ななかったとしても、今日の稼ぎを奪われてしまったのだから遠からず餓死するだろう。

時折寝る前にしていた想像が自分の今の姿に重なって、不思議と安心していた。よく想像していたから、そう怖くはなかった。腰の辺りからずぶずぶと地面に沈んでいくような気分に彼は身を預けようとして、

「――おい」

と声をかけられたのはその時だった。

鉛でも嵌《は》め込んだように重たい目玉を持ち上げれば、自分の前に男が立っているのが分かる。

「――」

もう金目のものはないから放っておいて欲しい、というようなことをいおうとしたが、口から言葉は漏れて来なかった。それほどの力も残っていないのだろう。彼はゆっくりと目を閉じた。

「おい、どっちだ」

だからもう一度男の声が聞こえてきた時には随分とうんざりしていた。

静かな終わり方すらさせてくれないその男にも、まだ命にしがみつこうとする自分自身にも。

「どっちだ」

しゃがみながら、男が手を突き出していることに気付く。単純な遊びだ。両の手が重なっているのだから、コインを投げて受け止めたところなのだろう。その表か裏かを当てるだけの、二分の一の賭け事。

知るか、と返そうとして男と目が合った。

他人と目が合って敵意が湧き立たないのは、彼にとっては初めての経験だった。それはもしかしたら彼が死に瀕《ひん》しているからかも知れなかったが、その時の男の目は、彼には敵のそれのようには思えなかったのだ。

「表」

だから即答した。

「そうか」

男が頷《うなず》く。

開いた手の甲のその金色のコインの、どちらが表でどちらが裏なのかなど彼は知らなかったが、男の表情からそれが表であることは分かった。

「そうか、孤児のガキ、なあ――」

これが最初の一歩だ。ただの孤児が賭博師になった、最初の一歩。初めてした賭けにして、初めてした契約。

ラザルスがラザルスとして歩む道を決定づけた、その瞬間だった。


（案外、慣れるものだ）

リーラを買ってから一週間ほど。ラザルスはふとそう思った。

つまりラザルスは、自分の家に自分以外の誰かが生活しているという状況にも、その誰かが独り言に素早く反応して様々なもの――パイプだとか酒だとか服だとか靴だとか――を持ってくることにも、誰かの作った食事を食べることにも割合あっさりと慣れた。

ラザルスの長い一人暮らしは確固たる信念ではなく、単なる無関心によって成り立っていただけであり、そこに別な人間が紛れ込んでもさほど変わらないことをよく実感できた。

もう一人の方が慣れるのは、まだ少し先のことになりそうだった。

リーラは相変わらず放っておけば苔《こけ》が生えてくるまで立ち尽くしていそうだし、何かをしてもいいと提示したところでそれをやろうとはしないし、その代わりに命令をすればそれこそ何でもやりそうな具合だ。

別にそれがラザルスにとって不利益であるかといわれればそうではないし、どうでもいいといえばいい。だが彼女に自発性が芽生えることが不利益である訳でもない。

そんなことを考えながらソファに寝そべって本を読んでいたラザルスは、ふと視線を感じて顔を上げた。咥《くわ》えていたパイプが揺れて、口の端から煙が立ち上った。

「どうした？」

リーラが無言でこちらを見つめていた。

ここ数日、リーラは居間を中心に戸棚などの整理をしている。殆《ほとん》どのものは捨てていいと伝えてあるが、中には彼女が知らなかったり、彼女では判断のつかないものもあり、そうした時にはこうして寄ってくるのだった。

「………」

「うわ、何だそれ、薬か？　買った覚えねぇけど」

リーラが持ってきたのは何かの瓶である。不透明なずんぐりとした瓶の中では、たっぷりと残った液体が僅《わず》かに粘性を見せながら揺れている。

随分と前に買ったものらしい。変色したラベルを読んだラザルスは、嫌そうに眉を寄せた。

「あぁ、それか。欲しいならやるよ」

「………？」

「ローダナムだ、それ」

ラザルスの言葉にリーラが微《かす》かに首を傾《かし》げる。その商品名は彼女の語彙《ごい》の中になかったらしい。

（しかし、来たばっかの頃よりは表情が読み易《やす》くなった、か？　単に俺が慣れただけかも知れないけど）

褐色の肌を読むのは難しいが、最初の日に感じたほどの戸惑いはもうラザルスにはなかった。リーラの瞳からはいつの間にか切迫した恐怖が消えていて、その代わりに酷《ひど》くぽっかりとした空白をその瞳に宿していることが多くなった。

「ローダナムってのは要するに、アヘンチンキ。麻薬のことだ」

「………っ」

リーラが驚いたように肩を跳ねさせた。が、その反応にむしろラザルスの方も驚く。

「何だよ。って、あぁ、アヘンが違法な国もあるんだったか？　こっちじゃ合法だから、持ってても問題ない。………本当だからそんな疑《うたぐ》り深そうな目で見るなよ。アヘンチンキなんか本屋でも買えるぞ」

アヘンが有害なものとして考えられ始めるのは、十九世紀の半ばからのことだ。

この頃の帝都では文字通り、どこでもアヘンチンキを手に入れることが出来た。薬局は元より、飲食店や酒屋、全く関係のなさそうな書店などですら販売されていた。

勿論《もちろん》、アヘンの中毒性や幻覚を危険視する向きもなかったではないが、しかしそれは煙草《たばこ》や酒などと同じ程度であり、適量を嗜《たしな》む分には安全であるという見方が一般的であった。アヘンは幸福感を齎《もたら》すために酒などよりもむしろ高尚《こうしょう》とされる風潮すらある。

かなり前に一度買った気もする、とラザルスは朧《おぼろ》げな記憶を辿《たど》る。

「いつ買ったんだったか……。まぁ、そのくらいの濃度じゃ飲んでも死にはしない。欲しけりゃやるよ。俺、それ嫌いだし。飲むとやたら最高に幸せな気分になっちまう」

「………?」

リーラが曖昧《あいまい》な疑問を表明する。『最高に』といいながらどう聞いてもラザルスの口調は『最低に』といっているようだった。

『幸せになるのならばそれでいいのではないか』という疑問だと勝手にラザルスは解釈した。仮に間違っていても、リーラがそれを指摘することはないので、適当に返答を口にする。

「意味もなく幸せになったって、空《むな》しいだけだろ?」

「…………」

同意ともつかない動きで頷《うなず》いて、リーラは瓶を持って戸棚の方へと戻った。爆弾でも摑《つか》んでいるようにそろそろとした動きで、不要物を纏《まと》めて置いている辺りにローダナムの瓶も重ねる。どうやら彼女も使う気はないらしい。

その後も、リーラは何度もラザルスの方へと不要かどうか判断の出来ないものを持ってきた。正直ラザルスは何が捨てられてもさして気にしないだろうが、それをリーラに分かれというのも無理な話だ。そして彼女から言葉で質問が来ないために、彼女に何の知識が足りず判断が出来ていないのか分からないので、結局その都度ラザルスは個別に判断をせざるを得ない。

度々中断される読書に、ラザルスは幾らか辟易《へきえき》としていった。

「その声が出ない怪我《けが》、意外と不便だな。…………別に責めてる訳じゃないから、そんな縮こまるなよ」

無論、本来想定されている用途に沿ってリーラを『使用』するだけなら声が出ようが出まいが関係ないのだろうが。

最後にリーラが持ってきたのは何故《なぜ》か転がっていた女物の指輪で、彼女は埃《ほこり》を払ってから小さな箱へとアクセサリー類を纏《まと》めて収める。

それで指示した仕事が終わったのか、定位置のようにソファの近くへと立った。

指示を与えられていない時だと、必ずリーラはそうしている。ラザルスはパイプをソファの

肘置《ひじお》きへとぶつけ、残った灰を落としてから視線を上げて、

「読み書きも出来ないんだったか？」

「………」

「そうか。まぁ、だが、意思表示の手段はあって困ることはないだろう。こう、木の板でも用意するか。黒炭添えて、さ」

こんな、とラザルスはソファに転がったまま手を動かして、首からかける手頃なサイズの板を表現する。表面を削って平らにし、黒炭で線を引けるようにすれば、頷《うなず》くと首を傾《かし》げるくらいしかないリーラの意思表示も少しはマシになるかも知れない。

（それ以前に、こいつが意思表示をする気になるかどうかだが）

リーラはラザルスの動きを目で追っているが、それは宙を舞っている蠅《はえ》をただ追っているだけのような無感情さで、欲しいのか欲しくないのかすらもよく分からなかった。

木の板を与えれば案外あれこれと絵やらで意図を伝えようとしてくる気もするし、何も書き込まないまま板が朽ち果てそうな気もする。それが断定できるほどリーラのことを知らない。

「そういや、ロニーがそういうの作るの上手《うま》いんだっけか」

ラザルスは乏しい交友関係の中に、小物を作るのを趣味としている賭博師がいたことを思い出す。

元は家具職人の息子として生まれ、色々とあって真っ当な道を踏み外したその男は、イカサ

マをメインにして稼いでいるタイプの賭博師でありラザルスの友人だ。

(幾らか貸しのある相手だし、見かけたらケツでも蹴っ飛ばして作らせるか)

馬みたいに長い顔をしたロニーの顔が、蹴り飛ばされて情けなく歪《ゆが》むところを想像してラザルスはにやりと笑った。

「今あいつはどの辺の賭場にいるのかね」

呟《つぶや》きつつ、そろそろ朝から読み通しで目も疲れてきたラザルスはそっと目蓋《まぶた》を下ろそうとして、ノックの音に気付いた。

ぴくりと反応して玄関に向かおうとしたリーラを、ラザルスは手で制する。

「…………一応、俺が出るか」

ノックの音の主は、恐らくは知り合いだ。だがその厄介な立場を考えれば、軽々にリーラを迎えに出すことも気が引ける相手ではあった。

ラザルスは起き上がって髪の毛を掻《か》き回《まわ》し、欠伸《あくび》をする。絨毯《じゅうたん》を踏むとそこから綿雲のような埃《ほこり》がぱっと舞い上がった。

ラザルスは家事に関して無精で、この家は酷《ひど》く埃《ほこり》っぽい。ならばリーラに絨毯《じゅうたん》などの掃除を指示しようかとも思ったのだが、この絨毯《じゅうたん》の汚《よご》れ方では、掃除は一朝一夕には終わらないだろう。

放っておくとリーラは眠らずに延々と終わるまで掃除を続ける気がするし、かといって彼女の疲れ具合に常に気を遣いながらでは他人に掃除を頼む意味がない。

折衷的に放置されたままの絨毯《じゅうたん》の埃《ほこり》をぱたぱたと舞い上げながらラザルスは玄関の扉を開く。

果たして、

「助けて下さい、カインドさん！」

とその瞬間に女性の声が飛び込んできたのだった。

普段から賭博師として適当な生き方をしているせいか、ラザルスはお仕着せというものに必要以上の嫌悪感《けんおかん》を抱いている。

渡された暗い赤を基調にした制服は、生地の質がよくそれほどかっちりとしたデザインではないのに、妙に首元が絞まるような感覚をラザルスに与えた。首の辺りを知らずのうちに何度も擦《こす》ってしまう。

「ありがとうございます！　本当にありがとうございます！」

「まぁ、こっちも金欠気味だったから助かるんだがよ」

そういってラザルスは片方の眉を持ち上げた。視線の先には、つい先程ラザルスの家に飛び込んできた女性がいる。

クーリィ・バロー。数年来の顔見知りであり、今年で三十二になる女性だ。かつては結婚していたが夫を亡《な》くして久しく、現在は未亡人であり夫が経営していたコーヒーハウスを引き継いでいる。

優しさと弱さを半々に表情に乗せたような顔立ちで、やや八の字に垂れ下がった眉毛といい、店の経営をしているよりは穏やかに子供を育てている方が向いていそうな人物である。実際、未亡人にならなければそうしていたのだろう。

「コーヒーハウスの経営者が、イカサマ見抜けずに困ってるってのはどうなんだよ」

「申し訳ないです……」

しょんぼり、と聞こえそうな感じで落ち込むクーリィ。年齢の割にも、職業の割にも、温室で育ったような素直さが彼女からは抜けていない。

「………………？」

大した説明もしないままに連れて来られたリーラの瞳には、少しだけ疑問が滲《にじ》んでいた。彼女はワンピースのままで、初めて来た場所のせいか、明るい場所に引っ張り出された夜行性の動物のようにどこか肩をすぼめていた。

リーラの視線が少しだけラザルスを向く。見たともいえないような小さな動きだが、疑問があった時にそうするようになったのが、この一週間の僅《わず》かながらの彼女の進歩といえた。

ラザルスはそれをちらりと確認して、

「コーヒーハウスが学問のるつぼとして機能していたのは、もう昔の話だ」

一世紀前のコーヒーハウスにはありとあらゆる階級の人間が揃《そろ》い、それぞれが思想や哲学や政治について意見を交わしていたらしい。その頃のコーヒーハウスは女人禁制であり、多くの書籍が用意され、一種の文化的施設としての側面があった。

今ではそんな風潮はすっかり薄れ、コーヒーハウスは階級ごとにある程度の棲《す》み分《わ》けがなされ、行われるのは議論よりも専《もっぱ》ら賭博である。

『ウィル』という名のこのコーヒーハウスとて例外ではなく、そして賭博があるところにイカサマがあるのもまた世の理《ことわり》だ。

「そんで、どうもこの店の賭博でイカサマが行われているらしい。だがそこの残念な経営者はそのイカサマが見抜けず、具合が悪い。しょうがないから外部にそのイカサマを見抜くのを頼もうとして、たまたま俺にお鉢が回ってきたって感じだな。一日だけ仕事して、犯人見つけてくれってよ」

納得したのかどうか、リーラが一度だけ頷《うなず》く。

「たまたまじゃないですよ！　こういうのはやっぱり信用できる方でないと！」

「信用できる賭博師、なんてのがいると思ってる時点で大概甘いんだよ、お前は」

本気でそう主張しているらしい表情のクーリィに、ラザルスは大仰に溜《た》め息《いき》を零《こぼ》してみせた。

店のバックヤードから、そっと店内を覗《のぞ》き見てみる。コーヒーハウスはこの帝都に幾らでもあるが、その内装はどこも大差ない。

店内に入って奥には暖炉。そこはキッチンも兼ねていて、暖炉にはコーヒー・ポットがぶら下げられていた。クーリィが裏に引っ込んでしまっているために、キッチンで働いている店員は一人きりでてんてこ舞いしている。

客席はキッチンを囲むようにL字に作られたカウンター席と、十個ほどのテーブル席だ。店内自体がさほど広くない上に、入るだけ限界までテーブルが並んでいるものだから、太った人物が歩いたらきっと腹をつかえさせてしまうだろう。

店内の壁は棚に改装されていて、そこに並べられているのは出所も効果も定《さだ》かではない怪しげな薬品や、無数に発行される雑誌や新聞の一部である。自由に店内で読めるせいで、どの雑誌も端がよれて捲《まく》れ上がっている。

入り口の傍《そば》には客寄せのための女給――バーメイドと呼ばれる美人が座っていた。やってきた客から一ペニーを受け取り、代わりに優しげな笑顔を与えるのが彼女の仕事だ。

人々は思い思いの座席について本を読んだり口論をしたりしているが、その全員が例外なく賭博にも興じていた。

「トランプ、ダイス、それにチェス。ま、大体どこにでもある感じだな」

つまりそれほど本腰を入れずとも片手間にやれて、チェスを除けばランダム性が高く、大掛かりな設備を必要としない賭博だ。どこの店に入ってもこの三つなら見つけられるだろう。

「はい。それでうちでもある程度用意していたんですが……」

「帳簿を付けていたら異様な負け方に気付いた、と」

　ラザルスは軽く首を振る。

「他の店との差別化のために売りが必要になるのは分かるが、下手なことに手を出すからそんな目に遭うんだろうが」

　ウィルの店内には二名のディーラーが立っていた。

　賭博の分類方法は色々とあるが、客同士で金を賭け合う方式と、賭場が胴元となって賭場対客の形になる形式の二種類に分けることも出来る。

　他のコーヒーハウスでは出来ない賭博が行える、というのは客寄せとしてはそれなりに有効な手腕だろう。少なくともクーリィはそう考え、二名のディーラーを雇って客の多くなる時間には賭博の相手をさせていたらしい。

　その賭博で、負けが続いているとクーリィが気付いたのが最近のこと。

　賭場対客の形式で賭博が行われる以上、賭場の側が負ければそれは店の損失となる。帳簿を付けていたクーリィは自分が負けていると知り、しかしその原因は彼女には分からなかった。

　異様に胴元の側が負けていることからして何らかのイカサマが行われていることは分かるのだが、しかしどんなイカサマが行われているのかがさっぱり分からない。餅《もち》は餅屋《もちや》、ならばイカサマのことは賭博師に任せるのが一番という風に繋《つな》がるのはそうおかしなことではなかった。

「つーか、帳簿つけなきゃ気付けない時点でダメだろ。止《や》めちまえよ、賭博も、コーヒーハウスも。そこまで切羽詰まっちゃいないだろうが」

ラザルスは吐き捨てる。イカサマというのはやったその瞬間、やったその場でそうだと指摘しなければ意味がない。

端的にいってしまえば、向いていないのだろう。やってくる客の一人一人全員を疑って、その怪しげな手口を解き明かすような能力が、クーリィにはない。

(まぁそんな能力があることが人間としてマシかどうかはさておいて、だけどな)

だったらコーヒーハウスを止《や》めて、土地を売って、田舎にでも引っ込めばいいだろう。郷里がない訳ではないのだから、実家を頼れば幾らでももっと向いている生き方が選べるはずだ。年齢を考えればまだ再婚も視野に入れられるし、クーリィの性格と容姿ならば引く手を選ぶことも出来るに違いない。

ただそこばかりは、クーリィはきっぱりと首を振った。

「いえ、夫が、作った店ですから」

「………そうかよ。ま、やるだけやってみるさ。お前がどうしようが、どうでもいいし」

ラザルスとしては、イカサマを解き明かして犯人を見つければ、報酬がもらえるというのだからそれで満足すればいいのだ。

「それに、こういうのも初めてじゃないしな」

名の売れた賭博師が賭場の側に雇われて、経営者側に回ることは珍しくない。中には賭博で大勝ちした金を使って賭場を丸ごと買い上げた奴《やつ》もいる。

ラザルスは日頃から大きな勝ちを狙わず賭場に嫌われることをしないし、昔からこの界隈《かいわい》を渡り歩いているのでそれなりに顔も知られている。中小の賭場からこういった依頼を受けるのは初めてのことではないし、正式に雇用できないかと頼まれたことも数度は経験していた。

「帳簿はどれくらい頻繁につけてる？」

「簡単なのは毎日つけてますけど、きちんと精算するのは週に一回です」

頻度が低いといおうと思ったが、そもそもきちんと教育を受けていない女性が、夫の急逝によって経営者となったのだ。算術とて間に合わせのもので、日々の雑務の量を考えれば週に一回でも頑張っている方なのかも知れない。

「犯人の目星は？」

「それが、全くついていなくて……ごめんなさい」

「そんだけ大勝ちしてる客がいるなら目ェつけとけよ。そんなんだから舐《な》められてカモにされてんじゃねぇか」

「面目ないです……」

「そこでぺこぺこ謝っちまうのも、ダメなんだと思うがな。ダイスとかは毎日点検してるか？この手の場所だと、大抵ダイスに仕込みがあるもんだが」

「それはきちんとやっています。大丈夫、なはずです」

「………はぁ」

財布が寂しいからとその場で仕事を受けたが、このクーリィの返答を聞く限り早まったような気がしてきた。

「とりあえず仕事はしてくるが、リーラ、お前はどうする。裏で待っててもいいし、表で遊ぶなら金を渡すが」

「………」

リーラは一秒ほど考えてから、ラザルスに一歩近付いてきた。

「そうか。まぁ、どうせメインになるのは犯人捜しだから、隅の方なら一緒にいてもバレないだろ」

ラザルスは口《くち》の端《は》に笑みを浮かべる。

恐らくは初めてきた場所で放置されるのも、知らない人と遊ぶのも怖かっただけなのだろうが、少なくとも『周囲よりはマシ』という程度にはリーラからの信頼を勝ち取っているらしい。

言葉が無いせいで分かり辛《づら》いが、それなりに優しくしているつもりの相手に、その気持ちが届いていると表現されるのは悪い気分ではない。

「んじゃ、やってくる」

「お願いします！」

ラザルスは扉を潜《くぐ》って店に出ると、首を巡らせて店内の様子とそこにいる人々の顔を頭に叩《たた》き込んだ。店内で仕事をしていた二名のディーラーには事前に話を通してあるため、軽く会《え》釈《しゃく》をする程度で相手も了解してくれる。

（あいつらがイカサマ師とグルだっていうんじゃないんなら、大した腕のディーラーではないだろうな。この店じゃ給料も安いだろうし、食い詰めた若者って感じか）

つまり犯人捜しの手助けにはならないだろう、とラザルスは判断した。

同時に店内の客の何人かがラザルスの方を見てくる。殆《ほとん》どの人間はただ制服を着たコーヒーハウスの従業員だと思い興味を失ったが、僅《わず》かに一、二名が驚いた顔をした。

ラザルスのことを賭博師として知っているのだろう。派手な賭け方をしないラザルスなので、そのくらいの知名度が相応である。〝ペニー〟カインドだと名乗ればもう少し知っている人間もいるだろうが、顔まで一致している人間は多くない。

丁度よく、隅の辺りの席に、最近帝都に上がって来たばかりだろう落ち着かなげな若者を二人見つけた。

彼らは手持ち無沙汰《ぶさた》そうに口にコーヒーを運びながら、周囲の賭け事を眺め、参加していいものかを逡巡《しゅんじゅん》しているらしい。

ラザルスはこれ幸いと近付いて、その途中で話を通してある従業員からトランプを二組受け取った。

「よう、ご両人。帝都には来たばっかりみたいだが、賭博の手ほどきをしてやろうか？」

手の中でぱらぱらとトランプを動かしてみせるラザルスに、その二人の若者は訝《いぶか》しげな表情をみせる。片方はのっぽで片方がちび。昔からの馴染《なじ》みなのだろうその二人は、同じ土地で育ったのかよく似通った表情の作り方をしていた。

「あー、あんたは、ここの人？」

といったそののっぽの方の言葉にも訛《なま》りが微《かす》かに残っている。北の方の出身かな、とラザルスは見当をつけた。二人の視線は『賭博には興味があるしやってみたいが、しかしカモにされて身ぐるみを剝《は》がされたら困る』というような感じだろう。

ラザルスは自分の着ているお仕着せを引っ張ってみせる。今は雇用契約があるので、名実共にこの店の人である。

「そ、そ。あぁ、そんなに怯《おび》えた顔をしなくてもいいぞ。ほら、これがうちで雇ってるメイドでな」

いいながらラザルスはリーラを、男達の隣の席へと座らせた。

「こいつも最近こっちに来たんだが、ほら、俺がこんな職業だろう？　どうせなら賭け事も少しは齧《かじ》らせてやりたいんだが、中々機会に恵まれなくてな。一緒になって教わってくれると俺も助かるし、流石《さすが》に自分のメイド相手に酷《ひど》いことするほど俺も悪人じゃない」

ちょこんと座ったリーラの容姿は、その褐色の肌を差し引いてもなお天使のように美しいものである。その少女が淡々と姿勢を正して座っているものだから、若者二人もここで引くのは格好悪いと思ったのだろう。やや悩んだ様子を見せた後、彼らは乗り気になった。

「そうか、良かった、助かるよ。そうしたら、皆賭博は初めてだろう？　最初なら由緒正《ゆいしょ》しきゲームからやろうか。遠くエジプトの王様の名前を冠して、このゲームは『ファラオン』と呼ばれている」

ラザルスは二組のトランプの片方をバラして、紋様《スーツ》がスペードである十三枚だけを取り出した。その十三枚をUを描くように表向きでテーブルに並べる。

そしてバラしていない方の、五十二枚が揃《そろ》っているトランプを鮮やかな手つきで混ぜた。

「ルールは簡単だ。賭け金を用意して、このUの字に並べられた好きな数字に賭ける。おっと、リーラ、金は渡してやるから好きに賭けるといい」

リーラは手の中にじゃらじゃらと注がれた銀貨を、まるで焼けた石炭でも渡されたかのような手つきで受け取った。それから恐る恐るとそのうちの一枚を、多分最初に目についたのだろうキングのカードの上に乗せる。

それに続いて、様子見のように若者達が銀貨をそれぞれ賭け始めるものだから、ラザルスは内心で苦笑した。

(騙《だま》しはしないが、ちょっと心配になるな、この二人)

賭けの相場は店ごとに——もっといえば店に来る客層ごとに大分異なる。銀貨を賭けるようなやり方は、ウィルにおいては比較的高い方の賭けだ。

リーラが銀貨を使って賭けたからそれに釣られたのだろうが、しかし彼らの服装からすると銀貨を賭けて負けたら相当懐《ふところ》に堪《こた》えるはずである。周囲のテーブルを観察すれば賭けの相場は知れるというのに、とラザルスはあっさり引っかかった二人組をむしろ好ましく思ってしまう。

のっぽの方が10で、ちびの方が8だった。

「一枚目はソーダといって考慮しない。そして次の二枚を捲《めく》る。それぞれが右と左に置かれて、右が負けで左が勝ちだ。――――おっと、珍しいこともあるもんだ」

ラザルスが捲《めく》った右手のカードは10で、左手のカードは8である。

負けたら賭け金が没収され、勝ったら賭け金の倍額が返ってくる。のっぽの若者が賭けた分の金はディーラー――今はラザルスの元へといき、ちびの若者は倍の銀貨を手に入れた。

「な、簡単だろう？」

キングに金が残ったままのリーラが微《かす》かに首を傾《かし》げていて、ラザルスは言葉を付け加えた。

「賭けた数字が右のカードとも左のカードとも一致しなかったら、賭け金はそのまま残しておく。その数字が右か左にめくりで出てくるまで、な」

「も、もう一回！」

と噛《か》み付《つ》くように叫んだのは、のっぽの方の若者だった。彼は自分の手元から消えた銀貨と、隣の友人の手の上で倍の枚数になった銀貨を見て、頬に汗を垂らしている。逆にちびの方は余裕がありそうな表情をしているが、しかしその瞳の奥では焚《た》き付けられた欲望がめらめらと燃え始めているのがよく分かった。

（いかんな。ここまであっさり嵌《はま》られると、加減が上手《うま》くいかなくなってしまいそうだ）

無論、二人の若者ではっきりと勝敗が分かれたのはラザルスの仕込みである。そもそもとして、ディーラーがまだカードを切っているうちに賭け金を乗せるなど、悪手以外の何ものでもない。多少手先の器用な賭博師ならば、望んだ数字のカードを天辺《てっぺん》に持ってくるくらいのことは誰にだって出来る。

（それに、ちゃんと目的通りに例のイカサマ師を捜さないと）

ラザルスは若者達に適当な言葉を返しながら、視線を周囲へと走らせた。若者二人とリーラを相手にトランプに興じているのは、賭場の中で悪目立ちしないためのカモフラージュなのだ。如何《いか》に美味《おい》しいカモがいたところで、本筋を放り出してそちらにばかりかまけていてはいけない。

「さ、続けてみようか」

ほどほどに勝たせ、ほどほどに負けさせ、新しい卓を探すのも面倒なので飽きさせない程度に長く続けさせる。そうしながら辺りを確認して、阿呆《あほう》みたいな勝ち方をしている奴《やつ》を見つけ出す。その過程で若干の儲《もう》けを得ることが出来れば大助かりなのだが、

（そういえばここで稼いだとして、儲《もう》けはクーリィに返さなきゃいけないのか？）

その辺のことをきちんと決めていなかった気がする。

「……？」

余所事《よそごと》を考えていたのがバレたのか、訝《いぶか》しげにリーラがこちらを見ているのに気付いた。ラザルスは肩を竦《すく》めるしかない。

ファラオン自体は極めて単純なゲームだ。

極端に要約してしまえば次に捲《めく》られるカードを当てるだけであるし、判断材料は殆《ほとん》ど存在しないために運任せにするしかない。

僅《わず》かなりとも戦略性が存在するとすれば、捲《めく》られた山札がケースキーパーと呼ばれる専用の道具に記録されていくことだろう。それはちょうど算盤《そろばん》のような形で、十三のカードそれぞれに対応した桁《けた》がある。カードが出るたびにその数字の桁《けた》に通された珠が動かされ、どの数字が何枚使用されたか分かるという塩梅《あんばい》だ。

始めは気付いていなかった若者二人もそのケースキーパーを見れば残りの山札に何のカードがどれくらい含まれているか、把握することが出来ると気付いたらしい。途中からは露骨に視線がそのケースに集まっている。

とはいえ、二人はまだ素人《しろうと》で、リーラは何を考えているのかいないのか。そしてラザルスは本筋が別にあるために、卓の雰囲気はほどほどに緩んだ感じで続き、

「――イカサマ？」

そこに話題が飛んだのは五十二枚のカードの残りがかなり少なくなった頃だった。

一瞬ラザルスは自分の本筋を見抜かれたのかと動揺したが、しかしそういい出したたちびの方は、単に賭場という場所から発想しただけらしい。

「そう、イカサマってやっぱあるんすかね？　こう、楽に勝てる系の技あります？」

「それを仮にも賭場の人間に聞くのはどうかと思うが、まぁ、どこにだってイカサマはあるさ」

そういえばロニーはこの辺の賭場によく出没していたはずだな、とラザルスは思い出した。ウィルにも定期的に顔を出していたと記憶しているので、後でクーリィに聞いてみてもいいかも知れない。

ラザルスは残り少ないカードの天辺《てっぺん》に指をかけてから、

「つーか、初心者なら勝つイカサマよりも、まずは賭場側のやってくるイカサマを覚えて負けない方法を考えた方がいいぞ」

「賭場が、こっちにイカサマしてくるんすか？」

「そりゃぁ、してくるだろうよ。別にイカサマじゃないが、客にサクラが混じってんのもよくあるしな。パフっていうとさも勝ってるようなふりして興味を惹《ひ》かせる役割で、キャプテンっていうと『次は勝てるさ！』なんて声をかけて泥沼に引きずり込む役割だな。直接賭け事をしないのなら、店の外にも呼び込みやら警察対策の見張りやらもいるし」

養父から教わった仕事の法則の一つに、隣の席の奴《やつ》が『今日ついてますね』といってきたら撤収するというものがあった。

大勝ちしている客に、必要以上に強気な賭けをするよう誘導し、そしてイカサマによって負けさせる。そういった賭場側の思惑の前兆の一つが、客のツキを過度に褒めるというものだからだ。実際、ラザルスも経験上それがある程度正しいことを知っている。

「それか賭場側のイカサマっつーと、机に隠し扉がつけられてて、テーブル下から出目を弄《いじ》るとか」

若者二人が揃《そろ》ってテーブルの天板を叩《たた》き始めるものだから、ラザルスは本気で噴き出しそうになった。最近では叩《たた》いて音で分かるような、単純な仕組みは減ったものだ。

「ダイスに磁石を仕込んで、テーブルの磁石と併せて操作したり。ルーレットだったらペダル踏めば落ちるスポットを制御出来たり。ダイスの仕込みでいうと水銀を流し込んで重量を狂わせるデ・プロンメに、同じ出目を幾つも書き込んでおくデ・メロワン、角とか面とかを削って出目を偏らせるデ・ロンゲ辺りは有名だな」

ポケットを漁《あさ》ると、丁度四五六賽《デ・メロワン》が一つ出てきたので、ラザルスはそれをテーブルに置いた。別にイカサマを本業としないラザルスでも家には幾つかその手のサイコロがあるほど、手口としてはありふれたものだ。

「馬鹿馬鹿しいが、これが案外気付かないんだよなぁ。——おっと、残り三枚だ。賭け方

のである。

は覚えているな？」

ファラオンの終わり方は決まっている。山札のカードが三枚になったら、その順序を当てるのである。

若者二人の視線がケースキーパーの上を走って、残りの三枚を把握する。残りはQと4と5であるので、これが山札でどの順になっているかを当てればいいのだ。

リーラは相変わらずだが、ひょいひょいと指差して、特に何も考えていなさそうに順序を示した。勿論《もちろん》、判断材料はないのだからそうやって無造作にやることも間違いではない。

「俺はQ、5、4で」

「じゃあ、俺は4、Q、5かな」

「そうか、じゃあ、捲《めく》るぞ。そういえばイカサマといえば」

若者二人がそれぞれに決めたのを確認してからラザルスは肩を竦《すく》めた。言《い》い止《さ》しながらトランプの山札をひっくり返し、

「トランプにだってイカサマはある」

ひっくり返ったカードは、三枚のキングだった。

「ええええええええ!?」

ちびとのっぽの声が被《かぶ》る。リーラは無言だが、しかし目は見開かれていた。

彼らは一様にケースキーパーへと視線を走らせるが、しかしいつの間にかケースキーパーの

記録も変わっていた。先程までは確かに残っていたはずのQ、5、4の珠は使用済みの方へと動き、代わりにキングの珠が三つ、未使用の表示になっている。

「こういうことだ。カードのすり替えは基礎技術だな」

ラザルスは肩を竦《すく》め、予想通りの素直な反応に笑いを漏らした。

「ま、これは教訓ってことでな。俺はイカサマが上手《うま》い方じゃないし、むしろまともにやったこともないが、それでもこれくらいは出来る。本職の奴《やつ》らはもっと上手《うま》い。今回の賭け金は返しておくから、許してくれ」

向けられた視線にはいつの間に、どうやって掏《す》り替えたのだという疑問が浮かんでいたが、それをラザルスは受け流す。それぞれの元に賭け金を返して、

「そして俺は、俺と同程度の技量のイカサマなら見抜ける。他の奴《やつ》らだって、自分が出来るイカサマは同じように見抜けるだろう。だから、下手なことは考えずに素直に賭けた方が賢明だな」

お上りさんが下手にイカサマに手を出して、バレて酷《ひど》い目に遭う話はどこの賭場にも転がっている。

一通りファラオンが終わったので、ラザルスは少し姿勢を崩してトランプを集めた。慣れた手つきで掻《か》き混ぜながら、少し休憩する。

ちらりと視線を従業員に向けて、温ワインを持ってきてもらいながら、リーラへと声をかけ

る。

「どうだった？」

「…………」

「表情的に、微妙な感じか」

リーラの顔はどっとした気疲れが滲《にじ》んでいる。賭け事の楽しさ云々《うんぬん》以前に、大量の金を持たされてそれが延々と増減し続けていたことが彼女にとってストレスだったらしい。

最終的にはリーラがほぼトントンで、のっぽが少し勝ってちびが少し負けたくらいのバランスである。最後のイカサマは大袈裟《おおげさ》にバレるようにやったが、途中でもちょくちょくラザルスがイカサマで調節していたのはバレていないらしい。初回から大勝ちをするのも大負けをするのも、賭け事の楽しさを知るという目的からすると余り適切ではないだろうという配慮だった。

刻んだショウガを混ぜ込んだワインが食道を滑り落ちて、体温が上がるのを感じる。リーラは困ったような顔を少しだけしていたが、その視線が不意にラザルスの背後へとずれた。

「どうした」

「………？」

「あぁ、娼婦《しょうふ》か。場合によっちゃ入れなかったりするんだが、ここは入れるんだったか」

金魚のようにドレスの裾や袖をひらひらとさせた一人の娼婦《しょうふ》が、どうやら今丁度仕事を終えたところらしい。傍《かたわ》らには若い職人らしき男がいて、娼婦《しょうふ》は貴方《あなた》しか愛していないというような清純そうな笑みを浮かべていた。

リーラが首を傾《かし》げたのは、その娼婦《しょうふ》が男の方に一輪の花を渡していたからだろう。

男から女に花を渡すのはよく見かける光景だが、その逆は少しばかり物珍しく感じられる。

ただ、事情を知っていればそうというほどの疑問ではない。

「あの花は、昔の高級娼婦《コーティザン》辺りからの流行《はや》りだな。『この花の散る頃にまた会いましょう』『貴方《あなた》を愛しています』とか、そんな感じの意味だ」

渡している花は椿《つばき》だったはずだ。

大したことのない、単なる隠語である。更にいえば実際に愛しているというよりは、娼婦《しょうふ》が安定した生活をするために男につばを付けておくようなものでしかない。

だがリーラはいたく感心したようで、小さく頷《うなず》いてじっと視線を椿《つばき》に注いでいた。

ラザルスもリーラに合わせるようにその方向に視線を注いで、

「…………ん」

店に入ってきた一人の男に気付いた。

男は上着をひっくり返して着ている。とはいえ、それは賭場では良く見かける格好だった。上着を表裏逆さまで着るのは昔からある、ツキを呼ぶおまじないだ。

ラザルスと知り合いではない。ただ店に入った直後に、その男とラザルスの視線がかち合って、その視線にラザルスは感じるものがあったのである。

近くにいた、キッチンで働いていた方の従業員を呼び止める。

「なぁ、あいつってお前らのうちの誰かの知り合いだったりするか？」

「いえ、見覚えはあるので、たまに来てはいるはずですが」

「ふぅん」

身なりは悪くない。長く伸びた髪の毛は後ろに撫《な》で付けられて、そこに三角帽子が乗せられている。男は迷った様子を見せた後に、出入り口近くの席へと腰掛ける。

(迷ったフリだな、あれは)

その背中を目で追っているラザルスに、のっぽの方が話しかけてきた。

「イカサマが難しいことも、凄《すご》い人は凄《すご》いこともわかったんすけど、じゃあ、イカサマをされていることってどうやって見抜けばいいんすかね？」

「イカサマの技術を学べばいいだろ」

「いやでもほら、例えば全く知らない、新しいイカサマの技術が出てきたとしたら、それはもう騙《だま》されるしかないんすかね？　何か、それって不利じゃないっすか？」

いつの間に注文したのか彼らはステーキをもそもそと齧《かじ》っていて、ぷんとした大蒜《にんにく》の匂いがラザルスの鼻を刺激した。

そもそも賭博というのは客《プレイヤー》側が不利なものである、というのはさておいて、ラザルスは意外と的を射ているその質問を一考した。

イカサマの技術をどれほど齧《かじ》ったところで、専門にそれを修練している奴《やつ》にはとても及ばない。ではイカサマを見抜くには、どうしたらいいのか。

「そうしたら、簡単な話だ。イカサマは技術で、イカサマをしているのは人間なんだから、人間をよく見ればいい」

「人間を……？」

「そうだ。賭博ってのは、多かれ少なかれ必ずギャンブル性が入ってくる。偶然に頼ってると言い換えてもいい。賭博において『絶対』という言葉は存在しない。イカサマってのはそれを曲げて『絶対』を作るんだから、よく見れば分かる。イカサマをする奴《やつ》の雰囲気は、弛緩《しかん》して油断している」

分からない、と若者二人の顔には大書してあった。実際、ラザルスとて感覚的な理解があるだけなので、『じゃあ弛緩《しかん》して油断している雰囲気』というのは具体的に何なのかといわれれば、言葉に詰まってしまうのだが。

ラザルスが見ている先で、三角帽子の男は最初に二回負けた。それなりの金額を賭けてあっさりと敗北し、男の手元から金が減る。さも負けて悔しそうに男は数度声を上げて、それからやけくそになったように大きく賭けを張る。ざらりと金が無造作に賭けられるが、しかし、

（嘘《うそ》だな）

とラザルスは内心で呟《つぶや》いた。

「おい、ちょっとナイフ借りるぞ。リーラ、しばらく目を閉じて耳押さえてろ」

「えっ?」

ステーキを食べていた若者の手からラザルスはナイフをひったくり、リーラが指示に従ったのを見てから席を立つ。

三角帽子の男が興じているのはポーカーらしい。迷いのない足取りでラザルスはその卓へと近付いた。

「ん?」

真後ろにきたラザルスの気配を感じて、カードを引きかけた姿勢で固まった三角帽子の男。その男の腕へとラザルスは目を走らせ、狙いを定め、

「よっと」

ラザルスは無造作にナイフを振り下ろした。

食事用のそれは余り鋭くないが、しかし男の掌《てのひら》を貫通して、そのままテーブルの天板へと食い込む。だん、という強い音が一瞬の停滞をコーヒーハウス全体に齎《もたら》した。

直後、三角帽子の男の悲鳴がそれを劈《つんざ》く。

男は慌てながら暴れ、その勢いでナイフが引っこ抜ける。手を貫通した傷からは血がだらだらと垂れ落ちて、傷口を押さえようとした男が痛みによってまた叫んだ。ぱっと天板の上に散った血の模様が、子供の書いた文字のように流れる。

「ら、ラザルスさん⁉」

　裏で事の経緯を見守っていたクーリィが、動転しながら駆け寄ってきた。ラザルスが突然人を刺したものだから、すっかり泡を食ってしまっている。

「な、何やってるんですか⁉」

「何って、仕事に決まってんだろ」

　そういってラザルスは肩を竦《すく》め、男の袖口を指した。

　突然の痛みで動転したのだろう。男の袖口からはぼろぼろと大量のトランプが溢《あふ》れて、血に塗《まみ》れたそれの何枚かは中央がナイフによって貫通していた。

「これ、イカサマの犯人だ」


「根拠っていうと、まず店に入ってきた時に真っ先に目が合ったこと。従業員の誰かの知り合いでもないらしいのに、真っ先に店員の配置を確認するような目の動かし方は、ただの客のそれじゃない。おかしい。泥棒とかと同じタイプの視線の動かし方だな」

「そ、そうなんですか？　目の動かし方、だけ？」

「いや、別にそれだけじゃ本職の泥棒が遊びにきただけかも知れないし。後は席の選び方に妙に迷いがなかったり、それが二人のうち経験の少なそうな方のディーラーの場所だったり。幾つか条件を考えながら見張って、一番怪しかったのがあいつだった。あぁ、後、手だな」

「イカサマ師ってのは、手の薬指と小指が発達してんだ。他人の目につき辛《づら》い場所で動かすためにその二本指に筋肉つけるから、よく見ると掌《てのひら》の厚みが普通の奴《やつ》と違うんだよな」

「そうなんですか……………。知らなかったです」

「知らないことが問題なんだよ」

ラザルスは一通りの説明を終えて、相変わらず危機感の足りていないクーリィの様子に溜《た》め息《いき》を零《こぼ》した。

既に三角帽子の男は店から引きずり出され、このコーヒーハウスの後見をしている裏社会の人間に連れられて行った。

目を瞑《つぶ》らせていたとはいえ、暴力的な気配は肌を通じて感じていたのだろう。バックヤードに戻ってきてから、リーラの顔からは血の気が失《う》せている。彼女の視線が三角帽子の男の連れ去られた方を追っていると気付いて、ラザルスは肩を竦《すく》めた。

「…………」

「そんな顔すんなよ。この店なら死ぬほどの制裁はねぇよ。当分はイカサマが出来ない程度の怪我《けが》はするだろうがな」

それはクーリィの性格でもあるし、ラザルスが仕事を選ぶ際の条件でもあった。

死は不可逆であり、誰かの死によって生まれた恨みは本質的に拭《ぬぐ》われることがない。雇われた程度の仕事でそんな恨みを買うのはラザルスの望むところではなかった。

「くあ、真面目に働いたら、肩凝った。最近俺働き過ぎな気がすんなぁ」

といったラザルスは既にお仕着せを脱いでいて、普段よりも乱雑にした私服の胸元を扇《あお》いだ。

「……………？」

「自虐だから、そんな『帝都における労働者はこれくらいの労働時間が普通なんだろうか』みたいな悩み方すんな」

「これ、今回の報酬です。ありがとうございました」

「お前は根本的に経営というか、賭場をするにしろ方向性を考え直した方がいいぞ。毎度毎度俺を呼ぶ訳にもいかんだろうし」

「え、ダメですか？　報酬足りませんでしたか⁉」

「その日暮らしの賭博師に頼ってんじゃねーよって話だよ……。報酬があればやるけど、俺がいつも助けに来られる状況とも限らないんだからよ」

呼べばいつでも助けてくれるとでもいわんばかりのクーリィの表情に、ラザルスは首を振って答える。

ラザルスとしてはすっぱりと断ったつもりだったのだが、しかし何故《なぜ》かクーリィはにんまりと笑みを浮かべた。

「ふふ。私、ラザルスさんのそういう責任感の強いとこ好きですよ」

「……………どうでもいい」

舌打ちを一つした。

ともかくとして仕事はこれで終わりである。金も入ったことだし何か本を買って帰ろうかと踵《きびす》を返してから、聞こうとしていたことを思い出した。被《かぶ》ってきた帽子を手に取りながら、

「あ、そうだ。クーリィ。お前、最近ロニーがどの辺の賭場にいるか知らないか？　前はこの近辺にいたはずなんだが」

ロニー。ラザルスの少ない友人のうちの一人であり、リーラとの意思疎通のために板でも加工してもらうよう頼もうかと思っていた人物である。

もしかしたら木材の加工に幾らか金をとられるかも知れないが、丁度懐《ふところ》も温まって渡りに船とラザルスは問いかけた。

その瞬間のクーリィの表情は、何ともいえなかった。

「……………どうした？」

虚を突かれたというような、ここでそれをまさか聞かれるとは思わなかったというきょとんとした空白がクーリィの顔に浮かび、次にそれを隠すような曖昧《あいまい》な笑顔が滲《にじ》む。

「えっと、ご存じなかったですか？」

「何がだ」

「ロニーさん、二日前に亡《な》くなりました」

ぱた、と音がしてラザルスは自分が帽子を取り落としたことに気付く。

「死んだ？」

「ええ、はい。この前、ここじゃない別なとこですけど、賭場でイカサマがバレてしまい、その報復が原因で」

次に聞こえた音はただの幻聴だった。誰かの掌《てのひら》にブーツの踵《かかと》が踏み落とされ、骨がまとめて砕ける音。賭場に出入りしていればよく聞く、イカサマ師に用心棒が行う報復の音だ。

原因で、とクーリィはいった。

もしかしたら報復によって直接的に殺されたのかも知れないし、あるいは報復で痛めつけられた怪我《けが》が悪化して死んだのかも知れない。あるいは二度とイカサマが出来ないようにこっぴどく指を折られ、もう食っていけないとロニーが将来を悲観して自殺した可能性もある。

そのどれかまでは短い言葉からは分からなかったし、そのどれであったところで変わりない。

自分の思考が空転しかけていることに気付いたラザルスは、足下に落ちた帽子を拾い上げた。大袈裟《おおげさ》に、不必要なほどその帽子の埃《ほこり》を払ってから頭に乗せる。一度被《かぶ》ってから、ぐっと鍔《つば》を押し下げた。

「そうか、あいつ、死んだのか」

ありふれた話だ。帝都では毎日無数の人間が教会の墓に埋められているし、既にその墓も溢《あふ》れ返りそうなほどだ。

そう、ありふれた話だ。

自分がどういう顔色をしているのかよく分からないが、クーリィがこちらを気遣っているのは分かった。

「ら、ラザルスさん。大丈夫ですか？　今、ワインを持って来させますね？」

「……やめとけよ。有力な賭博師との繋《つな》がりは便利だが、下手に繋《つな》がりを強くし過ぎても色々と不便するぞ。仕事が終わったならさっさと放り出した方がいい」

「……………」

そこでラザルスは、リーラが自分の方を見ていることに気付いた。

平静を装《よそお》うのは、殆《ほとん》ど無意識になるまでラザルスに染《し》み付いた賭博師としての習慣だ。リーラの視線を感じた瞬間に、ラザルスは一つ息を吸い込んで表情を整える。

開いた口からは、ラザルス自身が驚くほど平然とした声が出た。

「帰るぞ、リーラ」

どうでもいい、と口の中で呟《つぶや》く。

家に帰ってからラザルスは、適当な木材をナイフで削った。慣れない仕事で指先に幾つか傷を作りながら、一枚の板を手頃なサイズに成形する。

持ち易《やす》いように隅にキリで穴を開け、表面を軽くヤスリで整え、紐《ひも》を通す。首から下げられる、四六判ほどの大きさのウッドボードだ。素人細工《しろうと》にしてはそれなりの出来だと、手の中でくるくると回してから鼻を鳴らす。

「リーラ、ほらよ」

「…………」

リーラは少し困ったような表情で、それを受け取って立ち尽くす。ラザルスが首からかけるよう仕草で示せばそうしたが、しかし用途を理解しているかは怪しいものだ。

「文字は書けないらしいが、絵とか図くらいは伝えられるだろ。必要なら使え。細工が雑なのは、まぁ、所詮《しょせん》俺だしな。もうちょっと専門の奴《やつ》に頼めばマシな造りにも出来たんだろうが……どうでもいいか」

ラザルスは手元に集中して疲れの溜《た》まった目元を揉《も》んだ。わざわざ高い蜜蠟《みつろう》の蠟燭《ろうそく》を使用しているのだが、しかしそれでも揺れる灯《あか》りは細かな作業には向いていない。

慣れないことはするもんじゃないな、と労働の厳しさを噛《か》み締《し》めたラザルスは、そこで視線に気付いた。

「…………？」

「どうした？」

と聞いたところで答えはない。折角作ったウッドボードも今のところは活用される様子もなかった。

湖面のような瞳がラザルスのことをじっと見つめている。怯《おび》えに駆られながら、狐《きつね》に睨《にら》まれた兎《うさぎ》のように観察しているのでもない。機械的に、ただ動くものを追っているような雰囲気でもない。

人の感情を読むのに長《た》けたラザルスが、今ばかりは困惑したのは、そんな感情を向けられる機会が彼には滅多にないからである。リーラの視線が記憶の中の養父のものと重なって、ようやく彼女がどういう感情を抱いているのかが分かった。

どうやら心配されているらしい。

「…………？」

ロニーに会ったこともない彼女だが、ラザルスの友人が死んだということは把握しているのだろう。ラザルスの心の傷の位置を探すように、彼の胸元を視線がさまよっている。

「余計なこと考えてないで、さっさと寝ろよ」

ラザルスがそういうと、視線に込められていた感情がまるで嘘《うそ》だったと思えるほど、あっさりとリーラは自室に立ち去っていった。案外、本当にラザルスが見間違えただけという可能性もある。

そう自分を疑う程度には、弱気になっている自分を自覚していた。

「あぁ、糞《くそ》。本当、慣れない労働はするもんじゃねぇな…………」

仕事の間と帰ってからの細工の時間に飲んだ酒が、頭の中でぐるぐると混ざりあってサイケデリックな模様を描く。

記憶を過《よぎ》るのは今日会ったイカサマ師の掌《てのひら》にナイフを突き立てた瞬間。

クーリィが告げたロニーの死。

幻覚の中で響いたロニーの掌《てのひら》が踏みつけにされる音。

泡沫《ほうまつ》のように記憶が浮かんで、ごちゃごちゃと入れ替わっていく。脈絡も筋書きもないビジョンが沸々と思考を満たす。

「どうでもいい、どうでもいいってのに」

傍《かたわ》らにワインの瓶を直接呷《あお》って、なるべく大量のアルコールを胃の中へと流し込んだ。同時に噎《む》せ返って、口から霧のようにワインが撒《ま》き散らされる。

イメージの中でラザルスは掌《てのひら》にナイフを突き立てられた。

ラザルスはロニーに足を踏みつけにされた。

ラザルス自身によってラザルスの掌《てのひら》の骨が隅々までへし折られた。

ラザルスはロニーの掌《てのひら》にナイフを突き立てた。

「…………はぁ」

自分が何をそんなに弱気になっているのかは、よく分かる。

簡単な話だ。賭博師の命というのは薄紙のように軽く、価値のないものだ。普段は目を逸《そ》らしているその事実を、ロニーの死という原因で直視せざるを得なくなった。ただそれだけのことである。

ぽっかりと開いた暗く深い穴を、じっと覗《のぞ》き込んでいるような感覚。

今日はラザルスがイカサマを暴《あば》く側で、名前も知らないイカサマ師があっさりと見破られてその報いを受けた。

だがロニーがあっさりと死んだように、明日にはラザルスが逆に報いを受ける側になったところで、何らおかしな話ではない。十二分にそれはあり得る未来であり、いつか必ずそこに行き着くことを思えば、未来というより必然的な結末と呼んだ方が正しいだろう。

賭博師の末路は決まっている。いつか野垂れ死ぬのだ。誰かに殺されるか、金を喪《うしな》って自ら死ぬのかの違いがあるだけで、その果てにはまともな未来は存在しない。

ラザルスが結婚をすることはないだろうし、結婚の相手が見つかることもないだろう。別に結婚をすることに拘《こだわ》りがある訳ではないが、そういったまともな未来を描くような権利は、他ならぬ彼が賭博師であるという事実によって失われている。

賭博師の生き方とは綱渡りのようなものだ。しかも、この綱渡りには終わりというものが存在しない。

歩けるだけ歩き続けるしかない。足を止めれば落ちるが、しかし歩き続けたところでいつかは力尽きて落ちるのだ。それが早いか遅いかの違いがあるだけで。

『なるべく抱え込むな』といつかラザルスは養父によって教えられた。

当たり前の話だ。綱渡りをする前に荷物を背負う馬鹿はいない。不安定な生活で、恋や愛や友情やナイーブな何かに手を出すような余裕などあるはずもない。どうでもいいと全てを切り捨てて、限界までの身軽さを保つ。だからこそ今まで生きて来られたのだとラザルスは教えられたたし、知っている。

「分かっていて、踏み出したんだろう。なぁ、ラザルス？」

自分の名前にそう呼びかけてみた。誰かが返事をしてくれることはなかった。

いつの間にか、眠りに落ちてしまったのだろう。

夢の続きを見た。

まだ子供だった頃の自分が、初めて養父と出会った時の夢だ。

「そうか」

掌《てのひら》に隠されたコインが表であると見事に当てた彼に向かって、養父は重々しく頷《うなず》いた。手の中で表のコインをくるくると回しながら、彼は溜《た》め息《いき》を零《こぼ》すように語る。

「そうか、孤児のガキ、なぁ――」

自分よりも弱々しい大人の目を、その時彼は初めて見た。

「――私の続きになってはくれんか」

「なに、それ」

「分からんか。分からんだろうなぁ。お前はそういうことを考えるには、まだ若過ぎる。だが、つまり私はすっかり老いてしまった」

髭《ひげ》を揺らしながら男は呟《つぶや》き、瞬《まばた》きをする。

「生きていても、何にもならないと分かってしまったんだ。賭博師ってのはそういうものだと知っていたが、しかし今になってようやく理解したんだろうな。遅過ぎたんだが。私は生きてきたが、生きてきただけだった。その果てに何も残らず、私の足跡は年月がただ降り積もって消えてしまうのだと今になって気付いて、そう、だから、怖くなったんだ」

何をいっているのかとその時の彼は訝《いぶか》しんだ。生きていくこと以外に思索を巡らせるには、その頃の彼は幼く痩《や》せて飢えていたからだ。

男はそんな彼をまるで天からの贈り物であるかのように、そろそろとした動きで手を握った。

「なぁ、孤児のガキ。私の続きになってくれ。私の技術を引き継いで、私が歩いた道を歩き続けてくれ。私がここにいたのだと、私が生きていたことを、歩き続けることで語ってくれ」

彼は一頻《ひとしき》り咽《む》せた。きちんと言葉を発しようとすることは、からからに嗄《か》れた喉には苦痛で、それでも血の塊を一つ吐き捨ててから無理に口を開いた。

「だから、結局、僕に何をして欲しいんだ？」

「そう、それだ。人の歩むべき運命は、きっと決まっているんだろう。私が賭博師になったのはきっとそういうことだ。だからそれは覆《くつがえ》せない。だから、続けるしかない。私と同じ道を、私が踏んだ轍《わだち》を誰かが続けていくしかない」

彼の手に、男は先程投げた金貨を握らせた。

「なぁ、孤児のガキ。私に習って、賭博師にならないか？」

その問いかけに彼――後にラザルスと名付けられる彼が頷《うなず》いたのは、第一にそのとき死にかけていたからだろう。怪我《けが》をして、腹ぺこで、明日の命すらも危うくなければ、まずそんな怪しげな男の話など聞かなかったからだ。

だが二つ目の理由を強いて挙げるならば、きっと男の瞳が今にも泣き出しそうだったからだろう。

だから、これがラザルスの最初の契約だった。

その一歩は取り返しのつかないものだとラザルスは理解していたが、しかし取り返しのつく一歩というのは人生にないこともまた、彼は重々理解していた。


「――――」

何事かを呟《つぶや》きながら、ラザルスは唐突に目を覚ました。

眠っていた時間はほんの一秒ほどにも、たっぷり一週間ほどにも感じられたが、窓の外を見れば夜明けの数十分前というところだろう。

見ていた夢の内容ははっきりと覚えていた。その夢がたった今の出来事のように鮮明だったせいもあるが、それ以上に今まで幾度となく見てきた夢だからだ。

砂を噛《か》んだようにぎしぎしとする身体をソファから引き起こして、黴臭《かびくさ》い息を吐き出す。

養父は賭博師として一流の人間だった。父親としては一流とはとてもいえない人間だったが、しかしただの孤児だったラザルスを育てるために多くの苦労を重ね、尽力してくれたことはよく知っている。

だからラザルスは賭博師をやめない。

それが、養父のラザルスに託したたった一つの願い事だからだ。本当はずっと昔に終わっているはずだったラザルスの人生は養父によって引き延ばされ、その引き延ばされた理由はラザルスが賭博師になるためなのだから、やめる訳にはいかない。ラザルスは情に厚い人間ではないが、養父に対して恩義はきちんと感じている。

「あぁ、だが、父さん。まさか、ここまで辛《つら》い道だとは思わなかったよ」

ラザルスの呟《つぶや》きは、花が枯れ落ちる音のようだった。

賭博師はまともな職業ではないし、裏社会に半歩ほど足を踏み入れているものだ。稼ぎは安定せず、明日も知れず、即《すなわ》ち一般的な人間らしい幸福は望むべくもない。

生きて、賭けて、いつか死ぬ。

その人生は極めて単純なもので、そして死んでしまえば一人の賭博師の人生など、省みるものは誰一人いないだろう。

職人ならばその作った道具によって、芸術ならば描き出した作品によって、司祭ならば捧《ささ》げた祈りの姿と与えた祝福が、商人ならば店が、農家ならば作物と畑が、そこには残される。あるいはまともに生きていれば大抵の人間は結婚が出来るし、子を成すだろう。

それら全てが賭博師にはない。

賭博師とは一瞬《ひとまたた》きの間の夢のようなものだ。死んで醒《さ》めてしまえばそこには何もない。いたということすらも誰も知らない。

『信仰と希望と愛。この三つはいつまでも残る』と昔の聖人の手紙は語ったらしい。その言葉の正しさをラザルスは推し量れないが、しかしその三つが賭博師にはないことは分かる。

ラザルスは賭博師をやめられない。だがその果てに何もないことも理解している。

「…………あるいは、これが」

何も残せないと分かっている道を歩み続けることこそを、絶望と呼べるのかも知れない。

「ダメだな、思考が、暗い」

酷《ひど》く落ち込んでいる自分を感じて、ラザルスは立ち上がった。

普段はこんなことは考えない。ただ、時折、例えば知り合いが死んだ時などに、自分の歩く道を直視してしまう時がある。

そうした時にはいつも決まって昔の夢を見て、こうして夜中に飛び起きるのだった。

リーラがメイドとして働くようになり、物置ではなく本来の用途を取り戻したキッチンから、こういう時のために用意しているジンを取り出した。

小さなコップに、香りの強い半透明の液体を注ぐ。一息にそれを飲み干せば、砂糖の濃い甘みと共にかっと胃《い》の腑《ふ》が熱くなった。

「あぁ……」

蒸留によって作られる安価で強いこの酒が、広く知れ渡ったのは今世紀に入ってからのことだ。

中毒を引き起こすほどに手軽なジンは、瞬《また》く間《ま》に帝都に蔓延《まんえん》し、ジン禍《か》とまで呼ばれるほどの問題を引き起こし、一種の社会現象になった。

人々がこぞってこの酒を飲み干し、蒸留の失敗で起きる火事を気にせず、アルコールで脳味《のう》噌《そ》を腐らせていった気持ちがよく分かる。退廃的な酩酊《めいてい》は浮き世のおよそ全ての恥ずべきことを忘れさせてくれる。

「一番恥ずべき、酔っぱらってるって事実だけは忘れられないがな……」

寒気のような酔いが血流に乗って身体に広がり、ラザルスは壁に寄りかかった。ずるずると力が抜けて座り込む。

『死に至る病』と一つ言葉が浮かんで、苦笑した。大丈夫だ。この絶望はよく向かい合うもので、つまりこの痛みは一過性のものでしかない。どれほど死にたい気分だったところで、人間は気分だけで死ぬほど柔には出来ていない。だから、大丈夫なのだ。

溺《おぼ》れかけた人間が藁《わら》を摑《つか》むように、何度となく同じ言葉を口にする。そうすれば絶望が遠ざかってくれると信じて。

「どうでもいい、どうでもいい。そう、だから、大丈夫――――？」

かたり、と音が聞こえてラザルスは首を傾《かし》げた。

キッチンの入り口にリーラが立っている。ラザルスがぶつぶつと呟《つぶや》いたり、歩き回る音で目が覚めたのだろう。

「…………なんだ、リーラか。てっきり、死神が迎えにきたのかと」

リーラの肌は暗闇に溶け込み、丸く開いた白目だけがぽっかりと穿《うが》たれたように浮かんで見える。病が死に至ったのかと、下らない想念が頭に浮かんだのはそのせいだ。首からかけられたウッドボードも、異教の奇妙なオブジェかなにかのように見える。

ラザルスはいつものようにぼんやりと立っているか、無視してまた寝に行くものだと思った。だが意に反してリーラは氷の上を歩く猫のような足取りで近付いてくると、

「…………」

そろ、と手を伸ばしてきた。

ぎょっとして固まったラザルスの頬に、体温の低いリーラの指先が触れる。触れられた指先が濡《ぬ》れていて、ラザルスは何故《なぜ》リーラの手が濡《ぬ》れているのか考えてから、自分が泣いていたことに気付いた。

「………？」

寝る前にも見た、気遣わしげな視線が自分の目元を這《は》っている。

「お前は、なんというか」

リーラは他人に触れられるのを怖がっていたはずだし、それは今も変わっていないことは微《かす》かに震えている指先から伝わってきた。

奴隷として躾《しつ》けられて屈曲した彼女の心は、まだ血を流す生傷のままで、それでも尚《なお》痛みを抱えながら他人を心配している。

ラザルスが真っ先に感じたのは、泣き顔を見られたと言う極度の恥ずかしさと気まずさで、すぐに部屋に帰るよう強くいおうと思った。だがリーラの目を見た瞬間に、喉元まで迫《せ》り上がっていた言葉は自然と萎《しぼ》み、代わりに小さな言葉が漏れる。

「……なぁ、ちょっとだけ話聞いてもらっていいか」

「…………」

リーラはこくりと頷《うなず》いた。

もしかしたらずっと誰かに話を聞いて欲しかったのかも知れない。訥々《とつとつ》と言葉を絞り出しながら、ラザルスはふとそう思った。

生い立ちなんて話は賭博師仲間にするものではないし、弱音を吐くには娼婦《しょうふ》達は淡泊過ぎる。ラザルスの閉じた友人関係に弱みを見せるような隙はなく、それはかつて恋人であったフランセスすら例外ではなかった。だから、ラザルスが過去のことをこうして誰かに語るのは本当に初めてのことだった。

ラザルスは壁に寄りかかってだらりと座り、リーラはラザルスの頬に触れたままなので、ずっとリーラの視線がラザルスを捉えていた。

磨き上げられたガラス球のような瞳は感情を読み取らせなかったが、しかしそこに常の無関心さはなく、ラザルスの言葉は途切れない。

そう長い話ではなかった。

酒で潤した舌が乾くよりも前にラザルスの話は終わって、後には詰まらない話をだらだらとしてしまった苦い後悔だけが舌の根に残る。

「――――うん、これだけ。つまり、俺は遠からず死ぬって話だな。何も残さずに、何の意味もなく死ぬ。そこには、祈りも希望も愛も残らない。そうやって死にたくないのなら、お前も早めに次の職場を探しておいた方がいいぞ」

「………………」

ラザルスはそう締めくくって、それからリーラが妙な動きを見せていることに気付いた。がりがりと音を立てて、ウッドボードに木炭を走らせているのだ。元々意思の疎通のために渡したものなのだからおかしなことではないが、では文字を書けないリーラが、一体それに何を長々と書いているというのか。

数秒後に、その成果はラザルスの眼前に突きつけられた。

「………花？」

デフォルメして描かれていたのは、一輪の花の絵だ。

何故《なぜ》このタイミングで花の絵を、とラザルスは訝《いぶか》しむ。子供の描いた、木炭の絵にしては中々上手だが、まさか絵の達者さを褒めて欲しい訳ではないのだろう。

無表情ながらに感情を滲《にじ》ませながら、リーラは花の絵を指差し、自分を指差し、そしてラザルスに触れるほどウッドボードを押し付けてきた。

「だから、何………あー、いや、そうか」

リーラと花が、記憶の一点で結びつく。リーラと一緒にいる時に花について触れた記憶は一つしかない。

今日の仕事で、娼婦《しょうふ》が客に一輪の花を渡す姿を見た時だ。

（俺は女が男に花を渡す理由を、なんて教えたんだっけ？）

それでも伝わっていないというように、リーラはウッドボードをラザルスの腹の上に乗せ、自分の人差し指を自分の頬に当てた。

ぐい、とリーラが自分の頬を持ち上げる。

それが笑顔を頑張って作っているのだと理解した時に、ラザルスはつい噴き出した。

「………！」

「あぁ、うん、伝わった。大丈夫だ」

多分教えたままの意味ではなく、肯定的な感情をはっきりと伝えられる手段を、リーラがそれしか持っていなかったということなのだろうけれど。

『大丈夫』。要するにそういうことだ。

自惚《うぬぼ》れでなければ、きっとそういうことをリーラはいいたいのだろう。何も残せない、ではなく自分がここにいる。ただそれだけの単純なメッセージだ。

長らくそんな表情を浮かべていなかったせいか、リーラの笑顔は酷《ひど》くぎこちないものだった。口《くち》の端《は》も持ち上げている指もぷるぷると震えているし、未《いま》だに拭《ぬぐ》えない恐怖感はありありと滲《にじ》んでいる。

それでもラザルスのために笑顔を浮かべようとするリーラに、

「お前は、優しい奴《やつ》だな」

「…………」

「『その中で最も大いなるものは愛である』、ね」

「………？」

「何でもない。悪い。深酒が過ぎたし、もう、ここで寝るわ」

アルコールは手足の末端で鉛のように澱《よど》み、もう起き上がるのも面倒だった。普段からベッドを使わず床だのソファだので寝ているのだから、今更気にする話でもない。

まだ近くにいるリーラを追い払おうと手を挙げかけてから、思い直した。驚かせないようにゆっくりと、掌《てのひら》をリーラの頭の上へと乗せる。

リーラにとって自分から何かをするというのは、その後暴力を受けるという意味だ。彼女はそう教えられてきた。待ち受ける痛みを覚悟した上で笑顔を浮かべた彼女に、感謝を伝える方法が、ラザルスには他に思いつかなかった。

恐怖か、驚愕《きょうがく》かによってリーラの長い睫毛《まつげ》が震えているのが分かる。ラザルスは彼女の髪の毛を掻《か》き回すように数度撫《な》でて、手を下ろした。

さっさと目を閉じたのは、気恥ずかしかったからだ。

「…………寝るまででいいから、そこにいてくれ」

「…………」

その時にリーラがどういった感情を浮かべていたかは、残念ながら見ることが出来なかったが、こくりと頷《うなず》いた気配は微《かす》かに感じられた。

目が覚めた時に、自分はベッドで寝ているものだと思った。朦朧《もうろう》とした視界は上手《うま》く像を結ばなかったが、身体の暖かさは布団《ふとん》がかけられているようだったからである。

だが視覚に先んじて覚醒した触覚が、そこがキッチンであることを教えてくれた。絨毯《じゅうたん》の敷かれていない床板が、ごりごりと身体を痛めつけていた。

そして感じていた暖かさは上から覆《おお》い被《かぶ》さっているのではなく、腕の中で抱き締めている何かから伝わってくるものだった。更にいえばへばりついたような目蓋《まぶた》を持ち上げてその抱いている何かを見れば、はっきりと視線がぶつかった。

「…………」

「…………」

当然ながらリーラである。

昨日の晩に、眠るまで傍《そば》にいてくれといったのはラザルスだ。だが夜明け寸前の夜中であったし、リーラはまだ幼いといっていいほどに若い。ラザルスが完全に眠りに落ちるのを律儀《りちぎ》に待っている間に、彼女も寝入ってしまったのだろう。

抱き締めた記憶はないが、寝ている間に近くにあったものを摑《つか》んだのかも知れない。窓の光からして時刻は昼間で、ラザルスよりも早起きをしたリーラは、どうやら彼を起こすことを気にして抜け出すに抜け出せなかったらしい。

(しかし、鶏《とり》ガラみたいに痩《や》せ細った手足してると思ってたが、存外に——)

リーラの小さな体軀《たいく》はラザルスの腕にすっぽりと収まり、二人の身体は殆《ほと》ど隙間なく密着している。

殆《ほとん》ど肉がついていないように見えた身体だというのに、しかしこうして触れてみると、予想

に反して女性的な柔らかさがあった。ラザルスが想像した年齢に近いとするならば、それなりに豊かな体つきといってもいいだろう。

(十歳そこそこと思っていたが、もう少し上かも知れないな)

見る見るうちに、はっきりと分かるほど紅潮していくリーラの顔を見ながら、ラザルスはそんなことを思っていた。

ラザルスがのそのそと腕を離すと、リーラはバネ仕掛《じか》けのごとく飛び起きる。

「…………っ!」

こいつの無表情が完全に取り払われているのを初めて見たな、と感想が浮かんだ。

同衾《どうきん》していたことに対する羞恥《しゅうち》やら、昨日浮かべた笑顔の残滓《ざんし》やら、それに抱き締められていたことに対する困惑と、そもそも『そういった』用途で買われた自分が抱き締められた程度で怒る筋合いはないという幾らかの理性や、湧き起こってくる動転やらがせめぎあっているリーラの表情は、これまでで一番年相応だった。

今にも目を回して倒れそうなリーラはぱっとラザルスに頭を下げると走り去って行った。廊下を出たところで足下が滑ったのか、転ぶ音が聞こえる。

直後、また扉を開けて戻ってきた。ウッドボードを忘れていることに気付いたようだ。頭を下げて、ラザルスと視線が合わせられないのか曖昧《あいまい》に目を動かしながらウッドボードを取り、駆け出す。

もう一度扉の外で転ぶ音がして、リーラの呻《うめ》きが聞こえた。

「………！」

声は出ていないが、喉の奥でごろごろと空気を転がすような音だ。堪《こら》えきれずに出てしまったという感じなので、余程痛かったのだろう。

何をしているんだか、と呆《あき》れ、つい苦笑いが零《こぼ》れた。

「あぁ、全く、どうでもいい」

口癖のように呟《つぶや》いて、立ち上がる。

何が変わった訳でもないが、どうしようもない辛《つら》さを今は感じていなかった。だから当たり前の日常にラザルスは帰ることにして、とりあえずリーラの様子を見に行くことにした。

三　隣り合わせの灰と祈り

教会の裏口から入ってきたラザルスを見て、オブライエン牧師は酷《ひど》く嫌そうな顔をした。

「よう、先生」

「どうした、罪の告白ならいつでも受け付けているぞ」

暗にお前の人生には告白すべき罪が幾らでもあるだろうといいたげな口調はオブライエン牧師のいつものもので、ラザルスは苦笑する。そもそも自分が教会に歓迎される人間でないことはよく知っているし、だから裏口から入ってきたのだ。

ただラザルスが裏口から事前に予告もなく入ってくるのは毎度のことで、だからこれはじゃれ合い程度の言葉の掛け合いでしかない。

「残念ながら、懺悔《ざんげ》じゃないな。ついでに更に残念ながら、今日は喜捨出来るほど懐《ふところ》が温かくない。悪いね」

「喜捨があって感謝することはあれど、喜捨がないことを責めることなどある訳がない。まぁ、いい。入れ。戸口にいつまでも立っていると邪魔だ」

六十を超えているオブライエン牧師は、経て来た年月をそのまま皺《しわ》として刻み込んだような容姿で、しかしその皺《しわ》を差し引いてみれば案外若い頃は黄色い声を浴びていたかも知れないと思わせる節もあった。まぁ、顔の八割以上が皺《しわ》で覆われているのだから、それだけ差し引けば原形など無いに等しいともいえるが。

白く長い髭《ひげ》によって口元は隠されているし、口は殆《ほとん》ど動かさない。大きな声も出さないのだが、不思議と言葉が聞き取り辛《づら》いということはなかった。

ラザルスが人の感情を読むのに長《た》けるように、彼の人生の中でそういった話し方が培《つちか》われてきたのだろう。多くの信徒を前にして、神の愛を語る人生だ。妻に先立たれ子はいないが、彼を信仰の先達《せんだつ》として仰ぐ後進の牧師や信徒は多い。

「だってさ、リーラ。つーかお前、宗教何だ？　教会入って平気か？」

「…………」

ラザルスの後ろをとことことついてきていたリーラは、返事が出来ない。これまでだったら首を縦に振るか横に振るかで表現するしかなかった訳だが、しかし今日からは違った。

リーラは首から提げたウッドボードを指した。

『はい』とそこには文字が書かれている。

正確には『はい』『いいえ』『わかりません』を筆頭に日常で使いそうな文字が幾つも並べて書かれ、そのうちの『はい』を指差していた。

「そら良かった」

「……………ふむ」

入ってきたリーラの素性を察するぐらいならば、オブライエンは当たり前のように出来るだろう。彼は眉を顰《ひそ》めたが、幸いなことに何もいわなかった。

ラザルスが進んで奴隷を買い酷《ひど》い目に遭わせるほどの悪人ではないと信用しているというよりは、当のその少女の前で非難することは止《や》めておいたというような感じだが。

教会裏口側の小さな生活スペースで、ラザルスが生まれる前から使われていたような朽ち果てる寸前の椅子にそれぞれ座る。ラザルスには少し椅子が低過ぎ、逆にリーラは爪先が浮くくらいの微妙なサイズだ。

「それで、何の用だね？」

言葉はラザルスに向いていたが、オブライエンの目はリーラを捉《とら》えていた。

伸びた眉毛と皺《しわ》の隙間から色の薄れた目に見据えられ、リーラが俯《うつむ》く。まるで森の賢者であるフクロウを連想させる目付きだった。

幾らか意思の疎通は出来るようになったとはいえ臆病さは相変わらずのようで、リーラは微《かす》かに身じろぎをしてラザルスの方へと寄った。

「ここの教科書を、一冊売ってくれ」

『？』

教会と教科書が結びつかなかったのか、リーラがウッドボードの『?』を指差した。ラザルスは肩を竦《すく》め、

「国が作ったクソ救貧院とかもあるが、教会の方でもやってるとこは孤児院やってるんだよ。美以派《メソジスト》のそこの爺《じい》さんもその一人だ」

この前の夜の一件から、多少はリーラがラザルスに心を許しているのは感じられる。以前よりも怯《おび》えが減り、積極的に動くようになり、そして少しばかりの感情を見せるようになった。だがどれほどリーラが積極的になったところで、彼女は意思の表現手段を殆《ほとん》ど全て剝奪《はくだつ》されているような有様《ありさま》だ。喉を焼かれ声が出ないのはラザルスではどうしようもない。が、文字ならば今からでも教えることが出来るのではないか、と思い立ったのが今日のことである。

「ここ、確か日曜学校で使う教材も結構あったよな。基礎教本でいいから、一冊売ってくれ」

「…………！」

リーラが慌てて首を横に振った。用件を伝えずに連れてきたので、本を買うと聞いて驚いたのだろう。

実際、製紙技術と印刷技術の発達によって随分と一般的なものになってきたが、未《いま》だに本というものは高価なものである。そんなものを買い与えられる必要などないと無言で主張するリーラを、ラザルスは無視した。

「まぁ、別に一冊なら譲り渡してもいいが」

「譲るなよ、先生。売っとけ。孤児院の経営も厳しいんだろ？」

「お前に心配される筋合いはない」

「…………！」

「リーラはいつまで首振ってるつもりだ。じゃあ、譲り渡して貰《もら》うぞ。代わりに適当に喜捨していくが」

「そういうのを口に出すでない。そもそも、対価を渡して喜捨を求めるのは信仰の形としては間違いだ」

本気で非難しているのだろう。オブライエン牧師の視線が険しいので、ラザルスは肩を竦《すく》めて誤魔化《ごまか》した。

とんとんと軽い足音が近付いてくる。ノックの音に続いて扉が叩《たた》かれ、開いた隙間から覗《のぞ》いたのは小さな少女の目だ。

「あ、ラザルスさん！　いらっしゃいませ！」

アンという、ここの孤児院に住んでいる少女である。どうやら来客を察して飲み物を持ってきたらしく、度の低いワインがトレイの上に並べられていた。

「久しぶりだな、アン。元気そうで良かった」

「もー、先生！　ラザルスさん来てるならいってくださいよ！　もう少しいいワイン持ってきたのに！」

「客の貴賤《きせん》をそうやって決めつけるのは良くないことだ」

「はぁい、すみませぇん。あ、ラザルスさんにお連れの方がいるなんて珍しいですね！　初めまして！」

人懐《ひとなつ》っこさを満面に湛《たた》えたアンは、あっさりとリーラに近付いてその両手を握る。ぶんぶんと上下に振られて、リーラが困惑していた。

「あぁ、そういえば丁度いいな。教本は何個か種類があったはずだよな。リーラ、アンについていって自分で好きなの選んでこい。悪いがアン、手伝ってやってくれ」

「分かりました！」

「…………！」

アンの距離感の近さに戸惑っていたリーラは、引っ張られるままに立ち上がって、扉の奥へと消える。助けを求めるようなリーラの視線をラザルスは見なかったことにした。

アンは気遣いの出来る少女だし、人見知りを直すには同年代の人間に接するのが一番早いだろう。

少女二人が去ると室内には沈黙だけが残される。オブライエンの方から何かいってくるかと思ってラザルスはしばらくワインを啜《すす》っていたが、いつまで経《た》っても彼が口を開かないので、結局ラザルスの方から一冊の本の代金にしては随分と多い金額を取り出した。

テーブルに積まれた硬貨を見て、それに触れないままオブライエンは眉を顰《ひそ》める。

「何のつもりの金だ？」

「本の代金だよ」

オブライエンは手を伸ばして、上から二枚だけ硬貨を拾った。それ以上貰《もら》うつもりはないといいたげに、もう一度問いかけてくる。

「何のつもりの金だ？」

「突然だけど篤《あつ》い信仰心に目覚めて、先生の仰《おつしや》った『大いに獲得し、大いに節約し、大いに捧《ささ》げなさい』の言葉に従おうかと――」

メソジストの思想を口にすると、無言で硬貨の山をこちら側へと押された。

ラザルスは仕方がないと溜《た》め息《いき》を零《こぼ》してから、耳を澄ませる。遠くでばたばたと音がするが、リーラもアンもこちらに戻ってくるのはもう少し先のことだろう。

「逃げ場が、必要だって思ったんだよ」

「お前なら助けてくれる人は幾らでもいるだろう」

「分かってて聞くのは趣味なのか？　俺じゃなくて、リーラにだよ」

弱気になっているのは分かるが、しかしロニーがあっさりと死んだように、他の賭博師達もあっさりと死んでいくように、ラザルスもいつかその葬列に加わる日が来るだろう。

夜に感じた恐怖は、日中の気温で溶けてしまったのかもう遠いものだ。

「俺がいつか死ぬのは仕方のないことだと諦《あきら》めちゃいるが、リーラはあの通りだ。知り合いも殆《ほとん》どいない。いつかのための逃げ場をあいつに一つ教えておきたかった」

ジョンは道場住まいの根無し草のようなものだし、キースは情夫だし、クーリィはあれで優先順位がはっきりしているのでいざという時に頼れるかといえば不明瞭だ。

ラザルスの人脈の中で、一番いざという時に当てになりそうなのがここだった。

「そこまで心配ならうちに預けていけばいいだろう」

「だから、答えの分かり切っていることをいうなよ。目一杯の孤児を引き受けてるここが、もう一人増える食《く》い扶持《ぶち》を支えきれるのか？」

人間一人を養っていくだけの金額は決して少なくない。この教会の孤児院は既に限界までストリートチルドレンを引き受けていて、そこに無造作に一人を加えれば教会の存続すらも危うくなる可能性がある。

かといってラザルスが安定して喜捨をすることで孤児院を支えるというのも、職業から考えて無理な話である。

「俺が死んだ時に、リーラが逃げることが出来て、ここに駆け込んだら、その時にちょっとばかり助けてやって欲しい。まぁ、その後のことは任せるしかないし、死ぬ気もないが」

窓には税金がかかる。数に比例してかかる窓税のせいで、昨今の建築物はどれも窓が少なく狭苦しいし、この教会も税金対策で幾つか窓を潰《つぶ》したらしい。

日中だというのに教会内は薄暗く、ただでさえ皺《しわ》と髭《ひげ》に隠されたオブライエンの表情は、すっかり影の中に沈んでしまっていた。陰影が必要以上に彼の顔を厳《いか》めしく見せていて、今の言葉のどこかでオブライエンが怒ったのではないかとラザルスは訝《いぶか》しんだ。

しかし口を開いたオブライエンの声音には、怒りではなく驚きが滲《にじ》んでいた。

「お前、少し変わったな」

「身長伸びた？　まだ成長期で若いってことかね」

「前なら、自分が死んだ後などどうでもいいといいそうなものを」

ラザルスの戯言《ざれごと》をあっさりとオブライエンは無視する。

「気のせいだろ、先生。俺は前から優しかったよ」

「前は無頓着に優しかったが、今はしっかりしている。お前風にいうのなら、今のお前はどうでもよくなさそうだ」

「……………どうでもいい」

子供っぽい意地を張った口調になったとラザルスは自覚したし、それは牧師にもしっかりと伝わった。

オブライエンは苦笑して、テーブルの上の金を受け取る。実際問題としてこの教会は幾ら金があっても足りないだろう。保険程度であれ、安心できる要素が増える代金としてはラザルスにとってても安いものだ。

が、一度張った意地はじくじくと心に巣食った。

『なるべく抱え込むな』

と父親が耳元で囁《ささや》いたような感覚。どうでもいい、と呟《つぶや》くが、その言葉では足りなかった。もしかして自分はリーラを抱え込んではいないだろうかと思い、抱え込んでいないしどうでもいいと証明するための行動が必要になる。

ラザルスはそれが余計に自分を子供っぽく見せると自覚しながらポケットに手を突っ込んで、

「よし、確かに考えてみりゃこの教会に預けるってのも、ありっちゃありだ。賭けで勝って多めに喜捨すれば、しばらくの食《く》い扶持《ぶち》は何とかなるだろうし」

「…………おい？」

「表が出たらうちにいるまま、裏が出たら今日先生のところに預けて帰る」

ラザルスはオブライエンが静止するよりも早く、ソブリン金貨を弾《はじ》き上げた。澄んだ音が室内に満ちて、しかし落下するよりも前に途切れる。

オブライエンが手を伸ばして、半端《はんぱ》な位置でコインを受け止めたのである。老人にしては中々機敏な動きだった。

「…………お前な。流石《さすが》に怒るぞ」

「どうでもいい」

怒気を滲《にじ》ませたオブライエンは手の中のコインを見て、困惑からか僅《わず》かに眉を蠢《うごめ》かせ、何をいったものかと悩んでから結局焦げたような息を吐き出した。

「神の意思を試す事なかれ。そうやって投げやりに生きるのは感心せんな」

「はいはい」

肩を竦《すく》めたラザルスに向かって金貨が投げつけられた。エリザベス女王の顔を見てから、またそれをポケットに戻す。

「それ以前に、奴隷もどうかと思うが」

「いつからクェーカー教徒に改宗したんだ?」

「宗旨など関係なく、奴隷だなんて風習が褒められたものでないことなど分かるだろう」

「こっちにも事情があるし、俺が買わなくたって奴隷がいなくなる訳じゃない」

「それとお前の品性は別な問題だ」

「………懺悔《ざんげ》でもして帰ろうか?」

ラザルスは溜《た》め息《いき》のように答えた。

(が、一番の正論は吐かない辺りが、先生のいいところだよなぁ)

結局のところこうして面倒なことになっているのはラザルスが賭博師であり、賭博師であり続けようとする点から発生しているのだ。

適当に金を稼いで、それを元手にしてまともな商売を始めれば自分があっさりと死んだ時のことなどを勘案する必要はないのだから。

ただオブライエンは決してラザルスに賭博師を辞めろといってくることはない。だからこそこうしてラザルスはこの教会に時折やってくるし、たまには孤児院のために喜捨をしたりする。変えられない信念というのは尖《とが》った金属のようなもので、触れられても他人を傷つける以外は出来ないからだ。

「………つーか、騒がしいな」

ばたばたと走り回る音が重なって聞こえてきていた。一つ一つは軽い音なのだが、結構な数があるせいで、まるで土砂降りの日の屋根のようだ。

その内の一つが急速に近付いてきて、ばんと勢い良く扉が開いた。

「………………!」

リーラが飛び込んでくる。初めて見るほど機敏な動きは、身体の細さもあって彼女を猫のように見せていた。

そしてリーラが猫だったならば、多分全身の毛が逆立っていただろう。頬は紅潮し、汗が滲《にじ》み、動転しながら彼女は走ってラザルスの後ろへと回る。肩口の辺りの布をリーラの震える指が摑《つか》んで、ぎゅっと力が籠《こも》った。

何事、と少し疑問に思ったが、思うほどの暇もなくすぐにそれは氷解する。

「姉ちゃん、待てー！」「逃げたー！」「追えー！」「何で逃げるんだよ！」「捕まえろ！」

「ちょっと、ほら、やめなさい！　止まって！」

などと口々に好き勝手なことを叫びながら、この孤児院の小さな子供達が追って来たからだ。その更に後ろからアンが来て、彼らを止めようとするのだが、勢いのついた小さな暴走は少女一人では止められるものではない。

が、大人二人の視線を差し向けられるとぴたりとその場で止まった。

「やべ……」

というのが子供達が同時に思ったことで、数人は口に出していた。ラザルスもオブライエンも表情は変わらなかったが、視線だけでいいたいことはありありと伝わっていた。

「………今日の勉強の課題は倍だな」

オブライエンがはっきりとした口調でそういって、子供達は一斉に悲鳴を上げた。声を荒げてはいないがその分だけ本気であることがはっきりと分かる。

牧師と子供達があれこれと言い交わしている喧《やかま》しさの中で、ラザルスは困っておろおろしていたアンへと視線を向けた。彼女の手には一冊の教本が握られている。

「悪いな、アン。一緒になって選んでもらって」

「あ、いえ、こっちこそうちの子がごめんなさい！　リーラちゃんと仲良くなれて、嬉《うれ》しかったです！」

そういった言葉に嘘《うそ》はなさそうだし、アンが近付いてもリーラが怖がる様子はないので、この短時間でかなり打ち解けたようだ。

「ほら、皆謝って！　そんで上に行って勉強の続き！」

ラザルスと向かい合っている時は年相応くらいにみえるアンだが、しかし子供達に指示を出す時はすっかり大人のように感じられた。手が打ち鳴らされ、子供達が文句をいいつつ去っていく。

昔は自分もああだった時期があるとは理解しているのだが、むしろそれだからこそ子供達の多い環境にラザルスは気疲れを覚える。彼はやれやれと首を振ろうとして、

「で、リーラはいつまで引っ付いてるんだ？」

「………っ⁉」

指摘した瞬間に、文字通りリーラが跳び上がった。

一瞬で無表情が彼女の顔を覆い、ぺこぺこと頭を下げる。が、一度顔に上った血液ばかりは中々降りていかなかった。

「いや別に怒ってんじゃなくて、気になっただけなんだが」

「………」

深呼吸を繰り返してどうにかリーラは落ち着きを取り戻し、テーブルの上のワインを飲み干してからラザルスは立ち上がった。

「じゃ、帰るか」

「はい、ラザルスさん、またお待ちしております！　リーラちゃんも、今度一緒にお勉強しま

しょ?」

「俺に心からそういってくれるのはアンくらいだよ」

「………」

アンの言葉に曖昧《あいまい》に頷《うなず》いたリーラを伴い扉に手をかけたところで、後ろから声がかかる。

「ラザルス」

「何だよ、先生」

「次はきちんと正面から入って来い。お前が捻《ひね》くれるのは勝手だが、子供に裏口からこそこそするようなやり方を覚えさせるな」

隣に立つリーラを見て、ラザルスはどうでもいいと口に出そうとし、次はもう怒られそうな気がしたので肩を竦《すく》めた。

「考えておく」


かりかりとウッドボードを木炭が引《ひ》っ掻《か》く音が響いていた。

オブライエン牧師の教会から本を買ってきた翌日のことである。帰ってきてラザルスはアルファベットを簡単にリーラに教え、それの反復をしているらしい。

いつものようにソファに寄りかかって本を読んでいたラザルスは、視線を上げた。

リーラはテーブルに座って、黙々とウッドボードに向き合っている。音のリズムからしてアルファベットを順に書いているのだろう。

ラザルスは昨日アルファベットを教えただけであり、その後反復しろという指示は出していない。この部屋にいろともいっていない。

それでもリーラは自然とこの居間で、何もいわないままに勉強をし続けている。

「喉渇かないか？」

『いいえ』

「そうか」

聞くと少しだけ得意げに答えを書いてきた。『はい』と『いいえ』の綴《つづ》りは覚えたようで、書き慣れていないバランスの悪い大きな字が、強い筆跡で書かれている。

そうしていると、リーラは鳥に見えた。肌の色からして、クロウタドリだろう。

考えてから苦笑する。歌声の綺麗《きれい》なクロウタドリを、喋《しゃべ》れない少女から想起するのは余りにも皮肉だ。

それにリーラがクロウタドリだとするならば、きっと死んだクロウタドリだろう。人間に都合がいいように、殺されてパイの中に焼き込められたクロウタドリだ。

（闘鶏で少し稼いだりクーリィに雇われたとはいえ、そろそろ賭場に顔を出しておくべきかね）

雑誌のページを捲《めく》りながらラザルスは考える。

（金の問題もあるし、習慣の問題もある。結局賭博に関する技術は賭けなきゃ磨かれないしな。だらだらしててもいいが、どうせいつかは行くんだから）

賭博の腕のみで食べていっているし、それを変える気がないのだから、腕を鈍らせたらそのまま死に繋《つな》がる。

それでは駄目だ。ラザルスの死はもっと歩き果てたその末でなければならない。

もう一度耳をリーラの方に向ける。彼女の書いている音は一定のペースで繰り返され、それはアルファベットを書いているのではなく、短い何かの単語を書いているのだろう。意思の疎通のために必要な単語をさっさと覚えた方が良《い》い、というようなことは昨日教えたはずだ。

同じ単語が延々と書かれ、ウッドボードが一杯になれば固いパンによって擦《こす》り落とされ、そしてまた同じ単語が書かれる。

覚えるためには仕方がないが、些《いささ》かばかりの執拗《しつよう》さを感じるほど繰り返されて、ラザルスは何の単語を一体そこまで練習しているのかと、ちらりと目を向けた。

『ごめんなさい』

と活字をそのまま写し取ったような文字が目に入る。

『ごめんなさい。ごめんなさい。ごめんなさい。ごめんなさい。ごめんなさい。ごめんなさい』

先程からそれをずっと書き続けているのか、機械的なリーラの動きには澱《よど》みがなく、この言葉だけは形が酷《ひど》く整っている。

リーラの顔は淡々としたもので、特に何も感じている様子がない。つまり彼女が理性的に考えて、最も使用頻度が高く練習した方が良《い》いと判断した言葉が『ごめんなさい』なのだろう。

何か一言否定してやろうかと思ったが、彼女の人生がそういうものであったことは確かだ。

ラザルスは首を振ってから、

「もっと役に立つ言葉を教えてやろうか？」

少し言葉を変えてそう切り出した。

リーラが反応して顔を上げるのを待って、ラザルスは無造作に読んでいた雑誌のページを千切る。ぎょっとするリーラを横目にラザルスはテーブルの上にあるペンへと手を伸ばした。

「そうだな……使い易《やす》い辺りでいうと、ヒット、レイズ、サレンダー、ドロー、ベット、フォールド、チェック、スタンド。この辺が言えりゃ、まぁ賭場じゃ困らないな」

本当はもっと下品な言葉も覚えた方が便利なのだが、と内心で呟《つぶや》きながらラザルスが千切ったページにペンを走らせる。ペン先で紙を切るような尖《とが》った癖字が、単語を幾つも書き出した。

『？』

「あぁ、大事な言葉を忘れていた。コール。コールが一番大事だ」

『する、ない、んー』

単語をどうにか並べただけのリーラの曖昧《あいまい》な文字をしばらくラザルスは眺めて、

『賭けをしないから必要ない』

「賭けをしないから必要ない。こんな感じか」

と文章を区切って分かり易《やす》く書いた。リーラが一つ頷《うなず》いて、確かめるようにラザルスの筆跡を追う。まだ流暢《りゅうちょう》に読めるはずもないが、ラザルスの読み上げた言葉が提示された文章になっているという知識は、蓄えておいて問題無いものだろう。

リーラが練習も兼ねてかりかりと文章を写すのを待ってから、そういえばと疑問を抱く。

「まぁ最低限の語彙《ごい》は覚えるとして、何から優先して覚えるよ。語彙《ごい》を増やすにしても方向性を考えた方が楽なんだが」

『分かる、ない、いいえ』

「『分からないです』、か。漠然と言われても、分かり辛《づら》いかね。なんかねぇの？　こう、数日は過ぎた訳だけど俺でも仕事でもいいたいことやら要望やら不満やら。聞くだけなら聞くぞ」

『ある、ない、ます』

「『ないです』。んー、謙譲と敬虔《けいけん》は美徳だが、別にキリスト教徒って訳じゃないんだろ？　ほら、怒らないから何でも適当にいってみろよ」

リーラが教本を捲《めく》りながら拙《つたな》い文字を書き、ラザルスが構文も曖昧《あいまい》なそれをどうにか読み取って、正しく書き直す。リーラがそれを写してから次の言葉を繋《つな》げる。そういった会話は驚くほど効率が悪く、行き交う言葉は非常にゆっくりだったが、しかし急ぐ事情もないラザルスは案外それを楽しんでいた。

リーラは問いかけられてしばし困り、視線をあちこちと動かす。その動きははっきりとしたもので、来た頃のような無理に取り繕った人形のような顔立ちは失われていた。目以外の部分は相変わらずだったが。

数本のミミズがのたくったような線が引かれ、消され、困ったような視線がラザルスを見る。しかし完全に楽しむ姿勢のラザルスはにやにやとしていて、撤回はしてくれないと分かったのか、観念してリーラが短い言葉を書いた。

『ご主人様。優しい。です。何故《なぜ》?』

「…………」

思わずリーラのように黙り込む。真っ先に聞くのがそれなのか、と意表を衝《つ》かれた。

一瞬止まった指を動かして、とりあえず文字を書く。

「『ご主人様は優しいですが、何故《なぜ》でしょうか?』。…………なんだろうな、お前の言葉を単に直しているだけなのに、自画自賛みたいで妙な気分だ」

さらさらと文字を書き付けて、時間を稼ぐ。僅《わず》かな動揺が顔に表れるのを感じながら、随分と黒く染まってきたページをリーラに突きつけて、それを見られることを避けた。

優しいと指摘されて心中に湧き起こるのは、幾らかの苛立《いらだ》ちと、同量ほどの嬉《うれ》しさと、嬉《うれ》しいと感じる自分に対する失望感だ。そのどれを表現してもリーラにいらない誤解を与えるような気がするので、のっぺりとしたいつもの適当な表情を取り繕っておく。

「優しいってのは間違いだろう」

『?』

「優しさってのは、相手のための負担をどれだけ背負えるか、だ。俺がしたのは使ってもいない部屋をやって、どうせ使い道もない端金《はしたがね》を幾らか使って、それ以外は何もしなかった。そういうのは優しいじゃなくて、どうでもいいっていうんだ」

その程度のことを『優しい』と感じてしまうリーラの感性が間違っているのだ、とそこまでいおうかと思って流石《さすが》にやめた。

「どうでもいい。『どうでもいい』って書いてみるか?」

多かれ少なかれ賭博師というのはこういう価値観をしている。ラザルスが見た限りでは誰もがそうだ。

何せ裏社会で、自分の運ばかりを頼りに明日も知れないような暮らしをしているのである。その内に世界中が薄紙のようにペラペラに見えてきて、全てに対して拘《こだわ》りを持てなくなってくる。ラザルスほどはっきりとどうでもいいと口に出してしまう人間は少ないが、それでも誰もが似たような感慨は抱えているだろう。

コインで養子を決めた養父も、そうだった。

「…………」

リーラの右手がぱたりと落ちてしまったのを見て、言い過ぎたかとラザルスは首を振る。

「良《い》いや。気にすんな。別にお前が俺をどう評価しようと、どうでもいいし。それよりも、もっと良《い》い言葉を教えてやろう」

その言葉はラザルスにとって酷《ひど》く馴染《なじ》みのないもので、もしかすると人生で一度も口に出したことがないかも知れないため、スペルを思い出すと一瞬だけ錆《さ》び付《つ》いた金属が擦《こす》れ合うような感触がした。

僅《わず》か四文字を書くのが重たく感じる。

「良《い》い言葉だぞ、これは。多分帝都で一番多く使われている言葉だ。永遠になくならないだろうし、覚えておけばどこでも使える」

書き写すリーラの顔を見ながら、ラザルスは彼女の先について思いを馳《は》せた。こんな風な穏やかな時間は続かないだろうという確信がある。

ラザルスは賭博師だし、リーラは異邦人で奴隷だ。どちらも濁流に浮かんだ葉っぱのようなもので、次の瞬間に沈んだとしても不思議ではない。

だから彼女には祈るための言葉が必要なのだろう。

唇を一度舐《な》めてから、ラザルスは少しばかり不器用にその言葉を口にした。

「『斯くあれかし《Amen》』、だ」

リーラを買ったことで一時的にラザルスの財布は随分と薄くなったが、それを挽回《ばんかい》するのはさほど難しいことではなかった。

元々、ラザルスは賭場へと通う頻度がかなり高い方だ。一度の賭博で稼ぐ金額を抑えている上に、生来金遣いが荒いのだから仕方のない話ではあるが。

賭博をする回数の多さは、逆に言えば一度の賭博での失敗のリスクの軽さを意味している。大勝ちを狙わないのだから元手も少なく、一度や二度の賭場での失敗で、ラザルスはそれほど致命的な事態には陥り辛《づら》い。

かなりの金額だった利益をリーラの購入で手放したことに、さほどの惜しさを感じることもなく、ラザルスは淡々と賭場へと通い、地道な利益を上げ、リーラに三回目の週給を渡す頃にはすっかり生活を元通りにした。

そんなある日、服を買おうとラザルスが思い立ったのは、その日の天気が雨だったからだ。

帝都は土地柄として降水量が多い。季節を問わずどんよりとした雲が空を覆い、テムズ川が氾濫《はんらん》して貧民街が流されるのも頻繁にあることだ。

その日も朝から、細い雨が天上から糸を垂らしたように真《ま》っ直《す》ぐに降っていた。こういう日には綿で包んだように帝都の喧噪《けんそう》もどこか遠く、仕事もせずに読書に励むにはうってつけである。

ラザルスはいつものようにソファで寝転がって適当な本に目を通していて、

「…………っ」

ふと押し殺した息を聞いた。毛玉を喉に詰まらせた猫のような声だ。

「…………っ、っ！」

見れば部屋の掃除をしていたリーラが、身体を丸めて蹲《うずくま》っている。一つ息をするごとにその背中が震え、口元には手が当てられていた。

ラザルスが咄嗟《とっさ》に立ち上がったのは、そのリーラの姿が痛みを堪《こら》えているように見えたからだ。人口が密集し、不衛生な帝都で流行病《はやりやまい》が発生するのは珍しいことではない。

が、ラザルスが何か声をかけるよりも前にリーラはあっさりと立ち上がった。

『大丈夫、です』

ラザルスの方をちらりと見て、ウッドボードに短く単語が書き込まれる。

教本を手に入れてから一週間余り。書き慣れないためにまだ文字は不揃《ふぞろ》いだったが、リーラは基礎的な単語は覚えつつあった。元々、喋《しゃべ》れないだけで英語の理解は十分だったことと、当人の努力のお陰だろう。

どうやらあの変な声はリーラのくしゃみだったらしい、と分かるまでに数秒の時間が必要だった。

「……そうか」

　慌てて立ち上がったことを自覚して、ラザルスは小さく舌打ちを漏らした。気恥ずかしさを感じながら、さも何でもないような顔をして座る。

『ごめんなさい』

　次いで書かれた言葉を見て、ラザルスは僅《わず》かに首を傾《かし》げた。くしゃみをすることと謝ることの間に、関連性が見えなかったからだ。

　しかしもう一度リーラがくしゃみをして、気付く。

　やけに不格好なくしゃみだと思えば、彼女は出来る限りくしゃみの音を小さくしようとしているらしい。生理現象だというのに無理に押し殺そうとするものだから、酷《ひど》く苦しげな呼吸になっていた。

　そしてくしゃみをするたびに、彼女はびくびくとした怯《おび》えを浮かべていた。

（そういや、奴隷だったなこいつ）

　ラザルスは余り意識していない事実を思い出す。

（泣きも喚《わめ》きもしないように調教されたっていうんなら、当然くしゃみもそうか）

　くしゃみや咳《せき》をするたびに暴力を振るわれてきたのだろう。おどおどとした感情を覗《のぞ》かせた視線が、ラザルスの手の辺りを漂っていた。

「どうでもいいといえばどうでもいいが……」

これから帝都は冬に向かい、更に寒くなる。年が暮れる頃にはテムズ川がすっかり凍り付いて、氷上市が開催されるほどである。そしてロンドン大火の直後に建て直された骨董品《こっとうひん》のようなこの家は、隙間風の吹き込まない部屋がない。

これから寒さが厳しさを増す中でずっとこの調子かと思えば、自然と次の言葉が出ていた。

「服買いにいくか」

「………？」

リーラはちらりと視線を動かした。そちらはラザルスの部屋で、彼女は正確にラザルスの衣服を収めた箪笥《たんす》の辺りを見る。

『いっぱい、です』

とまず彼女が書いたのは、養父のお古なども含めて、多くの衣服をラザルスが持っているからだ。リーラが来る前は、箪笥《たんす》に入り切らず内側から服が雪崩《なだれ》を起こして、殆《ほとん》ど箪笥《たんす》が用を成していないほどだった。

「なんでこの話の流れで俺のことだと思うんだよ。お前だ、お前」

「………？」

「帝都の冬をその布切れ一枚で乗り切るつもりってんなら、止めはしないが」

「………っ!?」

リーラが文字通りに飛び上がった。表情も崩さず動きも鈍いことが多いので、よほど驚いたのだろう。

「…………っ！　…………っ！」

驚き過ぎて文字が頭から抜けてしまったらしい。何事かを必死に訴えかけてくるが、それは身振り手振りだけだった。

どう見ても、喜んでいる様子ではない。恐縮し、怯《おび》え、遠慮している。自分はこれ一枚で平気だから買う必要はない、というような動きに見えた。しかしラザルスは強いてそれを無視した。さも分かったような顔で頷《うなず》き、適当なことをいう。

「そうかそうか。そんなに嬉《うれ》しいか。よし、じゃあすぐに買いにいくぞ」

「…………⁉」

「あぁ、だが俺は女ものの服に詳しくないんだよなぁ。下手な店で盗品摑《つか》まされて、面倒事になるのも嫌だし」

視界の隅で控えめに抗議しているリーラを面白がりながら、ラザルスは思いついた。

「そういや、最近、いかにも向いてそうな奴《やつ》に恩を売ったっけな」

賭博師のキースの居所を見つけ出すのは簡単だった。

手近な酒場へと入って、給仕《きゆうじ》をしている女性へと声をかけるだけである。その時に『金を貸したが返してもらえず困っている』というような顔をしてみせればいい。

この辺りの酒場でキースが入ったことがないところはないし、入った酒場でキースが女性に声をかけないこともない。賭博師としての腕はともかく、顔の広さならば彼はラザルスよりもずっと上だ。

そして噂《うわさ》好《ず》きな酒場の女性はキースが近頃どの酒場に出入りしていて、誰と恋模様を描いているのかを喜んで教えてくれる。ラザルスがキースを見つけ出すまでにかかった費用と時間は、ワインを数杯飲み干す程度のものだった。

「服ですか！　確かにこの前会った時も、折角可愛《かわい》いのに地味な服着てるなって思ったんですよね」

コーヒーハウスで女性と相席していたキースは、やってきたラザルスの用件を聞いてそういった。

「こっちの人とは違う肌の色なんですから、それが映えるような色を着た方がいいと思うんですよねぇ。明るい色のドレスって太って見えるんで着こなし難しいんですけど、リーラちゃんなら肌との対比がぱきっとして綺麗《きれい》ですよ、きっと！」

「話が早くて助かるが、そこまで食いつかれるといっそ気持ち悪いな」

「ラザルスさんは相変わらず言葉がきっついなぁ。——あ、そういう訳で失礼しますね。楽しい時間でした。また会いましょう」

キースが席から立ち上がって、対面に座っていた女性へと手を振る。二人の前にはコーヒーのカップが置かれていて、キースは支払いをする素振りも見せないというのに、女性は全く気にした様子がなかった。彼らの関係はそういうものであるらしい。

「確認ですけど、古着でいいですよね？　オーダーメイド？」

「この気温の中オーダーメイドなんて待ってられるか。今日のうちに買って帰れるならなんでもいいが」

「それならいい店を知ってますよ。ここから遠くもないですし。リーラちゃん、新しい服買ってもらえて良かったですね。そういえば髪の毛って結ばないんですか？　下ろしてるのも似合いますけど」

「…………」

リーラの人見知りは一度会った程度では拭《ぬぐ》われず、彼女はキースに対して露骨に緊張していた。人懐《ひとなつ》っこい笑顔を浮かべたキースに対して、ぎこちなくも律儀《りちぎ》に首が横へ振られる。

「俺は元より、こいつもちゃんとは結べないらしいからな。当分はこのままだろう」

「男でも凝った髪型を作れると便利ですよ？　女の子の髪触る口実が出来ますし」

「どうでもいい」

この頃の傘といえば女性の日傘を主に指し、傘というものは紳士の持ち物ではないとされていた。

雨の日に傘をさすという習慣が生まれたのは、この世紀の後半に入ってからのことだ。それまで傘といえば女性の日傘のことばかりで、それは紳士の持ち物ではないとされていた。

最近では傘を持ち歩く男性も珍しくなくなっている。むしろ細くキツく巻き上げた傘は、ステッキに代わる新しい紳士階級のシンボルになりつつあった。勿論《もちろん》、旧来の文化を重んじる人々からの蔑視《べっし》も当然あったが。

ラザルスとキースのどちらもが傘を持っていなかったのは彼らが伝統を重んじる人格であるから、という訳ではない。

単にどちらも、出かけるまでその日の天気も確かめないようなものぐさだからである。

金銭的な余裕があるのだからラザルス達は馬車に乗ればいいのだが、帝都の通りはいつだって渋滞を起こしている。車道は雨に打たれて不機嫌な馬達の牽《ひ》く馬車で埋まり、近い距離なら馬車に乗るよりも歩いた方がずっと早い。

目的地は近いとキースから聞いたラザルス達が、雨に濡《ぬ》れながら徒歩で進んだのは彼らにとっては自然な選択だった。

古い石畳はあちこちが罅割《ひびわ》れ、水溜《みずたま》りになっている。ラザルスは思わぬ深みにはまって足をくじかないよう気をつけながら、

「しかし、案外何も言わないんだな」

「何がですか？」

「奴隷にわざわざ服を買うとかいったら、大抵は変人扱いされると思うが」

「そうですかね？」

考えもしなかった、というようにキースはきょとんとした。

「綺麗《きれい》なものを着飾らせたいのは、当たり前の気持ちじゃないですか？」

「…………たまにお前のそういうところが羨《うらや》ましくなるよ」

しみじみとラザルスが溜《た》め息《いき》を零《こぼ》した頃に、キースが足を止めた。目的とする店に着いたらしい。

「ここが……？」

一見して、そこが店であることを示すものは何もなかった。

看板も出ていなければ、扉が開いている訳でもない。雑然としたイーストエンドの通りの、ありふれたタウンハウスという風情《ふぜい》だ。ただラザルスの家とは違いきちんと手入れがされているようで、家主の几帳面《きちょうめん》な気質を窺《うかが》わせる清潔さがあった。

場所を間違えていないかと訝《いぶか》しむラザルスの前で、あっさりとキースが店の扉を開ける。仕方なしにラザルスもその後ろを追って、尻込みしたリーラを手招きした。

「お邪魔しまーす。ダリアさん、いますか？」

室内は暗く、そして狭かった。部屋自体はそれなりに広いというのに、所狭しと木箱や布が積み上げられているのだ。ラザルスの身長ほどの高さにまで積み上げられているせいで室内灯の光も通らず、雨の降っている外よりも薄暗い。

辛《かろ》うじて人の通れるような道だけは確保されているが、そこもせり出した布切れや毛糸玉のせいで歩き易《やす》いとはとてもいえなかった。

「これ、全部服か？」

暗さに目を慣らしたラザルスが訝《いぶか》しむ。

開いた木箱や、その上に積まれた布は全てが衣服であるようだった。貴族の着るような豪奢《ごうしゃ》なドレスから、メイドの着るようなシンプルなワンピース。あるいは男性用の刺繍《ししゅう》の施された上着に、工場の作業員が着るような丈夫なズボンまで。老若男女《ろうにゃくなんにょ》も、その価値も関係なく、ラザルスには分からない分類方法で山積している。

中には衣服以外のものもかなり混じっていて、別な木箱の中には櫛《くし》や懐中時計など小物類がぎっしりと詰まっている。

「はいはい、その声はキースくんですか？」

応えは店の随分奥の方から返ってきた。

服の山に遮られてどちらから聞こえてきたのかも分からないが、キースは迷いなく進む。すぐにぽっかりと木箱が避けられた空間が見えた。

彼女がダリアなのだろう。壁に向かい合うように机が置かれ、その前の揺り椅子に女性が一人座っていた。

年月が彼女の背中を丸め、その肌に多くの皺《しわ》を刻んでいる。髪の毛は真っ白に染まり、こちらを見た時の仕草から視力に問題があることが分かった。

筋力も衰えているようで彼女は少し辛《つら》そうに立ち上がり、しかし品のいい仕草で頭を下げる。

「あら、お客様でしたか。いらっしゃいませ」

「前にジャケットのボタンをつけ直して貰《もら》ってからだから、一月ぶりくらいですか？　お元気そうで僕も嬉《うれ》しいです」

「キースくんは、今日はまた女の子への贈り物ですか？」

「いえ、今日は手持ちがないんで。こっちのラザルスさんが、リーラちゃんに服を買ってあげたいらしくて」

「そういうことだ」

ラザルスはさりげなく自分の陰に隠れようとするリーラを前へと押し出した。眼鏡を押し下げ、目を細めたダリアが緊張を滲《にじ》ませたリーラを見遣《みや》る。

異国の肌の色をした少女にダリアは少し驚いたようだったが、すぐに人好きのする笑顔を浮かべた。

「まあ、可愛《かわい》らしいお客様ですこと。この格好では寒そうですし、一揃《ひとそろ》いということでいいのかしら」

「頼む」

「分かりました。さ、そんなに怯《おび》えないで。あなたの身体に合った服を探しましょう」

ラザルスに背中を押されて、リーラがダリアとともに服の山の間を歩き出す。ラザルスは眉を顰《ひそ》めてキースへの耳元へと口を寄せた。

「で、なんだここは」

「服屋ですよ？」

「真っ当な店に見えないが、盗品は断るぞ」

服というのはかなりの高級品だ。一般的な庶民であれば普通は二、三着しか服を持っておらず、年中着た切り雀《すずめ》ということも珍しくない。

これだけ多くの種類と数の服を積み上げて、まともに営業している様子もない店が真っ当なものとはとても思えなかった。

「疑《うたぐ》り深いですねー。ダリアさんはさる貴族の家で長年家庭教師を務めてきた人で、その時の伝手《つて》ですよ」

「家庭教師がなんで服屋になんだ」

「古着っていうのが上から下に流れていくものだからですよ。物理的な表現ではなく、社会階級として」

そのくらいはラザルスも知っていた。帝都の路上では多くの古着が販売されているが、それらは大抵上流階級が売り払ったり、あるいは上流階級から盗まれたりしたものだ。

「古着の流れの中に、『使用人がその主人から受け取る』っていうのも結構あるんです。例えば家のメイドが見窄《みすぼ》らしい格好だったら、家の評判に問題がありますよね？　だからその家のご令嬢とかの着古しを使用人にあげるんです」

豪華な古着を与えたせいで見目のいいメイドがうっかりその屋敷《やしき》の主人と誤解される珍事が頻繁に起きたり、それが原因で黒いワンピースにエプロンドレスという、いわゆるメイド服の誕生に繋《つな》がっていったりするのだが、さておき。

「ダリアさんは昔から手先が器用だったらしくて、その古着をメイドさんの身体に合わせて仕立て直すのとかを頼まれてたんですよ。で、仕立て直してもらったメイドが別な家に転勤して、そこでダリアさんの話をして、そっちからも頼まれて。家庭教師を辞めてからもそっちの仕事は残って、このとおりらしいです」

「まさかこれ全部仕立て直しなのか？」

「それこそまさかですよ。仕立て直しのついでに料金代わりで何枚か服が贈られたり、着なくなった服が回ってきたり。そういう積み重ねの結果なんですってさ」

道理で、店構えが客を想定していないように思えたはずだ。ラザルスは得心する。

一般の客を受け入れる種別の店ではなく、伝手《つて》のみで仕事が完結しているのだろう。それに家庭教師を辞してからも続けているということは、殆《ほとん》ど老後の道楽に近いのかも知れない。

盗品の心配がないことも分かる。使用人から回ってくる仕事が殆《ほとん》どで、その身許《みもと》が分かっている以上、盗難騒ぎなどが起きればすぐダリアの耳に届くからだ。

「それにしても凄《すご》い数だが」

「もう老後も長いですからねぇ。気付いたらこうなっていましたよ」

ダリアの声が聞こえて、一瞬ラザルスはびくりとした。いつの間にか店の奥の方に消えていったと思った彼女が戻ってきていたらしい。

「……………聞こえてたのか」

「目は近いですけど、まだ耳は遠くないですから」

ころころとダリアが笑う。握った紙のように顔をクシャクシャにする笑顔は、年齢を感じさせない愛嬌《あいきょう》があった。

「つーか、貴族の家庭教師とキースの接点が見えねぇな」

「決まってるじゃないですか。僕がナンパしたんですよ。コーヒーハウスで本を読んでいる姿が素敵で、つい」

一瞬冗談かと思った。しかしダリアはまるで少女のようにその頰を染めていた。

「………なんというか、お前のそういうところは本当に凄《すご》いよ」

ダリアが照れ、話を変えるように空咳《からせき》をする。

「こほんっ。二着ほど似合いそうな服を探してきましたよ。どちらか選んであげてください」

ダリアがそういって、彼女の後ろからおずおずとリーラが現れる。

リーラの両手には一着ずつ服があった。一枚は子供らしいワンピースで、裾にフリル、腰元には大きなリボンがあしらわれている。淡いクリーム色を基調としていて、リーラの肌との対比が鮮やかだった。

もう一枚はもう少し大人っぽいものである。色は深海のような濃紺で、胸元にはレース。スカートの内側はペチコートになっているのか、動き辛《づら》くない程度に膨れていた。

ラザルスは二着をまじまじと見つめてから、

「善《よ》し悪《あ》しが分からん」

「うっわ、ラザルスさん、さいってー」

「うるせぇ」

自分の着る服にも無頓着な人間が、他人の服に口出しできるはずもない。色の違いやデザインの違いは見れば分かるが、似合うかどうか、どちらがいいかなど、ラザルスがいえることは一つだけだ。

「どうでもいい。リーラ、好きな方選べ」

「…………っ！」

リーラは、頭が取れるのではないかという勢いで首を横に振った。明らかにリーラは服を買ってもらうのを遠慮しているらしい。

ラザルスは得心したように頷《うなず》いてから、

「なるほど。…………ダリアさん。どっちかだけじゃ嫌だってそこのがいってるから両方売ってくれ」

「………!?」

「私は商売だから売りますけど、いいんですか？　リーラちゃん凄《すご》い勢いで首振っていますけれど」

「なんだ、もっと買って欲しいのか。じゃあとりあえずその二枚に合わせたコルセットに、下着《シュミーズ》と、ブーツと、後何がいるんだ？　とりあえず小物類適当に見繕ってくれ」

「ラザルスさんほんとそういうとこ、いい性格ですよねー。あ、このタイツとかきっと似合いますよ」

いい性格はお互い様のようで、キースも便乗してリーラの前に服を置いていた。

リーラは手に持った服を下ろすことも出来ず、つまり文字を書いて主張することも出来ず、おたおたとするばかりだ。

その様を眺めているのも面白いものだが、余り追い詰め過ぎても具合が良くない。ラザルスはリーラの両手から服を取り上げてから、肩を竦《すく》めた。

「どっちにしろ服は買うんだから、諦《あきら》めて好きなもん選べよ。そうだな……、欲しい小物一個拾ってこいよ。それまで俺らは勝手に買うもの決めてくからな」

「………っ」

無造作に服を積むラザルスの手つきから、彼が本気だと分かったのだろう。リーラが飛び上がって駆け出した。

存外に早く、十秒ほどで戻ってくる。事前に何かに目を付けていたのだろうか。

リーラは何かを勢い良く置き、これで終わりだというように無表情にラザルスを見つめた。

「ま、良しとするか。締めて幾らだ？」

「きちんと値段を決めることも少ないのですが……。古着ですし、諸々《もろもろ》込みで十ポンドくらいでどうでしょうか？」

その値段を聞いてリーラは卒倒しそうになっていた。半年は普通に暮らせる金額である。

「そんなもんか。丁度よかった。ここ、紙幣で払えるか？」

ラザルスは財布から二枚の紙を取り出した。白と黒の二種類の透かしが入った紙に、守護女神ブリタニアの座像が印刷されたそれが一見して金に思えなかったのだろう。リーラが首を傾《かし》げる。

ラザルスは五ポンドの支払い文言が書かれた面を見せながら、簡単な説明を口にした。

「紙幣、ちゃんというならイングランド銀行券だな。この紙を持っていくと銀行が五ポンドを金で支払ってくれる。つまりこの紙一枚で、重い上に嵩張《かさば》る硬貨を何枚も持ち運ぶ手間が省けるってことだ」

ヨーロッパで初めて紙幣が使用されたのは、1661年スウェーデン王国でのことである。三十年戦争によって金銀を放出してしまった当時のスウェーデンでは、取引の殆《ほとん》どを銅貨によって行う必要があった。しかし一枚当たりの価値が低い銅貨では高額の取引には不便で、それを代替するためにストックホルム銀行券、つまりはヨーロッパ初の紙幣が使用された。

それから一世紀余り。銀行や国によって価値が担保された兌換《だかん》紙幣は徐々にその使える範囲を広げつつある。

証書らしい堅い文章はまだリーラの語彙《ごい》では読み解けなかったようだ。曖昧《あいまい》に目線が紙幣の上を這《は》ってから、首が傾《かし》げられる。

「………？」

「便利そうだが何で皆使わないのか、って顔だな。簡単な話だ。このイングランド銀行券は今のところ一ポンド以上の金額しか発行されてない。額面が大き過ぎて庶民の生活じゃ使う機会がねぇんだよ。それに紙切れが金になるのが信用できないってんで、紙幣を嫌う人も多いしな」

「私は拘《こだわ》りませんから、紙幣で大丈夫ですよ」

本来ならば金貨を十枚も持ち運ぶ必要があるところを、紙を二枚渡すだけの手軽さで済む。庶民が使うことは殆《ほとん》どないが、その便利さは確かなものだとラザルスは思った。

買った服を包むためにダリアは服の山を抱えて奥へと戻った。服の重さに負けるようによたよたとした歩き方を見送ってから、リーラがその手に何かを持っていることに気付く。

「そういや、さっき何持ってきたんだ？」

好きなものを取ってこいといわれて、リーラが慌てて持ってきたものをラザルスは確認しなかった。

水を向けられてリーラが一度、ゆっくりと瞬《またた》きをする。それから彼女は首から下げていたウッドボードに言葉を書き込み、躊躇《ためら》う素振りを見せてから、持っていた何かをその上に乗せてラザルスへと差し出した。

「懐中時計……………？」

ウッドボードの上に乗っていたのは小振りな懐中時計だ。銀の上蓋には牡鹿《おじか》の模様が精緻《せいち》に刻み込まれ、角の部分だけが金色に染められている。

「小さいけどそれ男物っぽいが……」

いいかけて、ウッドボードの文字に気付いた。

『どうぞ』

と簡素に一言だけ書かれている。

リーラは自分の着ているワンピースのポケットから、別な懐中時計を取り出した。彼女が来た最初の日に、ラザルスが与えたものだ。その懐中時計を彼女は胸に押し当てて、その代わりのようにウッドボードと、そこに乗った牡鹿《おじか》の懐中時計をラザルスに近づける。

「………あー」

ラザルスは口を開いて、それから閉じた。何をいうのが適切か分からず、かといって口癖の『どうでもいい』をいわないことは彼にとって非常に珍しい。

好きなものを取ってこい、とラザルスはいった。

そこで彼女は咄嗟《とっさ》に、ラザルスに懐中時計を選んだらしい。どういった感情でそれを選んだのかは分からなかったが、今こちらを見つめているリーラの瞳の中に、最初の日にあったような疑念と恐怖の色はなかった。

「……あー、うん、なんだ。どうも」

懐中時計をウッドボードから取り上げる。

リーラがこちらを窺《うかが》っている。自分のものを選べとははっきりといわなかったが、勝手なことをして怒られないか不安なのだろう。

確かに、まさか懐中時計を持ってくるとは思わず、意表は突かれた。だがそれは決して嫌な感覚ではなかった。

何をいうか思い浮かばず、半端《はんぱ》な沈黙が落ちる。

「…………」

「…………」

「……………ぷふっ。ぷははっ」

その気まずい沈黙を破ったのはキースの噴き出した声だった。堪《こら》えきれなかったとばかりに、キースが腹を抱えて笑う。

「あはははは！　ラザルスさんのそんな困った顔初めて見ました！　あっははは！　ラザルス

さん、変な顔っ！『どうも』って！　ははっ！」

「うるせぇ」

「ラザルスさんにそんな顔させるなんて！　リーラちゃん、絶対将来は大物になりますよ！」

リーラがこちらを見ていることに気付き、ラザルスはポケットに懐中時計を仕舞った。まだ笑い続けているキースにもう一度呟《つぶや》く。

「うるせぇ」


キースの案内で服を買ったその翌日、日もとっぷりと暮れてから、ラザルスはリーラを伴って街へと出た。

「腹ァ壊すぞ」

とラザルスは隣を歩くリーラに声をかける。

「………？」

顔を上げて、首を傾《かし》げたリーラの姿は昨日までとは随分と変わっていた。

コルセットが巻かれたことで背筋はすらりと伸び、その身体を包んでいるのはクリーム色のワンピースだ。腰の後ろに大きなリボンのついたそれは少女趣味が過ぎるようにも思えたが、元々人形のような顔立ちのリーラが着ていると不思議と違和感はない。

What be?

踵《かかと》の持ち上がったブーツを履いているせいで僅《わず》かに視線が高くなっていた。

買ってもらった服を汚さないようにぴょこぴょことした奇妙な足取りになっていたことも、興味深そうに通りのあちこちを見回していたことも無自覚だったのだろう。リーラは日を経るごとに整ってきている文字で問いかけてくる。

『何、です、か？』

「歩き売りの持ってる商品に気を引かれるなって話だよ。売れると思ってこっちに来られても面倒だし、毒入りの食事なんてぞっとしないだろうが」

『毒？』

帝都の夜は明るい。街のそこら中に建てられた街灯がすっかり夜の暗さを押し退《の》けてしまうせいだ。

帝都で生まれ育ったラザルスにとってその明るさは見慣れたものだが、リーラは未《いま》だに慣れないようで視線は時折揺れる街灯を眺めている。この分だといつかにドイツの王子が帝都を訪問した際、いつもと変わらず建ち並ぶ街灯を自分のための歓迎だと勘違いして大喜びしたという与太話にも信憑性《しんぴようせい》がありそうである。

そして帝都は眠らない。通夜《つうや》の営業をする店が珍しくなくなった昨今では、むしろ夜こそが自分達の時間だとばかりに、昼の間は引っ込んでいた後ろ暗い連中がうぞうぞと虫のように湧き出してくるからだ。

リーラを連れて夜の街を歩きながら、ラザルスは肩を竦《すく》める。今よりも貧しかった頃に食べた味が記憶から浮かび上がってきて、ラザルスは喉が縮み上がるような苦みを覚えた。

「歩き売りの商品は大体碌《ろく》でもないからなぁ」

人が歩いていれば、それを目当てとした歩き売りもまた夜にだって見られる。

今も歩道はごった返していて、人々の影が人形劇のような奇妙なバランスで建物の外壁へと投げかけられていた。

帝都の路上で売られている商品は、およそこの世の全てといっていい。

食品や飲料を始めとして、本や雑誌、衣服や時には家具まで売ろうとしている人までいる。それぞれ持ち回りを決めて歩いている娼婦《しょうふ》達まで含めて、帝都の路上で生活に必要なものは全て買うことが出来るだろう。

ただしそこには『質さえ問わなければ』という一文を付け加える必要がある。

「例えば、今お前が見てたパンなら、値段の割に白過ぎるな。ミョウバンか、骨、もっと酷《ひど》けりゃ鉛白《えんぱく》辺りが混ざっててもおかしくない」

鉛白《えんぱく》をリーラは知らないようだったが、骨という言葉に眉を顰《ひそ》めていた。無論、鉛の化合物である鉛白《えんぱく》が人体に悪い影響を与えることは間違いない。

「つーか、基本路上で売られてるものなんてそんなもんだ。コーヒーって売られてるのはコーヒー豆からじゃなくてタチナタ豆から作られた偽物《にせもの》で、紅茶はリンボクとか黒苺《くろいちご》でかさましされていて当然。酢と偽って硫酸が売られてるし、ワインは水で薄めた後に焼いた砂糖とか樫《かし》とかで色を付けて誤魔化《ごまか》す訳だ」

それ以前の問題としてまともに品質管理もされずに一日中持ち歩かれている商品である。帝都の上空を飛んでいく鳥達の糞《ふん》や、風に乗ってくる煤煙《ばいえん》なども降り掛かったそれらの食べ物が、身体にいいはずもない。

ラザルスは近くの魚屋に近付いて、そこで売られている鱈《たら》の腹を突いてみた。

ぶふ、と間の抜けた音とともに鱈《たら》の口から大量の空気が噴き出し、半分ほどにまでその腹が萎《しぼ》む。腹の中に空気を入れて嵩《かさ》ましして売るのもまた、ありふれた手口だ。

お冠《かんむり》の魚屋に適当に応えてから、ラザルスは『ほら』というようにリーラを見た。

『危険、です、では?』

「そりゃそうだろう。下手に食ったら死ぬぞ。だがそのくらいして売らないと歩き売りの連中も食っていけないしな。貴族かジェントリか新興富裕層でもなきゃ、優雅な暮らしなんて望むべくもないんだよ。………おっと、賭博師も付け加えとくか」

そうと理解しても、しかし空《す》きっ腹《ぱら》に食べ物の匂いが届くと、不思議と美味《おい》しそうに感じられてくるのもまた真理だ。

人間の理性というのはそのくらいの適当なもので、だからこそこうして不均衡な帝都が今日もまた賑《にぎ》わっているのだろう。

『美味《おい》しい、そう、です』

「別に金には困ってないんだから、買うならもっとまともな商店で買った方が良《い》い。港の方に行けばこの手のとは違う、ちゃんとした飯が売ってるからな――――お？」

と、前方から音が聞こえてくる。人々の粗暴な歓声と、それに重なり合う鈍く重い音だ。聞き慣れていれば、それが人間の拳が肉を打つ音であることにすぐ気付けるだろう。

「あぁ、まだやってたか」

路上の一角を占拠して行われているのは拳闘《ボクシング》だ。

素手による暴力が発散する動物的な熱気は寒い帝都の路上にじわじわと広がるようで、事前に拳闘をやっている場所に向かうと伝えられていたリーラが僅《わず》かな怯《おび》えを浮かべた。

拳闘という賭博の発祥は極めて単純である。帝都では酒が飲める場所が幾らでもあるし、酒を飲めば手の早い奴《やつ》は喧嘩《けんか》を始める。喧嘩《けんか》が始まればその周囲の酔客達は勝ち負けを賭けるし、そこに金が発生するのならば誰かが商売を始めるのだ。

そうした荒っぽい発祥を持つために路上の拳闘においてルールというものは殆《ほとん》ど存在しない。三十秒間ダウンを取れば勝利。拳闘とはそれだけの戦いだ。

「おーおー、夜も遅いのに、元気だなぁおい」

相当な人数が観客として集まっているというのに、後方からでも見やすいようにほどほどの間隔が自然ととられているのが不思議なところだった。

ラザルスは人混みの上から、リーラは人混みの隙間からその内側を覗《のぞ》く。人垣が作り上げたリングの中では、今まさに二人の女性が白熱した戦いを繰り広げていた。

『女性？』

「拳闘やってる女は結構いるぞ。なんせ、観客からの受けがいいからな」

プロの拳闘士《ボクサー》である女性は動き易《やす》くするためにドレスの裾を捲《まく》り上げて縛っているし、戦っているうちに服がはだけることも珍しくない。

殴り殴られて顔面を血に染め髪の毛を振り乱す女性を見て興奮を覚える男は、かなり多い。気持ちは分からないでもないな、とラザルスも思う。

二人の女性拳闘士の戦い方は対照的だった。

一人はまるでネコ科の動物のようにしなやかかな体躯《たいく》で、もう一人はビールの樽《たる》のような頑健な体つき。猫のような女の方が素早さでもって相手を翻弄し、しかし一撃ごとの威力でいえばビール樽《だる》の方が圧倒的なので一発捉《とら》えることが出来れば勝負の行方は分からないという感じだ。

ビール樽《だる》の方はもう相当な打撃を食らっているのだろう。元は留めていたはずの髪の毛はだらりと垂れ落ち、額から流れた血で顔に貼り付いている。だがネコ科の方もそこまでの数の打撃を繰り返し疲弊しているのか、肩で息をしていて、眺めている間にも徐々に足取りが重くなってきていた。

不意に試合が動く。帝都の路上は舗装されているが、しかし所によっては舗装の石が剝《は》がれていたり欠けたりする。猫のような女の方が、欠けた舗装に足を引っかけ、転びかかったのだ。

その隙を見逃さずにビール樽《だる》が、最後の力を振り絞るような突進。倒れかけた姿勢のまま腕の力だけで放たれた反撃を意にも介さず、渾身《こんしん》のボディブローを猫のような女の胴体へと叩《たた》き込む。女の身体が浮き上がり、くの字に曲がる程の威力だった。

細い身体にそれが突き刺さっては堪《たま》らず、猫のような女が倒れ込む。顔面が鬱血《うっけつ》し呼吸が弱々しいのを見るに立ち上がるのも困難だし、立ち上がったところで試合にはならないだろう。

リーラの引き攣《つ》るような声のない悲鳴と、ちりんと軽い音がラザルスの耳に届く。

「決まったか」

ラザルスが見ている前でよろよろと猫のような女が立ち上がり、

「猫っぽい方の勝ちだな」

胴元も兼ねているレフェリーが、猫のような女の方の腕を高々と掲げた。

「…………？」

「む、あぁ、ほら、あれ見えるだろ。樽《たる》みたいな腹の奴《やつ》の足下。コインがある」

倒れたのは猫のような女だったのに、そちらが勝ったというのが不思議だったらしい。リーラが視線を向けてきたので、ラザルスは指差して女の足下の小さな金属片を示した。

「路上試合のルールなんて無いに等しいが、一応『引っ掻《か》く』と『髪の毛を掴《つか》む』は反則ってことになってる。んで、女の拳闘士の場合それを防止するためにコインを握り込む規則がある」

ラザルスはポケットからいつものソブリン金貨を取り出して、握ってみせた。握っている間は引っ掻《か》くことが出来ないと言う寸法だ。

「多分疲労で握力が弱ってたんだろ。ブロー打った瞬間に、左手が緩んで樽《たる》みたいな奴《やつ》がコインを落とした。だから反則負けってことだな」

とはいえ、それ以外の反則はないのだ。頭突きから肘《ひじ》撃ちからタックルまでありとあらゆる技が繰り出されたせいで、女達は勝者も敗者も酷《ひど》い有様《ありさま》である。

血を見て、自分の方が貧血を起こしそうなリーラが、言いたいことは何となく分かる。

「まあ、野蛮で物騒な遊びだな。が、大衆の望みを反映している。帝都は血《ち》腥《なまぐさ》いことが大好きな馬鹿ばっかりだからな」

帝都で過ごす日常の中で、物騒さがないものを探す方が大変なほどなのだけれど、

「が、飛びっきりの馬鹿が今それを変えようとしているところだ」

ずん、と足音は帝都を揺るがすようだった。

たった今の女二人の戦いの余韻が、その男が路上に歩み出てきた瞬間に消し去られた。衣服を脱ぎ捨てた上半身は巌《いわお》のような筋肉によって覆われ、闇すらもが押し退《の》けられて路地裏へと逃げていったようだ。

ジョン・ブロートン。拳闘士の友人が、今日の興行の終わりを飾ろうと現れる。

周囲の観客どころか、歩き売りや露店の人々までもが、それに戦いを終えたばかりの拳闘士達までが視線を奪われる。

「…………？」

口は開かないがリーラは蒙昧《もうまい》という訳ではなく、むしろ歳《とし》の割に目端の利《き》く方だろう。彼女はちらりと見てから、首を傾《かし》げた。

ジョンが両腕に薄い革製のグラブを嵌《は》めていたからだ。

ラザルスもそれを見て取って、口《くち》の端《は》を曲げるようにして笑う。無論、他の拳闘士達は誰一人としてグラブなど嵌《は》めていない。

「相変わらず、馬ッ鹿だなぁ、あいつ」

対戦相手もまた現れる。こちらは初めて見る顔だった。周囲の話を聞くに、最近ロシアの方から流れてきた男らしい。

（寒い方に行けば行くほど熊はデカくなるらしいが、人間もそうなのかね）

尋常ではない体格を誇るジョンよりも大きいというのだから、もうその北国出身の拳闘士は半ばお伽噺《とぎばなし》のトロールか何かに思えた。

北国の男はグラブなどつけていなかったが、しかしごつごつと発達した両方の拳は素手のまま叩《たた》き付けても岩を砕けそうである。油かなにかを塗っているのか、身体の表面がてかてかと街灯を反射していた。

ジョンが戦うところを見たことがないリーラが、不安そうに文字を書く。

『危ない、です？』

「ぶっちゃけ、拳闘ってのはかなり危険だ。素手で相手がぶっ倒れるまで殴り合うんだから、そりゃ怪我《けが》もするし、治らない怪我《けが》になることもあるし、死ぬこともある。つーか、普通に転んで頭打っても石畳なら危ないしな」

レフェリーの指示に従って、数歩分の距離を置いてジョンと対戦相手は向かい合う。

口々に声を上げていた群衆が、その瞬間だけしんと黙った。張り詰めた緊張が限界に達するのを見計らってから、レフェリーが手を挙げる。

「ファイッ！」

直後、それ以外知らぬとばかりに突き出された両者の拳が、それぞれの顔面を捉《とら》えた。

馬車が正面衝突したような破砕音。ジョンも対戦相手も仰《の》け反り、しかし一歩たりとも引いて堪《たま》るものかと、裂帛《れっぱく》の叫びとともに、靴底が石畳を踏み締める。

違和感は誰でもすぐに気付くだろう。二人の戦いを眺めれば、ジョンが『馬鹿』であることは一目瞭然だ。

「…………？」

リーラが、戸惑ったように首を傾《かし》げる。

北国の男は正統派の路上拳闘士といった感じである。即《すなわ》ち身体のどこをぶつければ威力が高いのかを熟知し、コンパクトに纏《まと》めた肘《ひじ》や膝《ひざ》を交えながら、体全体で威圧するように距離を詰めていく。

中には太腿《ふともも》や金的を狙っての下半身への打撃も含まれ、機動力を奪うためのその攻撃は極めて危険で、極めて強力な攻撃だ。

「全く。それに比べて、ジョンは馬鹿だ」

ジョン・ブロートンは下半身《ロー》への打撃《ブロー》を打たない。

彼は拳闘の将来を憂い、今後の帝都で活躍していく拳闘士を育てるために自宅すら捨てて道場を立ち上げた男である。

当然ながらその思想は戦い方にも反映され、それが即《すなわ》ち危険な打撃技の封印だった。下半身《ロー》への打撃《ブロー》を筆頭とした急所への攻撃。あるいは両手に嵌《は》められたグラブもそうである。対戦相手を破壊してしまうほどの攻撃をお互いが繰り出していれば、拳闘は将来的に廃《すた》れてしまうだろうと、ジョンはかつてラザルスにそう語った。

それが試合においてどれだけの不利であるかなど、素人《しろうと》のラザルスにだって分かる。下半身への打撃が絶えないのは、それほど有効だからである。

見る間に手数でジョンは押され、彼の身体を次々に対戦相手の打撃が捉《とら》える。一発でも貰《もら》えばリーラどころかラザルスですら死にそうなほどの威力が、ジョンの巨体を歪《ゆが》ませ、軋《きし》ませる。

ラザルスはいつも通りのジョンに、面倒そうに首を振ってみせる。

「あいつ、拳闘にルールを作ろうとしていてな。このまま危険な状態の拳闘が続けば、その内拳闘自体が衰退しちまうつって。要するに危険な技の禁止と、グラブの着用っていう共通ルールなんだが、ルールを制定するのならばまず自分からって、まだ誰も守ってないそのルールを律儀《りちぎ》に自分だけ守ってやがるんだよ」

「………？」

「何いってるか分からんだろ？　だから馬鹿なんだよ。一方的に不利になるだけだし」

両者の力にはそれほど差がないようだが、その分だけグラブの影響は大きい。間に布を挟んでいるせいで衝撃が十全に伝わらないのだから、着用者の打撃が弱くなっているのと同じだ。徐々に徐々に、ジョンは防戦一方となっていく。

始めは同じ数だけ打っていた打撃は、相手よりも少なくなり、やがて止まった。ガードを固めて身体を丸め、そこに対戦相手の無数の攻撃が突き刺さる。何発目かの肘《ひじ》が頬を捉《とら》え、ジョンの口から歯が飛んだ。打撃によって筋を痛めたのか、左足がまともに動いている様子がない。同時に血が流れたせいか、周囲の観客達のボルテージも上がっていく。口々に野次が飛ばされ、中にはかなり物騒な言葉も混じっていた。

「………！」

リーラは恐怖から目を逸《そ》らし、それからまたジョンを見て、次にラザルスを見る。ラザルス

は彼女の視線の意味には気付いていたが、

「別に、あいつが好きでやってんだから、止めるのも心配するのも筋違いだろ。それに――」

淡泊な言葉を返して、続けようとした言葉はすぐに呑み込んだ。どうせ、見ていれば分かる。

人を殴るというのは案外疲れる動作である。まして、全身を使って渾身《こんしん》の力で叩《たた》き込むのを延々と続けていれば、消耗するスタミナは膨大なものになる。

永遠に続くかと思われた対戦相手のラッシュはやがて息切れによって限界を迎え、そこでようやく彼は違和感に気付いたらしい。

ジョン・ブロートンが倒れていない。

満身創痍《そうい》で今にも倒れそうな有様《ありさま》ではあったが、しかし彼は身体を傾《かし》がせながらもしっかりとその両足で地面を踏み締めていた。

リーラも対戦相手のロシアの男も、もう少し冷静だったら気付けただろう。観衆は口々に叫んでいるけれど、実際のところ叫んでいる内容は似たようなものだ。

彼らが信じ、敬愛しているものへの応援であり声援である。

不敵にジョンが笑うのが見えた。

理解不能なタイミングで浮かべられる笑顔は、一種の暴力だ。何故《なぜ》笑うのかという疑問が対戦相手に浮かぶのが見え、その戸惑いが消えないうちにジョンが反撃に移った。

ジョンの右フックによって対戦相手の頭が揺れ、汗が飛び散るのを眺めながらラザルスは先程の言葉の続きをいった。

「それに、どうせ勝つんだから、どうだって良《い》い話だ」

半ば勝利を確信していたのと、笑顔を見て動揺したのが対戦相手の運の尽きだった。一瞬の油断が致命的で、それを見逃すほどジョンは鈍くない。

反撃に転じたジョンの打撃を、ラザルスは一発だと思ったが、しかし当たった音は二回聞こえた。目にも留まらない速度でのワンツーが対戦相手の意識を揺らし、しかし本命はそこから繋《つな》げられるアッパーカットである。

「人間って、あんな風に真上に吹っ飛ぶんだなぁ……」

自らルールを決め、勝手にそれを律し、そこから生まれる不利益を全て呑み込んだ上で、堂々と勝利を捥《も》ぎ取ってみせる。

ジョン・ブロートンという拳闘士はそういうものだ。

本命によって打ち上げられた対戦相手は、空中にいる間に意識を失ったのか、砂袋のような嫌な音を立てて石畳に落ちた。仮に意識があったとしても落下の衝撃で失神はしただろうから、落下の痛みを感じないだけ幸運だったのかも知れない。

ジョンの勝利の咆哮《ほうこう》と、今日一番の人々の歓声が響いた。

「あぁ、そういや賭ければ良かったな」

すっかり忘れていた、とラザルスが首を振った。

レフェリーという制度を作り上げたのもまた、ジョン・ブロートンだ。そのレフェリーが駆け寄って、ジョンの勝利を叫んだ。

「勝ったぞ！」

「見てたよ」

今日の賭博が終わってからもしばらくは熱気が止《や》まず、ジョンがラザルス達の方へとやってきたのはようやく人混みが散り始めた頃だった。

そもそも今日はジョンとの待ち合わせの予定であり、街の中で確実に合流するためには拳闘の路上へとやってくるのが確実だったというだけの話だ。

顔の原形が怪しいほどに怪我《けが》をしながらもジョンは満足そうに顔を上気させていた。

「つーか汗くせーよデブ近寄んな………ってリーラがいってたぞ」

「………!?」

「なんてことだ！　悲しい！　悲しいぞ！　ちょっとテムズ川に飛び込んでくる！」

「………!?」

わたわたとするリーラを尻目に、ともかくとして用件を切り出した。

ついでにいっておけばテムズ川の汚染状況は酷《ひど》いものなので、飛び込んでも多分余計に臭くなるだけだとは思う。

「ちょっと賭場いってくるから、こいつのこと預かっといてくれ」

「ああ！　任せろ！」

『何故《なぜ》でしょうか？』

「お前、放っておくと何するか分からないというか、何しないか分からないからなぁ」

何も指示を出さないと本当に何もしない、というほどの異様さは随分なりを潜めたが、しかし相変わらずリーラは自主性に乏しい。

何もいわずに一人で放っておくと、動かないまま餓死してミイラになりかねないとラザルスは感じていて、その印象はそう間違っていないだろう。

自分がいない間の指示を全て与えて安心できるほどの手間をかけるよりは知り合いに預けた方が手早い。そしてラザルスの乏しい人脈の中で自宅に上げてリーラの世話を任せられるほど信用が出来て、丁度すぐに会えるのがジョンだけだったのだ。

「つーわけで、一晩だけ任せるぞ」

「ははは！　安心しろ！　とはいえ俺もお前の家を借りるのだがな！　面倒はしっかりと見ておくぞ！」

『よろしく、願う、する、です』

丁寧におじぎをしているリーラを尻目に、これから向かう賭場を見てラザルスは内心で溜《た》め息《いき》を零《こぼ》した。

これから向かう先はブラック・チョコレート・ハウスではないが、ブルース・クォーターの経営する賭場のうちの一つである。

この前のうっかり大勝ちをしそうになった件はリーラを買ったことで流れたはずだが、しかし確実とはいえない。ここらで一度顔を出して問題がないことを確認しておくのが、今後の精神衛生に宜《よろ》しいやり方だろう。

(万が一が起きれば、死ぬかもしれないけれど)

明日の朝になってもラザルスが帰らなければ、その後のことはジョンが上手《うま》く収めてくれるだろう。拳闘士をやっているだけあって、ジョンは死人が出ることに慣れている。リーラのその後についてもそれなりに親身になってくれるはずだ。

くあ、と欠伸《あくび》を一つ。

「さて、仕事に行ってくる」

ラザルスはそういってすぐに足を賭場へと向けようとした。しかしジョンの太い腕が伸びて来たかと思うと、彼の襟首を摑《つか》んで止めた。

何をするのかと睨《にら》みつけてから、ジョンがリーラを見ていると気付く。

彼女は二人分の視線を感じて幾分も慌てながら、携えているウッドボードに木炭を走らせていた。ややあってリーラがそのウッドボードの文字を見せた。

それをすることが自分の仕事であるというような義務感と、その義務をきちんと成し遂げた達成感がリーラの瞳に浮かんでいた。

『いってらっしゃいませ、ご主人様』

その一文は相当練習したのか、やたらと流麗だったのが少し笑えた。

帝都という街全体を頭に浮かべると、ラザルスはそれが熟れ過ぎた果実みたいに思える。周囲の虫達を惹《ひ》き付けて止まない甘い匂いを発し、内側にどろどろとした蜜をたっぷりと秘め、しかしもうじきに自重で落ちて潰《つぶ》れる、そんな果実だ。

その果実に取り付いた虫の一匹であるラザルスは、今日は五枚のトランプを手に持っていた。

「あ、チョコレートおかわり」

椅子の背にぎしりと寄りかかりながらラザルスは手元にあったカップを、通りかかったウェイトレスに振る。

固形のチョコレートが一般的に販売されるようになるのは後のこと。この頃のチョコレートといえばココアのような液体のもので、『チョコレート・ハウス』の名を冠しているここも名目上は賭場ではなく飲食店なので、チョコレートの販売を行っていた。

フラッシュ・チョコレート・ハウスというブルース・クォーターが経営するこの賭場は、ラザルスをあっさりと受け入れた。

(もう少し、何かあると思ったけど。まぁ、面子《メンツ》も利益もあっちを立てたんだから、こんなも

んか）

リーラの行動に問題がないかどうかを、ちらりと質問されただけ。それ以外にこの前のトラブルの気配は何一つとして残っておらず、物騒な雰囲気をした男達がラザルスを窺《うかが》っていたりバックヤードに連行されたりすることもなく、つまりブルース・クォーターはラザルスのことを許してくれたようだ。

なのでラザルスも安心して、今日もまたほどほどの勝ち方を目指して賭博に励んでいる。

ラザルスが今日行っているのは、ブラグと呼ばれる賭博だ。後の時代に現れるポーカーの、その前身の一つである。

（ブラグやるの久しぶりだけど、またちょっとルール変わってるなぁ）

ブルース・クォーターは先進的な経営者を自称して憚《はばか》らない男で、実際、彼の賭場だとより新しい賭博、より新しいルールが積極的に取り入れられる傾向がある。

ブラグのルールは、当然ながらポーカーと似通っている。五十二枚のカードが分配され、参加したプレイヤーのそれぞれが強い役を作ることを目指すのだ。ただしディーラーは固定されておらず、ゲームごとにプレイヤー間で持ち回りとなる。

ラザルスが子供の頃はプレイヤーの手札は三枚であることが多かった。最近はよりゲームを複雑にし、戦略性を高めるためにか、五枚の手札が配られることが増えてきていた。

清教徒から解放されて久しいとはいえ、まだ賭博の隆盛に陰りは見えない。日進月歩でより複雑に、より面白くなり続ける賭博のルールが変更されるのは、そう珍しいことではなかった。

ラザルスのいる卓では、彼を含めて五人のプレイヤーが、それぞれに思索を巡らせていた。

(俺以外の四人のうち、賭場とグルの煽り屋《キャプテン》が一人。負けが込んでるのに気付かない間抜けが二人。そこそこの腕の、俺のことを知ってる様子の賭博師が一人。この同業者は俺が大勝ちを狙わないことを悟ってやがるな。俺を隠《かく》れ蓑《みの》に、チャンスを窺《うかが》ってる感じか)

極端な話、ブラグにおいて役《ハンド》というのはそれほど重要ではない。それなりに強い役であってもそれ以上に強い役を持った奴《やつ》がいれば負けるし、逆に周囲の全員が役無《ブタ》しならば、ワンペアだって勝利することが出来る。

勝利することだけを念頭に置くならば役の強さというのは相対的なもので、大事なのは今の手札で周囲の奴《やつ》に勝てるかどうかという一点だけだ。

ラザルスは軽く背筋を伸ばした。

(さて、やるか)

ラザルスの卓で奇妙なことが起き始めたのだが、それは余りにも些細《ささい》で緩慢な変化であるために誰も気付かなかった。

名前の売れた賭博師である割に、ラザルスの賭け方は地味なものである。極端に大きく勝負を吹っかけることもしないし、イカサマを行うこともない。ただ遊び慣れた素人《しろうと》のように、淡々と機械的に賭けを繰り返すだけだ。

一つ一つの賭けに対して反応をすることもなく、勝っても負けても、眉を僅《わず》かに動かす程度の表情しか変わらない。

時折客の中にはラザルスの名前を知っているのか、こちらを注視してくるものもあったが、彼らはすぐに立ち去っていった。傍《はた》から見ていて面白い類《たぐい》の賭博ではなく、興味を失ってしまうのである。

見ている人が興味を失うこと自体が、ラザルスの技術の一端だった。

もしも仮に、退屈に堪えてラザルスの前にある硬貨の量だけをじっと見つめている人がいたら、その変化に気付けただろう。

(負けない、勝たない。ほどほどってのが一番難しいんだよなぁ)

勝ち負けを繰り返すことによってラザルスの持ち金は常に増減している。だが長期的な視点で見た場合、常に減少よりも増加が上回っているのだ。最初は五シリングほどを元手に始めたラザルスは、程なくしてその倍ほどの金額をその手元に置き、それは更に増え続けていた。

更に異常なことは、ラザルスが勝っているというその事実を、卓に座っている誰も殆《ほとん》ど意識していないということである。

(間抜け二人に煽り屋《キャプテン》はかかりっきりだし、同業者も如何《いか》にも一発大きいのを狙ってますって雰囲気を隠し切れてない。注意があっちに逸《そ》れて、やり易《やす》くて助かるな)

ただ勝ちと負けを数えた場合、ラザルスは負けの数の方が圧倒的に多い。一度勝った後は数度連続して負け、逆に連続して勝つということは滅多にない。

　これは手札を見ているラザルスにしか分からないことだが、周囲から注意を払われない、自分が取るに足らない賭博師であるように見せるために、勝てる手札の時にわざと負けてみせることすらあった。

　賭場からは、ラザルスが賭博に熱中し、止《や》め時を見失ってずるずると続けているように見えるに違いない。

　だが彼が勝つ時は場に多くの硬貨が卓上に積み上げられた利益の大きな時であり、負ける時はベットも殆《ほとん》どせずに参加料《アンティ》だけを支払って損を減らして負けることが多かった。

　どの時点で見ても、ラザルスの賭博を見て彼が勝っている賭博師だと思う人間はいないだろう。だが彼の手元にある金銭を見続けることがあれば、紛れもなく勝っていると分かるはずだ。

　卓の全員を完璧に把握し、彼らの注意の隙間を突いて利益を掠《かす》め取る。それに必要な技量は、見ようによってはただ勝つだけよりも余程難しいだろう。養父の残した技術を受け継いだラザルスは、それを当たり前のようにこなしていた。

（リーラの週給もあるし、服も買い込んじまったし、多少勝ち分増やすか？　いや、この場で金額を考えもせずに増やすのは危ないな。足りないなら、別な賭場に向かえばいいことか）

　そしてそこまで掌握した勝負を、全く未練なく手放せるのがラザルスの何よりの強みだった。

「ち、畜生！」

とカモにされている客のうちの一人が勢い良く立ち上がったのは、ラザルスが更に二杯のチョコレートを飲み干した頃である。財布が払底《ふってい》したことに今更気付いたのか、客の頬は土気色になっている。

もう一人のカモの方はまだ負けが取り返せるとでも思っているようで、卓に齧《かじ》りつかんばかりの姿勢である。この調子だと、明日の朝には丸裸にされているだろう。

いい機会だとラザルスもあっさり立ち上がる。

「じゃ、俺もここらにしておくかな」

「………っ。おいおい。折角勝ってる流れなのに、逃げるのかよ。根性無しだな」

立ち上がったラザルスと、彼の前の硬貨を見て煽り屋《キャプテン》が一瞬言葉を詰まらせる。すっかり負かしているつもりだったラザルスが、気付いたら大量の利益を得ていたのだからそれも当然だろう。

「どうでもいい」

ラザルスはすっぱりと煽り屋《キャプテン》に答えて、今日の儲《もう》けをポケットへと詰め込んだ。来た時よりもずっしりと重たくなったポケットが、今後一週間は食べていけることを教えてくれる。

特に波乱もなく、問題もなく、ただ少しだけ利益を得るだけ。

（うんうん。この前は失敗したが、こういうのが賭博師として理想的な在り方だよな）

とラザルスは内心で自画自賛した。

同業の賭博師に精々頑張れよと目線を送って、欠伸《あくび》を漏らす。賭場に行く前に夕食をとることはないので、眠気の溜《た》まった頭がひりひりと熱を持つのと同時に、空っぽに甘い粘液だけが染《し》み込んだ胃がきりきりと痛んだ。

リーラはジョンに預けてしまい、時刻はもう夜更《よふ》けだ。リーラもジョンも既に食事をしただろうし、帰って食事があるか分からない。ここで食べていくのが一番楽だろうと、ラザルスは賭博用ではなく飲食用の席へと向かった。

「お、メニューはあっちと一緒なのか。経営者が一緒だからか？　鹿肉のワイン煮一つ」

隅の方の、賭博目的ではなく食事のために作られた席に座って、ラザルスは注文をした。普段はブラック・チョコレート・ハウスで注文しているメニューである。

少しして運ばれてきたのは、大きな皿にサイコロ状に切られた鹿肉と、ワインをベースにとろみのついたソースがかかった料理だ。全体にパセリが散らされ、見た目にも鮮やかなのが、如何《いか》にもブルースの店で出されている料理らしい。

煮込まれた鹿肉は口の中でほろほろと崩れ、玉葱《たまねぎ》の甘みとワインの元々の味わいが合わさって濃過ぎるほどのソースは、しかし付け加えられたスパイスによってぴりりと引き締められている。

ラザルスがブルース・クォーターの賭場によく通うのは彼の賭場ならば新しいゲームが出来るという理由が半分で、もう半分は彼の賭場の料理が美味《おい》しいからだ。特にこの鹿肉のワイン煮は格別である。

「んー、金はたっぷり払うから、これのレシピ教えてくれねぇ？」

「ダメですよ。私がブルースさんに怒られちゃいますもん。メニューとかは全部口止めされてるんです」

「だよなぁ。これ目当てで通ってくるのもこの店の利益のうちだろうし」

ウェイトレスにそう質問をするのも初めてのことではなく、ラザルスはいつも通りの返事をもらって残念そうに首を振った。

ワイン煮が格別に美味《おい》しいことは分かるのだが、しかしその美味《おい》しさが何によって作られているのか分かるほどラザルスの舌は繊細ではない。

多分加えられているスパイスに何か秘密がありそうなんだが、とラザルスは目を閉じて久しぶりに食べるそれを堪能《たんのう》する。リーラを連れてきて食べさせれば彼女なら分かるだろうか。仮に分かったとしても知識と語彙《ごい》が不足しているので、表現は出来ないだろうが。

不意に、鈍い音と椅子の倒れる大きな音が重なって聞こえた。

「――――ん？」

最後の一口を堪能《たんのう》しようと大きく口を開けていたラザルスは、視線をそちらに向けた。

男が一人、殴り倒されているところである。鈍い音は殴打《おうだ》音《おん》だったようだ。酒も供する賭場なのだから刃傷《にんじょう》沙汰《ざた》もさして珍しくはないが、しかし客同士の喧嘩《けんか》とは少し様子が違っていた。

どうやら殴り倒されたのは客らしいのだが、それを殴ったのは店の制服を着た男である。

更に奇妙なことに、殴り倒された男の周囲には多くの紙幣が散らばっていた。まだ真新しい白い紙が、十枚以上はあるだろう。額面まではここからは見えないがかなりの金額に違いない。

「ざっけんな！　テメェらのせいだろうが！　こんなもん使えねェよ！　取引は打ち切りだ！」

「うるせぇ！　ぐだぐだ抜かすなぶっ殺すぞ！」

切れた口《くち》の端《は》から血を流しながら叫ぶ客と、その客をどやしつける大柄な男。賭場の用心棒らしいその男が堂々と表立って暴力を振るう姿は少しばかり物珍しく、また近くを通った先程のウェイトレスが『またか』と小さく呟《つぶや》いたのをラザルスは聞き逃さなかった。

ラザルスはひょいとウェイトレスを呼んで、

「あれ、何事？」

と聞いてみた。ウェイトレスは半端《はんぱ》に表情を曇らせて、いったものかどうかと口を開閉する。

ラザルスは溜《た》め息《いき》を零《こぼ》してから、数枚の硬貨を取り出してウェイトレスに握らせた。

「うぅん……」

「何も、ブルースに口止めされたことまで言えってんじゃやない。そもそも、どうせあの秘密主義者は下《した》っ端《ぱ》には情報を流さないだろう？」

ラザルスは、常に猜疑的《さいぎてき》な光をその瞳に宿すこの賭場の主の姿を思い出す。ブルース・クォーターは商売人であり、彼の行動の全ては彼の利益のためにあるといっていい。

事情は分からないがラザルスの眼前で起きている暴力沙汰は明らかに厄介事で、厄介事は関わる人が増えればそれに比例して拗《こじ》れるのが世の常である。ブルースの性格ならば、どんな種類のトラブルであれ、解決に関係しない人間へ情報を渡すようなことはしないだろう。

「単なる噂話《うわさばなし》で良《い》いんだ。俺も結構、ラザルスの賭場には顔を出すからな。心構えくらいはしておきたい。起きたトラブルについて、ちょっと客と雑談をするだけ。悪いことじゃない」

ウェイトレスはそれでもまだ迷った様子であったが、ラザルスが近くの別な従業員に目を向ける素振りをすると慌てて口を開いた。自分の手の中にある硬貨を回収され、もっと口の軽い別な人間に渡されたら困ると思ったらしい。

「そうですね、そうでしたね。えっと、あくまで噂《うわさ》ですよ？　あれなんですけど――」

ウェイトレスが顔を近づけて、ラザルスに囁《ささや》いた。

「――贋札《にせさつ》、みたいです」

「ふむ？」

紙幣の歴史と贋札《にせさつ》の歴史は殆《ほとん》ど等しい。歴史上存在したありとあらゆる紙幣で、贋札《にせさつ》が存在しなかったものはないだろう。

それは帝都で使用されているイングランド銀行券も例外ではない。

「ブルースがそんなことにまで手を出していたのは知らなかったな」

ラザルスは眉を顰《ひそ》めた。

贋札《にせさつ》の製造及び使用は極めて重い罪とされ、死罪あるいはオーストラリアへの流刑《るけい》が科される。ニューゲート監獄の門前へと行けば、いつでも偽造犯達が絞首刑《こうしゅけい》にされている様子が見られた。

それでも莫大《ばくだい》な利益が得られる贋札《にせさつ》製造に手を染める人間は後を絶たない。毎年、贋札《にせさつ》として回収される紙幣の枚数は万単位であるし、回収されずに流通している贋札《にせさつ》はその更に数倍はあることだろう。

「ブルースさんの元に彫金師がいて、贋札《にせさつ》の原版を作っていたらしいんですよ。あくまで原版を作っているだけなんで、捕まる危険性とかは低かったらしいんですけど」

「あー、詳しくないが、贋札《にせさつ》作りは分業制で行っているんだったか？」

覚えておいて損はないと、養父は多くの犯罪についての知識をラザルスに与えた。それを活用するのではなく、不意に事件へと巻き込まれた時の備えとして。

贋札《にせさつ》を作る際には『透かしの入った紙幣用紙を偽造する集団』、『印刷のために必要な銅板原版を用意する集団』、『印刷された贋札《にせさつ》を額面の半額ほどで末端に売却する集団』へと分かれるのが通例らしい。

使用するのはあくまでも末端の人間のみで、製造するのは全く別の人間。この構造を守ることで、実際に贋札《にせさつ》が摘発されても中枢となる集団には手が及ばない、という形だ。

揉《も》め事《ごと》の方を改めて見る。

どう見ても殴り倒されている男が警察の仲間のようには見えない。周囲に散らばっているのが贋札《にせさつ》だとするのならば、

「仲間割れか？　利益の分配とかで揉《も》めたか？」

「トラブルの怒鳴り声を小耳に挟んだ感じだと、そうじゃないみたいです。贋札《にせさつ》って使用も厳罰じゃないですか。だから間違って自分達が自分達の作った贋札《にせさつ》を使わないように、バレない場所に贋札《にせさつ》って符丁を入れてたらしいんですよ」

噂《うわさ》好《ず》きな様子のウェイトレスは、瞳の奥に興奮を滲《にじ》ませながらいった。

「符丁？」

「守護女神ブリタニアが持っている葉っぱの葉脈が一本多いって私は聞きましたよ。まー、正しいかは分からないですけど。とにかく、そういう贋作者《がんさくしゃ》だけがすぐに分かる目印らしいです」

一拍置いて、ずいとウェイトレスは顔を近づけてきた。

「その符丁がバレちゃったらしいんですって！」

「…………あー」

ラザルスは頷《うなず》いて、今まさにぼろ雑巾のようにされ店の外へと放り出された若者を見た。彼

は恐らく、実際に印刷する集団か、末端の使用する人間だったのだろう。

残されたのは血痕と紙幣——贋札《にせさつ》の山だけである。用心棒の男は乱雑に贋札《にせさつ》を掻《か》き集めて、周囲を威嚇するように睥睨《へいげい》してからバックヤードへと戻っていった。

贋札《にせさつ》は一目で偽物《にせもの》と分からないからこそ、犯罪として成り立つのだ。

本来バレないはずの、真札と贋札《にせさつ》を区別するための符丁がバレてしまったのでは、根本的に成り立たない。そんな贋札《にせさつ》を卸された人々が怒り心頭とばかりに殴り込んでくるのも、当然のことである。

「もう大変なんですよ！　最近ずっとあんな調子で、使えない贋札《にせさつ》を売りつけられたって人達が払い戻せって文句いってきますし、暴力沙汰になっちゃいますし。実際あっちこっちで逮捕者出てるみたいですし」

実際、この手のトラブルは頻発しているらしい。従業員やフラッシュ・チョコレート・ハウスの常連らしい客達の間には辟易《へきえき》とした空気が流れていた。

「話が見えてきたな。贋札《にせさつ》っていったら結構大きいビジネスだ。しかも、ビジネスの身内なら符丁をバラす理由がない。何せ自分の犯罪が明るみに出る可能性を上げるだけだからな」

ここで作られた贋札《にせさつ》で逮捕者が出て、贋札《にせさつ》を使用する末端の人間が憤慨している。しかしブルースがまだ逮捕されていないところを見ると、警察は贋札《にせさつ》の製造元の一人がブルースであることは知らないらしい。あくまでも符丁が流出しただけ。警察が動いている気配を感じたならば、今頃ブルースは臆病なアナグマのように帝都から逃げ出しているだろう。

ラザルスが知らない程度には小規模に、しかしトラブルが頻発する程度には贋札《にせさつ》関係者達の間でしっかりと、そして警察には限定的な情報を慎重に。

噂《うわさ》の流れがどうにも意図的で、その流れによって利益を得る人間は限られている。

「ブルースと敵対しているどっかの組織の奴《やつ》が、スパイか何かを送り込んで符丁を暴いた。そんな線か」

ラザルスは少し考えてから口を開いた。

「ついでにいえばそいつはブルースと関係性のある、何らかの裏社会の人間だ。つまりブルースが失敗によって失脚するのは問題無いが、ブルースが逮捕されて悪事を片っ端から警察に吐いたら困っちまうような。同じ穴の狢《むじな》って奴《やつ》だな」

「さぁー？」

噂話《うわさばなし》である、という体裁を保つためにか、ラザルスの推測に対してウェイトレスは曖昧《あいまい》な笑みを浮かべるばかりだった。

「少なくとも、犯人はまだ捕まってないみたいですけどね。派手に吊《つ》るし上げられたら、自然と噂《うわさ》になりますから。まぁ、そのせいでお店の空気がぎすぎすしちゃってるんですけどね。下手なこと言ったら、私が犯人ってことにされちゃいそうですもんやだなぁ」

流石《さすが》に話し込み過ぎていたからか、ウェイトレスは心底嫌そうに首を振りながら去っていく。

最後に彼女はきちんと付け加えることを忘れなかった。

「あくまでも噂《うわさ》ですよ！　噂《うわさ》！」

ラザルスは苦笑して彼女を見送った。

（しかし、ブルースが犯人も手口も挙げられていないってのはデカいな）

表だろうが裏だろうが、そこが社会であり人間の関係がある以上、物をいうのは信用である。暴力であれ金銭であれ外見であれ、何らかの要素によって担保された信用がなければ人は立場を維持することが出来ない。

現に符丁が流出して、その理由が明らかになっていないのだから、ブルースの信用は失墜したといっていいだろう。今頃は躍起になって犯人捜しをしているはずだ。

ラザルスはそこまで考えてから、肩を竦《すく》めた。

「どうでもいいな」

ブルースがこれを切っ掛けに失脚しようが、どうでもいい。行く賭場が幾つか減るだけで、この帝都には幾らでも賭場があるのだから。

ワイン煮の最後の一口に舌鼓《したつづみ》を打ち、人心地ついた腹をラザルスは撫《な》でる。腹はくちくなり、僅《わず》かな眠気が後頭部で蟠《わだかま》っていた。

（もう少し酒を飲んで、そうしたら帰るか）

先程の騒動も静まったことだしゆっくりとしていこうとラザルスは考え、しかしこの日のフラッシュ・チョコレート・ハウスの騒動はまだ終わっていなかった。

「た、大変だ！」

外から一人の男が駆け込んで来たのである。

一瞬また贋札《にせさつ》関係の客かとラザルスは訝《いぶか》しんだが、しかし彼の視線の動かし方からこの賭場の関係者であることが分かった。

「当局の手入れが来るぞ！」

そして、次の男の一言で店内は蜂の巣を突《つつ》いたような騒ぎになった。

「あぁ、オーダリーマンか」

ラザルスは男の正体に納得して、一人頷《うなず》く。秩序《オーダリー》の名前を冠した彼は賭場の使いっ走りであり、外をぶらぶらと歩き回って警察の取り締まりを警戒するのが仕事だ。そういった目的で常に数名の男達が賭場の外を彷徨《うろつ》いているのだ。

殆《ほとん》ど公然の秘密とはいえ賭博は違法であり、時折には取り締まりが来ることもある。今日が丁度その日だったようだ。賭場の経営者も当然ながら、賭博に参加していた客達も取り締まりの対象であるので、店内が騒然とするのも仕方のないことだろう。

「運が良《い》いのか悪いのか、まぁ、ともかくソロモン王も『酔う者が知恵を得ることはない』と仰《おお》せだしな」

オーダリーマンが駆け込んできてからまだ数秒だ。手入れが来るにしても少し先のことであり、例えば賭けの途中で自分の利益を確保するのに必死な客や、賭博が行われていた証拠を慌てて隠さなくてはいけない経営者に比べれば、ラザルスは随分と余裕がある。

皿の隣に食べた分だけの金をきっちりと並べて置いて、ラザルスは立ち上がった。

どうでもいい、と呟《つぶや》きながら歩き出す。どうせ捕まる前には通りに出られるだろうし、一歩出てしまえば追って逮捕するほどの気力は警察にもない。

仮に捕まったところで少々の保釈料を支払えばそれで終わりの話だ。

混乱の機に卓上の金を盗もうとしたのか、先程同卓だった賭博師が蹴り倒されるのを尻目に見ながら、ラザルスは軽く首を振った。

フラッシュ・チョコレート・ハウスを後にし、家までの道のりをゆっくりと歩いて帰ってきたラザルスは、玄関の前で首を傾《かし》げた。ラザルスの家の窓にまだ灯《あか》りが残っていたためだ。

懐《ふところ》から時計を取り出して時刻を確認する。既に夜半を大きく越して、天気が良ければ明けの明星が見えてくる時間帯である。周囲の家は暗闇に沈んで、まるでラザルスの家だけが灯台のように浮かび上がって感じられた。

(ジョンが延々と筋トレでもやってやがるのか?)

訝《いぶか》しみながらラザルスは鍵を取り出し、暗い玄関先でしばらく鍵穴を探してから、ゆっくりと扉を押し開く。

「うわっ⁉」

そこにリーラが立っていてぎょっとした。

ラザルスが思わずその場で止まる。するとリーラはぱたぱたとした足取りで近付いてきて、ウッドボードを掲げた。

『お帰りなさいませ、ご主人様』

見慣れない文字列を見て、ラザルスは瞬《まばた》きをした。

この家に住んでいた人間は挨拶とは無縁の性格の持ち主ばかりだったし、リーラが来てからというもの、彼女を置いて出かけたことはなかった。

「……なんだ、それいうために起きてたのか？」

ラザルスが眉を寄せていうと、リーラがもう一度ウッドボードを掲げる。

『お帰りなさいませ、ご主人様』

リーラにしては珍しい、頑固さのある主張の仕方だった。何を伝えたいのか、とラザルスは少し考えてから思い至る。

「…………ただいま」

ラザルスの返事は正解だったらしい。リーラはくるりとウッドボードをひっくり返した。裏面には別な言葉が書き連ねてある。

『お仕事お疲れさまでした。御夕食が準備してあります。温め直しますので少々お待ちください』

初めて見るほど滑らかで、長い文章だった。ラザルスが帰ってくる前に時間をかけて、調べながらゆっくり書いたのだろう。

「あれ、飯あんのか」

『要る、ない、でしたか？』

ラザルスの呟《つぶや》きを聞いて、リーラが慌てて文字を書いた。

(作れっていってないからないものと思ってたが、作るなともいわなかった気がするな)

リーラは当然作るものと思っていたらしい。

(………当然、ね)

その言葉に少しだけおかしさを覚える。単に作れと命じて作ることと、リーラが自然にそうするものと思って作ることには大きな隔たりがあった。

そしてその差は、日々が変えたリーラの変化そのものだ。

ふと、ラザルスはそのリーラの頭が微《かす》かに揺れていることに気付く。文字列も傾いているし、先程は珍しく頑固な様子を見せていた。表情筋が死んだような顔つきはいつものものだが、しかしいつもよりも僅《わず》かに目が細まっている。

「………眠いのかよ」

リーラが首を振って否定する。だがその仕草はどう見ても、眠くないといってむずかる子供の動きでしかなかった。

ラザルスは溜《た》め息《いき》を零《こぼ》した。

「飯は食ってないから助かる。他のことはいいから寝ろ。ありがとな」

「………………」

仕事をする、というような顔つきをリーラがしたので、ラザルスは彼女の額を押した。そのままぱたりと倒れてしまいそうなほど、眠気のせいで彼女の身体には力が入っていない。

「おら、寝ろ」

リーラがゆらゆらとお辞儀をして、そのまま二階の彼女の部屋へと向かっていった。階段を踏み外して落ちやしないかと心配になる歩き方である。

その背中を見送ってからラザルスは居間へ。

「お帰り！　ラザルス！」

「大声を出すな。近所迷惑だぞ」

「すまん！」

「ちっとも声が小さくなってねぇよ」

居間では勝手知ったるとばかりにジョンが酒を飲んでいる。ラザルスは身体をソファへと投げ出してから、じろりと彼を睨《ね》め付けた。

「ガキを遅くまで起こしておくなよ。まぁ、どうでもいいが。泊めてやんだから、飯くらい持ってこい」

「応とも！」

　ジョンが立ち上がり、キッチンに立つ。外見は毛のない熊という感じだが、あれでジョンは料理が出来る。リーラが作ったというらしい食事を温め直すくらいは訳ないだろう。

「放っておくと眠りもしなさそうだからお前を呼んだのに、結局あいつが起きてんじゃ意味ねぇじゃねぇか」

「申し訳ないが仕方あるまい！　眠るようには伝えたのだが当人が起きていたいといったのだ！」

「リーラが？　そりゃまた、珍しい」

　ラザルスは眉を顰《ひそ》める。ウッドボードに書かれる文字の量は増えつつあるが、彼女の自己主張の少なさは相変わらずである。

「邪魔な主人もいないし、遅くまで遊んでいたかったのかね」

「〝ペニー〟カインドにしては冴《さ》えないことをいうな！　お前が心配だったに決まっているだろう？」

「…………心配？」

　意外な言葉が出てきて、ラザルスはおうむ返しにした。

「そりゃそうだ！　あの子にとって賭場っていうのはどういう場所だった？　なら、そこに行ったお前を心配して眠れなくなるのは当然だろう！」

「………心配性だな」

　これまでも賭場に向かうことは何度かあったが、こうして夜を徹して賭博をしてきたのはリーラが来てからは初めてのことである。道理で玄関入ってすぐの廊下にいたはずだとラザルスは納得し、肩を竦《すく》めた。

　ずっとそこに立っていたのか、ラザルスが帰ってくるのを耳をそばだてて待っていたのかは分からないが。

　湯気の立つ鍋を持って、ジョンがキッチンから姿を現す。

「心配性はお互い様だろう！」

「何がだよ」

「『飯は食ってないから』だと？」

　どん、とテーブルに無造作に鍋が置かれた。シチューをよそってラザルスへと差し出し、ジョンがにやりと笑う。

「歯についているパセリに気付かないほど、リーラが眠くて良かったな！」

「………」

　ラザルスは歯を舌でなぞり、無言のままスプーンを持った。

「腹一杯なら手伝ってやろうか！」

「いいよ、食うよ」

ロンドン塔。

そこは重罪人達が最後に行き着く牢獄《ろうごく》であり、そこから先にはどこにも行けないという終着点。何百年もの昔から連綿と罪人達の悲嘆を吸い続けてきたその場所は昼間でも薄暗く湿っていて、血が染《し》み込んでかさついた地面は草一本生えず、耳を澄ませば今もどこかから人々の啜《すす》り泣きが聞こえてくる――

というような場所では一切ない。

「いつ来ても、まあ、長閑《のどか》だなぁ」

ラザルスはロンドン塔で日の光を浴びながら伸びをした。昼間は家に籠《こも》って、夜には賭場に通うような賭博師の生活をしていると、自然と日光に弱くなる気がする。

目の奥に差し込んでくる光の刺激に涙を浮かべながら、ついでのように欠伸《あくび》が漏れた。

『ロンドン塔、ここ、ですか？』

「そうだ。アン・ブーリンが好色な王様に濡《ぬ》れ衣《ぎぬ》で処刑された、例のロンドン塔だ」

それなりに有名な史跡であるためか、リーラもロンドン塔の名前は知っていたらしい。そして得ていた印象とちぐはぐなその場所に、微《かす》かに首を傾《かし》げる。

何せ塔と名がついているがぱっとみて高い塔は存在しないし、そこの中庭は燦々《さんさん》と降り注ぐ日の光によって草木が生い茂っている。風切羽《かざきりばね》を切って飼われているワタリガラス達がとことこと歩き回っているのまで含めて、平和を絵に描いたような風景である。

『塔？』

「塔っていうのはあくまで俗称だからな。正確には『国王陛下の宮殿にして要塞《ようさい》』。別に高い塔として作られた訳じゃない」

外から見たロンドン塔は、四隅に建てられた四本の背の低い塔とそこを繋《つな》ぐ構造物。それに外側をぐるりと囲む褪《あ》せたベージュの壁面の集合体で、印象でいうならばチョコレートの色をしたパウンドケーキというような感じだ。

「それに牢獄《ろうごく》としての役割は副次的なもので、別にここは専門の牢獄《ろうごく》じゃない。正しい役目は別にある」

「…………？」

「『役目《Role》』」

スペルが分からず首を傾《かし》げていたので、すっかり持ち歩くのが癖になったメモ帳にラザルスはペンで文字を書いた。

「語彙《ごい》もちゃんと増やしとけよ。ともかく、ロンドン塔の一番の役目は罪人を閉じ込めることじゃなくて、王族の宝を管理することだ」

歴史の長い王族は、その歴史に比例した財貨を抱えることになる。

王冠、宝玉、刀剣、衣装、その他諸々《もろもろ》、きちんと管理しておく必要があるが日頃から身近に置く必要のないものは、おおよそがこのロンドン塔に押し込められることになる。

と語ったラザルスを見て、リーラの頭の中で何がどう結びついたのか。

彼女はしばし悩んだ後で何故《なぜ》か頬を青ざめさせながらこう手元のウッドボードに書き込んだ。

『賭ける。盗む。です、か？』

「お前は俺を一体なんだと思ってるんだ……？」

賭博師だという説明はしたが、考えてみれば闘鶏やらイカサマ暴きやらの余芸はともかく、本格的にラザルスが賭けをしている姿をリーラは見たことがない。それにリーラが見たうちの仕事の一つでは、ラザルスは他人の掌《てのひら》にナイフを突き立てていた。

リーラの頭の中で、一晩出かけたと思ったら大量の金を持って帰ってくるラザルスは相当物騒な存在になっているのかも知れない。

ラザルスは面倒になって首を振ってから、辺りを見た。ロンドン塔は普通に一般市民に開放されているので、昼間からラザルス達と同じようにぶらぶらとロンドン塔内を歩き回っている人は多い。

ラザルスも含めて、目当てのものは同じだろう。

「単に宝を眺めにきたんだよ。一部の宝は公開されてるからな」

その言葉が幾らかの誤解をリーラに齎《もたら》すことを理解した上で、ラザルスはそのように説明した。

中庭を歩く人々は一定の流れに沿って進んでいて、ラザルス達も自然とそれに乗る。少額ながらも入場料がかかるせいか、イーストエンドのような無節操さとは異なる、一定のマナーに従った大人しさがあった。

そうしてラザルス達は角を曲がり、

「…………っ」

その先でリーラが微《かす》かに喉を引き攣《つ》らせた。

通りの先にあるものが目に入ったのだろう。目が大きく見開かれ、自分の立ち位置が安全であることを理解しているだろうに一歩足が自然と引いている。

「まぁ簡単な話だが、王族の持っている宝ってのは金だの宝石だのに限らず、遠方から取り寄せられたあれこれも含まれる訳だ」

リーラの視線の先に作られていたのは金属製の頑丈な檻《おり》である。一本一本がリーラの腕ほどの太さもありそうなそれは、内部に収められているものがそれだけ危険であることを示していた。

檻《おり》の中にいるのは一匹の鬣《たてがみ》も雄々しきライオンだ。

「例えばこの国には棲《す》んでいない貴重な動物とか」

ラザルスのくつくつと笑いを押し殺した声を聞いて、意図的に宝と表現していた彼の意地悪さに気付いたらしい。ついでにいえば、驚いた拍子にラザルスの服の裾を摘《つま》んだ自分の指にも。睨《にら》みつけたり頬を膨らませる代わりに、彼女は素早く手を離して謝るように一礼すると、無表情をぴしりと鎧《よろい》のように纏《まと》い直していた。ただその視線ばかりはごまかしようがなく、檻《おり》とライオンの堂々たる体軀《たいく》を見比べ、今にも金属の檻《おり》が嚙《か》み千切られるのではという怯《おび》えが見えている。

「大丈夫だっての。年中開放されてて延々と人が訪れてるが、少なくともライオンに食われたって奴《やつ》は……一人しか知らないな」

『ら、らえ』

「『ライオン《レーヨン》』。百年近く前だが、若い女が檻《おり》に手を突っ込んだら、そのまま腕に嚙《か》み付かれて死んだって事件があったらしい。まぁ、逆にいえばそんくらい馬鹿なことしなけりゃ、襲われやしねぇよ」

その若い女が何を思ってライオンの檻《おり》に手を突っ込んだのかはラザルスも知らない。ただ、これだけの人口が一カ所に集まると、『まさかそんな馬鹿なことをしないだろう』と思うようなことを平然とする奴《やつ》も混じるものだ。

人の流れは止まらないので、必然ラザルスもリーラも立ち止まることは出来ない。何度もここに来ているラザルスは平然と、リーラは表面を取り繕おうとしながらも怖々として足を進めた。

「やっぱ、何か落ち着くんだよなぁ」

ロンドン塔を訪れた回数でいうならば、帝都の中でもラザルスはかなり上位に入れるだろう。暇があって気が向けば、いつでもラザルスはここに来るのだった。

(多分、大きな動物が俺は好きなんだな)

世界を薄紙に感じるだとか、どうでもいいだとか、そういった詰まらなくて人間らしいラザルスの悩みを、巨体の動物はあっさりと吹き飛ばしてくれる。

どれほど鈍ろうがライオンが一度野性に返ればラザルスなどあっさりとその爪で引き裂かれるだろうし、その時には観察眼も口先も賭博の腕も何一つとして役に立たないに違いない。

どうでもいい、ということすらいえないほどにどうしようもない。そう感じさせてくれるものは貴重で、ラザルスにとってはライオンがそれだった。

(案外、ジョンと友人やってんのもその辺が理由かもな。人間というよりは猛獣の一種って感じの奴《やつ》だし)

そんなことをつらつらと考えながらライオンを眺めていたのだが、しかしリーラは相変わらず動物への怯《おび》えが残ったままらしい。ラザルスは少し考えてから口を開いた。

「前に闘鶏って見たの覚えてるか？」

『はい』

と書かれたリーラの文字には少しだけ嫌悪感《けんおかん》が滲《にじ》んでいる。

「そう嫌そうな顔をするなよ。闘鶏ってのは動物苛《いじ》めって種別の賭博で、他には熊苛《いじ》めだとか雄牛苛《いじ》めだとかがある。ルールは色々なんだが、要するに熊だとか牛だとかと、飢えたマスティフ犬を戦わせてどっちが勝つかを賭ける賭博だな」

その賭博が野蛮なことは疑いようもないが、野蛮だからこそ人に多く支持されている。今ではなくなってしまったが国営の動物苛《いじ》めの小屋だってあった。

「で、時はジェームズ一世の治世。ざっくりといえば一世紀半くらい前の王様なんだが、そいつはこう考えた。『熊は強い。ライオンも強い。じゃあ戦わせたらどっちが強いか、これは賭けたら面白いんじゃないだろうか』

『やった、です、か?』

「おう、やったとも。同じリングに熊とライオンを放り込んで、血塗《ちみど》ろの戦いを王様が御所望した訳だ」

その時の情景を想像したのか、リーラが小さく身震いをした。

動物にまで感情移入して痛みを想像してしまう彼女は、きっと人間性が素直で優しいのだろう。

だが生き辛《づら》いだろうな、ともラザルスは思う。この街の、あるいはこの世界の日常に暴力的ではないものというのは少ない。

そして彼女が余り想像を膨らませすぎないうちにラザルスは肩を竦《すく》めた。

「残念ながら、賭けにならなかったがな」

『?』

「戦わなかったんだよ、どっちも。熊はライオンに興味がなかったし、ライオンも熊に興味がなかった。同じリングの中でお互い勝手に寝始めるもんだから王様はお冠《かんむり》で、しかもライオンは貴重な動物だから殺す訳にもいかなかった。渋々王様は諦《あきら》めてライオンを檻《おり》に連れて帰るしかなかったらしいぞ」

頭の中で惨《むご》たらしい結末が、余りにもしょうもない決着にすり替わって、リーラはくすりと笑みを漏らした。お冠《かんむり》な王様がユーモラスに想像されているのだろう。

熊の方は貴重じゃないから王様が怒りのままに殺した、という部分は説明を省いたまま、ラザルスはかったるそうに肩を竦《すく》めた。

「結局、どっちが強いだのなんだのって下らないことを考えるのは、人間だけってことさ」

そう結論づけて、ラザルスはもう一度肩を竦《すく》める。熊もライオンも、どちらが強かったところで『ふぅん』という以上の感想は抱かないだろう。

檻《おり》の中のライオンが、口の中に蜘蛛《くも》の巣《す》が張りそうな大欠伸《おおあくび》をする。

どうしようもないオチのついた話を聞いて少しは気が楽になったのか、リーラがライオンを眺める視線は幾らか和らいでいた。檻《おり》に触れる度胸はないらしいが、近付いてしげしげと眺める仕草はしている。

「そういえば………」

その質問をする機会を実のところラザルスは少し前から窺《うかが》っていたのだが、しかしさも今思いついたかのような語調で口にした。

「そういえば、お前の出身ってどこなんだ？」

「………」

リーラは困ったように眉を顰《ひそ》めたが、それは故郷を覚えていないとか、ラザルスに言いたくないとかそういう表情ではなかった。もっと根本的な問題によってリーラの木炭はウッドボードの上を彷徨《さまよ》っている。

「………」

「あぁ、スペルが分からんのか。しかし、教えようにも俺もお前の出身を知らんしなぁ」

知らない単語のスペルは教えようがない。ブルース・クォーターか、連れて来た黒衣の男に聞けば分かるかも知れないが、望むべくもないことだ。

ライオンが更に三つの生あくびを漏らすくらいの時間を、ぼんやりとライオンの檻《おり》の前で過ごしてからまた足を動かした。

ロンドン塔に収められている動物は、無論ライオンだけではない。

広い敷地《しきち》にはあちこちに檻《おり》が設けられ、例えばシロクマやカンガルーや、アリゲーター、ハイエナやら名前も知らない白い猿など、世界中から集められたのだろう奇怪な動物達を幾らでも見ることが出来た。

その一つ一つを覗《のぞ》き込み、ゆっくりとラザルスとリーラは歩く。どの檻《おり》の中でも動物達が少し寂しげに見えるのは、きっとここが本来棲息《せいそく》している気候ではないからだろう。

リーラの足が止まったのは、ロンドン塔も終わりに近付いた頃だった。

「…………」

元から大きな目が増々《ますます》見開かれたのが微《かす》かに感じられる。不意に旧友と街で擦《す》れ違ったような、落ち着かない驚きがそこにはあった。

リーラの視線を追った先には、一匹の虎。ラザルスが記憶しているものよりも幾らか小柄な印象の虎が、その特徴的な縞《しま》模様の身体を檻《おり》の中で横たえていた。

「…………」

リーラが歩み寄って、その虎の入った檻《おり》にぺたりと触れた。檻《おり》の格子《こうし》が虎の縞《しま》模様であるような、怖々とした触り方だった。

(カスピトラ、な)

掲げられた看板の文字は虎の種類が『カスピトラ』であると語っている。その下には丁寧な掲示があって、その虎が主としてコーカサスから中央アジアにかけて棲息《せいそく》している動物だと教えてくれる。

リーラは何もいわなかったが、その表情は分かった。

ずっと遠くから連れて来られたリーラが、帝都で初めて見た故郷の何かが、その虎なのだろう。無表情さによって大人びて感じられる顔が、今は年相応の郷愁と寂しさによって幼くなって見えた。

絶望はラザルスの昔からの友人で、だからその付き合い方もよく知っている。

今は誰も傍《そば》にいない方が楽だろうと、ラザルスは足音を立てずにその場からそっと離れた。

残りの動物をぼんやりと眺めて、出口の辺りで足を止める。懐《ふところ》からパイプを取り出して口に咥《くわ》えた。

雑に詰めた刻み煙草《タバコ》が全て灰に変わるよりは早く、リーラは追いついてきた。

「さ、帰るぞ」

「…………」

ラザルスが声をかけたというのに、珍しくリーラはすぐには動かなかった。代わりに彼女はじっとラザルスの顔を見上げ、それから木炭を走らせる。

『ありがとうございます』

「何がだよ」

「…………」

そこから先の言葉はなかった。話す気がないようにも、それ以上複雑な物事を説明するほどの語彙《ごい》がリーラにはないからのようにも思える。

(仮に――)

リーラがどこの国の出身かラザルスは知らないとして、リーラにはその出身国を説明するほどの能力もないとして、帝都の中で多くの国から集まった物――動物が一堂に会しているのがこのロンドン塔であり、そこに来たことでリーラが故郷のものを見られたとしても、この状況がそれを見せるためにラザルスがリーラをここに連れてきたように見えるとしても、

「どうでもいい。帰るぞ」

「………」

リーラは少しだけ笑った。

それから躊躇《ためら》いを見せて、恐る恐ると指が伸びる。ラザルスの服の裾を、彼女は蝶《ちょう》が止まるような軽い力で握った。

その指にもラザルスは気付いたが、何もいわなかった。

「帰るぞ」

ただ、もう一度そういって歩き始めたラザルスの歩調は、先程までよりもやや遅くなっていた。

ロンドン塔までは馬車で向かったとはいえ、久々に少し遠出をしてうろうろと歩き回ったせ

いかラザルスは割と疲れを覚えていた。

そしてそれ以上に身体の小さなリーラは疲れたようで、ロンドン塔から帰ってきてすぐに彼女は家でうとうととし始めた。

「なにやってんだかなぁ……」

とラザルスは、テーブルに座ったまま船を漕《こ》いでいるリーラを見ながら思う。

多分、闘鶏をやっていた食事屋でリーラの耳を押さえたことか、夜中に泣きそうになっているのをリーラに見られたことか、服を買ったことか、今日ロンドン塔に行ったことが悪かったのだろう。

何となく変わってしまった自分を自覚する。

この家に来た頃ならどう間違っても、座ったまま船を漕《こ》ぎ始めるような真似《まね》はしなかったリーラが、今はそうしているように、その変化にラザルスも影響を受けているのだろう。

褐色の肌をした小さな少女は、夕日の差す薄暗い家の中に佇《たたず》んでいると妖精のように感じられた。現実味に乏しい。

「別に、リーラが変わる分には良《い》いけどよ」

そうして居眠りをするなと怒るほどラザルスは狭量《きょうりょう》でもないし、叱る方が面倒だと感じる程度には怠惰だ。

問題は変わってしまったと思いながらも、それを持て余している自分の方なのだろう。

自分でいうのも何だが、ラザルスは自身がそれなりに賭博師として完成していたと思っている。そこから変化してしまった自分が、今も賭博師として正しいのかどうかが分からない。

ラザルスは右手で服の裾を擦《こす》って、それからそこがリーラの摘《つま》んでいた場所だと気付いて溜《た》め息《いき》を零《こぼ》した。

「まぁ、どうでもいいか」

しばらく考え込んでいたラザルスは、いつものようにそういった面倒な思考を全て棚の上に置いてくることにして、ソファにごろりと寝転がる。

さっさと目を閉じて忘れてしまえば良いだろうと考えて、

「――――ん？」

ノックの音が聞こえた。

ラザルスは自分の勘に信頼を置いている。そして、ノックの音が耳に届いた瞬間に、ラザルスの腹の底でその勘がうぞうぞと嫌な蠢《うごめ》きを感じさせた。

凶報だ、と直感する。

「…………！」

ノックの音によって飛び起きたリーラは、自分が居眠りをしていたと気付いたらしい。彼女はわたわたと慌てながら、首から提げたウッドボードに何か言い訳か謝罪を書こうとして、しかしラザルスの顔を見るなりぴたりと固まった。

よほど切迫した顔をラザルスは浮かべていたのだろう。止まったリーラが何をするよりも前にラザルスは、

「リーラ、二階の自分の部屋──いや、裏口の辺りに行ってろ」

とだけいった。

リーラが喋《しゃべ》れないことにはそれなりに同情するが、こういう時に疑問を差し挟んだり反駁《はんばく》したりしないのは便利だ。

こくりと頷《うなず》いたリーラが居間を出て行ったのを確認してから、ラザルスは立ち上がった。

玄関からのノックの音は止《や》んでいない。死神がいたらこういう風に扉を叩《たた》くに違いないというような、不吉さを感じる一定のリズムが扉を揺らし続けている。

温《ぬる》く伸びていた思考が、一瞬で引き締まる。ラザルスは玄関に向かうと、その扉を開いた。

「お久しぶりです、ラザルス様」

「教会の喜捨の頼みか？　聖歌隊にしちゃ後ろの顔がデカくて不細工だが」

リーラを連れて来た、黒衣の男がそこにいた。ラザルスの言葉に、にちゃりと粘着質な笑みを浮かべる。

そして男の後ろには、今日はリーラではなく屈強な若者が二人いた。揃《そろ》ってラザルスよりも頭半分は目線が高い。

（いや、二人じゃないな。もう一人か、二人）

明らかに裏社会の暴力的な商売をしている若者の視線が、ラザルスの家の裏側辺りを見たことをラザルスは見逃さなかった。確実に、目の前の男達だけでなくこの家を包囲するように人員が配置されているのだろう。

何事か分からないが、とラザルスは必死に思考を回転させる。凶報であるという勘が間違っていなかったことだけは確かだ。

「少々お話がございまして、失礼しても宜《よろ》しいですかな？」

「晩飯食ってないし、お客を歓待できるような用意もないし、また今度にしてくれないか。これでも忙しいが、多分一月後くらいなら予定が空けられると思うんだ」

ラザルスの詰まらない言葉に黒衣の男は何一つ反応を返さず、ただ笑みを浮かべ続けた。どうしようもないな、とラザルスは溜《た》め息《いき》を零《こぼ》しながら玄関を空け、居間へと踵《きびす》を返す。

ここで意地を張って追い出そうとしても扉を開けてしまった後だし、仮に追い返したとしても用件が分からないのでは遠回りな自殺と変わらない。

黄昏時《たそがれどき》から抜け出してきた影法師のような男が居間の椅子に座っているのには強い違和感を覚えさせられたし、その男の後ろに粗野な若者二人が並んでいれば尚更《なおさら》だ。ラザルスが金属のコップを二つとワインを持って対面の席に座ると、若者のうちの一人がラザルスの背後へと回ってきた。

ここまで露骨に威圧してくるのも珍しい、と背筋に冷や汗を感じながらワインを二杯注ぐ。

「で、何の用だ。まさかこの若者二人がオマケで貰《もら》えますって訳でもないんだろ？　だとしたら謹んでお断りさせていただくが」

「ところで、アレはどうしましたかな？　こういった給仕《きゅうじ》もするように仕込んだはずですが」

「…………今日はちょっと遊びで動物の相手をさせてな。すっかり疲れてダウンしちまってるよ」

　とラザルスが肩を竦《すく》めると、黒衣の男は驚いたような顔をし、若者二人は下卑た笑みを浮かべた。

「しかし、丁度よかった。今日はアレについての話でして」

「アレって何だよ」

「つい今返事をしたところではありませんか。リーラですよ、私が、ブルース・クォーターに頼まれて仕込み、貴方《あなた》にお渡しした、あの商品の話です」

「奉公に出した娘を心配する親じゃあるまいし、まさか雇用条件について話を持ってきたんじゃないんだろう？」

「はい、いや、ある意味では雇用条件の話といえるかも知れませんね」

　テーブルに肘《ひじ》をついて、黒衣の男が身を乗り出した。

「アレを返品して頂きたい」

「…………は？」

一瞬動揺が表に出た。ラザルスはワインをゆっくりと口に含んで、舐《な》めるように飲み込む。表情を変えないように気をつけながら、相手の発言の真意を探る。

「ただ返品しろだなんて、頷《うなず》くと思ってんのか？」

「あぁ、これは失敬。返品ではありませんね。正確には、交換です。私はアレをつれて帰らなければならないので、そのための保証なら当然致しましょう。同じくらいの値段の奴隷を見繕いますし、何でしたらもっと値段の高いものでも御対応します」

「そりゃまた至れり尽くせりって感じだな」

「私達も困っているんですよ。ブルース・クォーターからの希望でしてね」

踏み込んでいいものか、と迷う。明らかに用件の意図はキナ臭いものだが、しかしその意図を探ろうとすれば痛い目を見るかもしれない。

ラザルスの口から漏れたのは、窺《うかが》うような言葉だった。

「ブルース・クォーターがあんなチビに執心の変態だとは、知らなかったな」

「いえね、それならばもっと話は簡単だったんですが」

とあっさりとした感じで黒衣の男は口を開く。

彼の口が軽いというよりも、ほとほと呆《あき》れ返って、誰かに愚痴を聞かせたかったというような感じだ。それに、いっても問題のない内容なのだろう。

「ブルース・クォーターが贋札《にせさつ》に関してトラブルを抱えているのは、既にご存知ですか？」

「………あぁ」

「なら、話が早いです。誰かが忍び込んで符丁を暴いたという線はもう調べ尽くされまして、となれば誰かが裏切ったと考えるしかありません。が、その裏切り者もめぼしい犯人が見つからない。今では、あそこも随分と疑心暗鬼でぎすぎすとしていましてね」

「それが今日の話とどんな関係が？」

「アレに、贋札《にせさつ》の符丁を流出させた疑いがあります」

切れ味の良《い》い鉈《なた》を叩《たた》き付けるような、端的な言葉だった。

今度は上手《うま》く隠せずに、自分の目が微《かす》かに細まるのを感じる。裏口の辺りに視線が動きそうになるのを抑え、視線を二階のリーラの部屋の辺りに向けた。

「おかしな話をいうな。アレを全く喋《しゃべ》れないように、書けないようにしたのはお前らだろうに」

「ええ、はい。そうでした。そのはずでした。が、どうやらアレは文字を書けるようだ」

舌打ちが漏れた。

「何でお前らがそれ知って………あぁ、オーダリーマンか」

「先日ラザルス様がご来店なされた際に、はい。外にいたオーダリーマンが、アレが文字を書いているところを見たと言っておりまして」

賭場の外には必ず、当局の手入れを警戒して賭場の人間が常駐している。ラザルスは高名ではないがそれなりに知られた賭博師なので、近くをうろうろとしていれば、オーダリーマンが目を留めることもあるだろう。

その隣で『いってらっしゃいませ、ご主人様』とウッドボードに書く少女もまた。

「話せない書けないなら話は別でしたが、どういう訳かアレはいつの間にか文字を覚えていたようです。なので符丁を覚えて、誰かに伝えた可能性があります。だからブルース・クォーターが連れて帰ってこいとご要望でして」

「アレに文字を教えたのは俺だ。流石《さすが》に不便だったからな。だからその疑惑は的外れだ」

「そうですか。そうかも知れませんね。でも、そうではないかも知れません」

カミソリで裂いたような笑みを浮かべる黒衣の男を見て、ラザルスはおおよその事情を察した。

「……………本気で疑っている訳じゃないが、見逃す理由もない。そのくらいの感じか」

「ええ、はい」

そもそも正式な裁判ですらなく、裏社会の組織の内部粛正なのだ。正確な証拠や、正しい証言など考えなくて良い。疑わしきを罰して良いのである。とりあえず怪しい奴《やつ》を虱潰《しらみつぶ》しにして、最終的に問題が解決すれば万々歳なのだろう。

（いや、必ずしも問題が解決する必要もないのか。実際にどうやって符丁がバレたのかを考えるよりも前に、信用を回復させる必要がある。信用を回復させるだけなら、それが真実である

必要はない。それらしい奴《やつ》をそれらしく犯人に仕立て上げれば十分だ）

黒衣の男も、本気でリーラが贋札《にせさつ》の符丁を流出させたなどと考えているのではない。ただそれなりに疑わしい立ち位置にいるし、ブルース・クォーターの機嫌は悪いし、ここらで一人怪しげな奴《やつ》を捕まえて機嫌を取っておこうくらいの感覚らしい。

あるいはリーラを犯人として吊《つ》るし上げることで、失った信用を回復させる意味もあるかも知れない。

「ラザルス様には大変申し訳なく思うのですが、そういった事情で商品の交換をさせて頂いて宜《よろ》しいでしょうか」

「こんな物騒な連中持って来て、『宜《よろ》しいでしょうか』もなにもないだろうが」

ラザルスは椅子の背にぎしりと寄りかかった。

本気で疑っている訳ではないが、見逃す理由もない。ラザルスをぶん殴って殺してリーラを連れ去るくらいなら、目の前の黒衣の男は簡単にやるだろう。

こうして商品の交換を申し出ている分だけ良心的で、彼はきっと商売における信頼関係を重視する、良《い》い商人に違いない。

最善の選択肢は贋札《にせさつ》の符丁が流出した件とリーラが無関係であることを証明することだが、それは実質不可能だ。リーラが現に文字を書けるところを見られてしまっている以上は、どれほど言葉を尽くしたところで悪魔の証明で堂々巡りにしかならない。

あるいは本当に符丁を流出させた犯人を暴き立てれば話は終わりだが、そんな能力はラザルスにはない。彼は賭博師であって泥棒捕縛者《シーフテイカー》ではないし、わざわざリーラなんて小娘にまで疑いを持ちかける辺り、犯人は相当上手《うま》くやったのだろう。

「それでは、商品の交換に応じて頂けるということで宜《よろ》しいですね？」

「…………交換した後、アレはどうなる？」

「さあ。それはブルース・クォーターが決めることですので。ただ疑わしいとはいえ高い商品ですし、作った手間もありますし、もう一度きっちり再教育して文字すら書けないように加工した後、どこかに販売という形になると思いますが」

「…………」

どうでもいい、と口を動かしたが声は出なかった。ワインを呷《あお》ってみるが、まるで油でも飲んでいるかのような気分だった。

先程の言葉を、黒衣の男が繰り返す。

「それでは、商品の交換に応じて頂けるということで宜《よろ》しいですね？」

選択肢はないのだ。

イエス、と応えればリーラは連れて行かれ、新しい奴隷がラザルスの元にその内送られてくるのだろう。嘘《うそ》を吐《つ》く理由がないのだから、リーラよりも高級で、より性能の高い奴隷が。

ノー、と応えれば単にラザルスの前後に立っている若者に仕事が与えられるだけだ。ラザルスの元に奴隷が送られてくることは多分なくなるが、リーラが連れて行かれるという結果は変わらない。

結果が変わらないのだから、イエスと答えた方が得なのは明らかだ。

『なるほど、分かった。そりゃ仕方がないな。どうでもいい。交換に応じてくれるなら次は喉を焼いていない、身の回りの世話を進んでやってくれるような奴《やつ》を寄越してくれ。話せない奴《やつ》に一々指示を出すのは不便だ』

とでも伝えるべきだろう。

ラザルスはしばらくの間黙り込んでから、思い浮かべた言葉をそのままいおうとして、

「お断りだ」

しかし彼の口は彼を裏切った。

「────おや」

黒衣の男が驚いたのか、小さく口を開く。

『おやおや』といいたいのはラザルスも同じだった。自分が『お断りだ』といったという数秒前の記憶が信じられない。おやおや、何をいっているんだ。そんなことをいっても何の利益もない。ここで男の提案を断ることに、何の合理性も見つけられない。

だが、取り返しのつく一歩というのはないのだ。

一度開いた口は滑らかに動いた。そういうべきだとずっと前から分かっていたかのようだっ

た。

「お断りだね。糞食《くそ》らえ、だ。――――リーラ！　逃げ」

ろ、とは言葉を繋《つな》げられなかった。その言葉が終わるよりも前に、ラザルスの側頭部に衝撃が走って、思考が真っ赤に染まったからだ。

背後の若者に、服の下に持っていた短い棍棒《こんぼう》で殴り抜かれたらしい、と理解が及んだのは、自分の頭がテーブルにぶつかり、一声呻《うめ》いてからのことだ。そのラザルスの背中目掛けてもう一発棍棒《こんぼう》が振り下ろされ、肺から空気が絞り出される感覚は痛みというよりは無色透明な衝撃と熱だった。

視界が傾《かし》いで赤い。頬にくっ付いたテーブルの天板が冷たい。もう一度何かいおうかと思ったが、口から漏れたのは涎《よだれ》と血の混じったマーブルな液体だけだ。

黒衣の男が何も起きていないような平然とした顔で立ち上がる。

「捜して来て下さい」

まあそうなるよな、と殴られていなければ苦笑いしていただろう。そうなることは分かっていたのだから、イエスと答えるべきだったのだ。

リーラにラザルスの声は届いただろうか。届いたとして、逃げられるだろうか。無理だろう、と血が流れたせいか冷えた頭の一部が端的な回答をくれる。既に部屋の中にいた若者のうちの一人が家捜しにいったし、家の周りにいる連中の目だって節穴ではない。

ばたばたと暴れる足音と、男達の罵声《ばせい》が聞こえた。それに重ねるようにして更にもう一発の打撃が降ってくる。もう俺は動けないのでこれ以上叩《たた》くと自分が疲れるだけだぞ、とラザルスは丁寧に後ろの若者へと諭してやりたかったが、諭して聞くような若者ならこんな仕事はしないだろうし、それ以前に口すらももう動かない。馬鹿なことをした。

「それでは、ありがとうございました。またのご利用をお待ちしております」

黒衣の男が慇懃《いんぎん》に腰を折るのが見えて、その帽子の黒色が視界一杯に広がるようにして、ラザルスは意識を失った。

四　神は賽子《さいころ》を振らない

夢だと分かっていた。夢でしか会えない相手が眼前にいたからだ。

「全く、お前という奴《やつ》は。『死も生も舌の力に支配される』。何度もいわなかったか？」

「………父さん」

養父がラザルスを見つめていた。

夢の中で場所を気にするのもおかしな話だが、そこはラザルスの家である。かつて養父が生きていた頃はそうしていたように、リビングの椅子に座って向かい合っている。

豊かに蓄えられた髭《ひげ》に、長い総髪。灰色の瞳は暗く、深い針葉樹林のように静かな雰囲気を纏《まと》っている男だ。死ぬ直前の、酷《ひど》く老《ふ》け込んで見えた頃の養父が、ラザルスの前で髭《ひげ》をしごいている。

ずきずきと頭が痛むのを感じながらラザルスは苦笑して、

「それの続き、『妻を得るものは恵みを得る』だった気がするけど。死ぬまで独身だった父さんがそれを引用する訳？」

「…………いつの間に聖書を読むようになったんだ？」

「父さんが死んでからだよ。いや、もうね。さも自分の人生哲学ですみたいな顔して語ってた父さんの言葉が、引用ばっかりだったなんてショックだよ」

養父は困ったように眉を下げた。

「知らない間に、随分とお前は可愛《かわい》げがなくなったな」

それはそうだろう、とラザルスは益々《ますます》苦笑を濃くする。

死人と話せるはずがない。これはただの夢で、目の前の父親はラザルスの記憶が生み出した幻影である。死ぬ直前の養父を思い出そうとしているのなら、養父が死んだ後にラザルスが読んだ本のことを知っている訳がないのだ。

ふと気がつくとラザルスは、自分が十代の頃の姿に戻っていると気付いた。養父が死ぬ前の、まだ自分が子供だった頃の身体。椅子が今よりも高く感じる。

ただの夢だと分かりながら会話を続けたのは、それでも養父の姿に懐《なつ》かしさを感じていたからだ。

「今考えるとよく父さんは僕のことを育てられたと思うよね」

「そうだな。私も正直、良く育てられたものだと思う。お前が暴れて噛《か》み付いた時の傷、まだ私の腕に残っているんだぞ」

「それがあったから父さんの身許《みもと》が分かったんだし、許してよ」

「あぁ、私の死体はそんなに酷《ひど》い有様《ありさま》だったか。死体はどうなった？」

「オブライエン先生のところに埋めたよ。無縁墓地だけど」

「墓に埋められただけ、賭博師の死に方としては上等な部類か。酷《ひど》いものだと豚の餌になったりするからな。………………しかし、お前も子育てを語る歳《とし》か」

「もう結婚していたっておかしくない歳《とし》だよ」

「うむ。そういえば仲の良かったフランセスとはどうなった？」

別れた恋人の名前をいわれ、ラザルスは両手をひらひらと振ってみせた。それだけで彼らの関係がどうなったのか分かったらしい。養父が口《くち》の端《は》を曲げるように笑う。

ラザルスはゆっくりと手を下ろして、

「今、ちょっと色々あってガキと一緒に暮らしてるんだけど、もうすげー大変。全然手のかからない奴《やつ》なのに、手がかからな過ぎて逆に困る」

「お前とは真逆じゃないか」

「うっせ。ほら、部屋をみてよ。別に指示なんて出してないし、やらなくたって怒りやしないのに、あいつ気付いたら掃除してんの。この絨毯《じゅうたん》、こんな色してたなんて父さん知ってた？」

養父がいて、若いラザルスがいる。だというのに居間の様子は、昨日今日のものだった。掃除が行き届き、物が整理されただけで、かつて養父と住んでいた時の倍ほどにも部屋が広がったように感じられる。

ラザルスは椅子の上で膝《ひざ》を抱えた。身体を丸めていると落ち着くのは、冷たい路上で眠る孤児だった頃の名残だ。

「週給もやってるっつーのに使う気配ないし。仕事命じてなくてもこっちに気を配ってるし。奴隷なんだから奴隷なりに図太く生きればいいのに、根っこが優しすぎるんだろうな。なんで自分の服買いにいって、僕の懐中時計を持ってくるんだよ。何なんだ、あいつ」

「さて、な。私は嫁もなく死んだ身だから、女心については専門外だ」

「ここで『彼女はこれこれこういった理由でお前に優しいんだよ』なんて懇切丁寧に解説されても、それはそれで怖いけどな。引くけどな」

「お前は本当に可愛《かわい》げがなくなったなぁ」

「無表情を殻にしようとしてる割に、意外と表情読み易《やす》いし。いっつもびくびく警戒してる癖に、油断してること多いし。むしろ反応を隠そうと必死だから僕に面白がられてるってこと、あいつは気付いてんのかね」

ふと、言葉が口を衝《つ》いた。

「――父さんは何で死んだんだ？」

「失敗して、お偉いさんの機嫌を損ねたからだ」

「じゃあ何で失敗したんだ？」

ずきずきと痛む額にラザルスは手を添える。

その痛みは、気絶する前に棍棒《こんぼう》でぶん殴られたからだろう。だが、この記憶の頃、この若い身体だった頃にも似たような痛みを抱えていた。頭の痛みは現実の外傷であり、記憶の疼痛《とうつう》でもある。

「あの時期、僕は病気をしていたし、父さんは疲れ切ってた。でも賭場としがらみを増やし過ぎた父さんは、その中から抜けることが出来なかった。縁を断ち切るのに必要なものは、どうしたって金だ。そんな状況で、父さんは何で死んだんだ？」

「まるで自分の病気のせいで私が焦《あせ》って失敗したとでもいいたげだな。それは些《いささ》か以上に自惚《うぬぼ》れというものだが、いいだろう。教えてやる」

ラザルスは顔を上げた。

「お前が知らないことを、この私が知っているはずがないだろう？」

幻影の養父はにやりと笑った。

「………それもそうだな」

「そうとも。そして、そろそろ目覚めるべき時間だ。早めに起きないと、お前の友人の荒っぽい目覚ましで今度こそ頭蓋骨が陥没するぞ」

「確かに。なんだか、部屋の外が騒がしく聞こえる」

目覚めるためにどうすればいいのか、自然と理解していた。ラザルスは席から立ち上がって、一つ伸びをする。居間を出ればそこが目覚めだ。

ラザルスはさっさと起きようと扉に手をかけ、後ろから養父に呼び止められる。

「あぁ、そうだ。一つ教えることがある」

「何だよ。どうせ僕の記憶のくせに」

「そうとも。この私はただのお前の記憶だ。だから決まり事なんてお前に教えることは出来ない。養父に教えられた決まり事は、今更私が教えるまでもなく、お前はきちんと覚えているからな」

「じゃあ何だよ。早くしてくれよ」

「私が教えるのは、単なる事実だ。お前も良く知っていることでしかない」

独りでに扉が開いた。開いた戸口から暗闇が流れ込む中で、最後に養父は言った。

「『全ての決まり事は破るためにある』。少なくとも、私は守れなかった。そうだろう？」

所詮《しょせん》は夢の話だ。

起きれば全部忘れる、泡沫《うたかた》の短い会話だった。


てっきり自分は死んだものだと思ったので、目が覚めた時にはそこが死後の世界だと思った。ただその思い違いはすぐに訂正された。何せおよそこの世では一番死後の世界に相応《ふさわ》しくなさそうな、脳味噌《のうみそ》まで筋肉によって作られた顔がこちらを覗《のぞ》き込んでいたからだ。

「…………あれか。帝都は死人が多くて重労働だから、天使もマッチョになるのか」

「普段通りに適当なことがいえるなら大丈夫そうだな！　壮健で何よりだ、ラザルス！」

「うるせぇ、ジョン。こっちはお前と違って、殴られたら傷つく普通の人間なんだよ」

悪態をつきながら身体を引き起こした。見慣れない部屋なので自分の家ではないように感じられたが、空気に染《し》み付いた匂いや雰囲気は自宅のものだ。少し考えてから、そこが普段ラザルスの入ることのない一室だと気付く。

かつては養父が暮らしていて、その次には今はもういなくなった女が住み、そしてリーラに私室として与えた部屋だ。

リーラ、という名前が呼び水になって、混濁していた記憶が蘇《よみがえ》ってくる。

「おい、リーラ見なかったか」

「それを俺も聞こうとしていたところだ！　夕食を、と思って訪ねて来たら室内が荒れているから、肝が冷えたぞ！」

「…………そうか。あいつ、持って帰られたか」

平坦《へいたん》な口調でいいながら首を振る。ジョンが巻いてくれたらしい包帯に、じわりと血が滲む。

「持って帰られた？」

事情を知らないジョンが眉を顰《ひそ》めたので、ラザルスは自分の思考を整理しながら、今日のおおよその話を説明した。

ブルース・クォーターの贋札《にせさつ》作りとその失敗という辺りからキナ臭さは漂っていて、聞いているジョンは既に不快そうだった。当然ながら話が進むに連れて彼の機嫌が良くなるようなことはなく、内部粛正からリーラに疑いが及び、最終的に力尽くで連れ去られたという辺りにまで話がいくと、ラザルスはジョンが噴火するのではないかと心配になった。

最後まで話を聞いたジョンは、すかさず拳を振り上げる。

「よし！　行くぞ！」

「どこにだ、馬鹿」

「当然取り返しに行くのだ！　そんなふざけた話で、子供が連れて行かれていい訳があるか！」

「お前が行ってどうやって取り返すっつーんだよ。全員殴れば解決って話じゃないだろうが」

多分リーラが連れて行かれたのはブルース・クォーターの本拠地ともいえるブラック・チョコレート・ハウスだろうが、しかしでは殴り込みにいけるかといわれればそんな訳はない。

本拠地に相応《ふさわ》しいだけの大量の荒くれ者があそこにはいるし、仮にジョンが腕力に物をいわせてリーラを連れてきたとしても、その後にはブルース・クォーターによる報復が待っている。ジョンも人間である以上、二十四時間起きていられるはずもなく、ある日突然やってくる襲撃へ常に備え続けることは不可能だ。

「ではどうしろというのだ！」

「どうにもならない。それだけの話だろ。拳闘士《ボクサー》に解決できる話でもないし、賭博師に解決できる話でもない。俺は馬鹿なことといって殴られた分だけ損した。それで終わりだ」

冷淡な口調で言い切った。事実だ、と内心で呟《つぶや》く。起きた時点でもうどうしようもなかった話というのは、世の中に幾らでも転がっている。リーラもその内の一つだっただけのこと。

「どうでもいい」

だというのに、ジョンは眉を顰《ひそ》めて怒りを表現した。

「ふざけるな！」

「何がだよ」

「そうやって貴様は自分の気持ちに嘘《うそ》を吐《つ》いて！」

「だから、何がだよ」

後、嘘《ブラフ》を張るのは俺の仕事だと付け加える。

話の流れが見えない、と思うラザルスの前で、ジョンは指を突きつけた。彼の額の辺りに巻き付けられた包帯と、今も腫《は》れている目元だ。

「いつだってスカしているお前が、本当にどうでもいいと思っているのならそんな怪我《けが》をする訳がないだろうが！」

「ちょっと返事をミスったんだよ」

「お前は〝ペニー〟カインドを舐《な》めているのか！　少なくとも俺はお前がそんなミスをするところなど見たことがないぞ！」

「過大評価をありがとうよ」

いった瞬間に胸倉を摑《つか》まれた。ラザルスとて大の男だというのに、ジョンはあっさりと片腕でラザルスのことを引き上げる。

爪先がつくかつかないかの高さで、胸元から嫌な音が聞こえた。強制的に視線の高さが揃《そろ》えられ、強い眼光を持った瞳が、ラザルスのことを貫いてくる。

「どうでもよく、ないのだろうが！」

「お前が俺の何を知ってるんだよ」

「そうやって自分に嘘《うそ》を吐《つ》いて、それで満足しているのならいいが、満足できなかったからお前はそうして殴られたのだろうが！」

「聞けよ」

「お前が勝手にスカしている分には別にお前の自由だが、あの娘はお前以外に頼る当てもないのだぞ！　他人を巻き込んでそうやって自分を誤魔化《ごまか》すのは、嘘《うそ》の中でも最低の部類だ！」

「勝手に盛り上がってんじゃねぇ、っと、と」

吊《つ》り上げられたまま応じようとしたラザルスが、頬を垂れるどろりとした感触に眉を顰《ひそ》めた。揺らされた拍子に包帯がズレたらしい。

「おっと、すまなかった！」

「傷口に響くから叫ぶなよ」

ラザルスは顎を伝って落ちそうになった血の雫《しずく》を掌《てのひら》で受け止めて、頬を擦《こす》る。いつまでもリーラの部屋にいても仕方がないと、二階の一室から廊下へと出た。

居間に入り、包帯を自分でキツく巻き直しながら椅子に座る。

椅子に座って頬杖《ほおづえ》をつき、十数秒。そういえば誰もワインを持って来てはくれないのだと気付いて、億劫《おっくう》さを感じながら立ち上がった。

追って入って来たジョンに落ち着いて座るよういいながら、絨毯《じゅうたん》を踏みつけにして歩く。何かが足りないように思えば、前は歩くたびに舞っていた埃《ほこり》がない。絨毯《じゅうたん》は清潔になり、その元の赤色を鮮やかにしていた。

かつて物置の代名詞に過ぎなかったキッチンは気がつけば整理整頓が行き届き、一目見て何がどこにあるのかが把握できる。

置いてあった瓶から注いだワインは、新鮮に澄んだ湖面をコップの中に作り上げた。

「…………はぁ」

席に戻って、重たく感じる頭を支える。

対面の席にはジョンが座って鼻息も荒く先程の話を続けようとしているというのに、妙に静寂が耳についた。

視界が筋肉で圧迫されているのに家が広く感じる。前に家が広く感じたのは、養父が死んだ時だった。忘れてしまった夢の残滓《ざんし》が、微《かす》かに脳裏に浮かぶ。

時間を確かめようとポケットに手を突っ込んで、指先にそれが当たった。

「…………」

牡鹿《おじか》の刻印がされた懐中時計だ。

ぱちりと蓋を開けば、気絶していたのは数時間だけらしい。まだ外は宵の口で、夜明けはずっと遠くだろう。

蓋を閉じて懐中時計を握る。内部で稼働《かどう》するムーブメントの振動が掌《てのひら》に伝わってきた。

リーラが時計を渡してきた時のことを思い出す。あの時のリーラの手の温度がまだ懐中時計のどこかに残っているような気がした。あるいは冷たい金属の塊の中に、それを探してしまうこと自体がラザルスの心情そのものだ。

「…………仮に」

どうでもいい、という態度はラザルスのこれまでの人生であり、生き方である。それに反して口を開くのは、瘡蓋《かさぶた》に爪を立てるような心地がした。

「…………仮に、だ」

血が流れるようにほんの少しだけ言葉を零《こぼ》す。

「仮に俺があいつのことをどうでも良くないとして、ブルース・クォーターと八方丸く収めてあいつが帰って来たとして、それが何になる？」

「お前が嬉《うれ》しい！　あの娘も嬉《うれ》しい！　そして俺も嬉《うれ》しい！」

「そうじゃない。俺は賭博師で、一週間後に生きてるかも怪しい上に、それを辞めるつもりが更々ない。俺のところに取り返したところで、どうせすぐに死ぬぞ。俺か、あいつか、両方が」

『なるべく抱え込むな』という生き方は養父に習ったものだが、仮に習っていなかったとしてもラザルスはそうなっていただろう。

運を天に任せながら金を稼ぐのだから、多くのものを持つことは出来ない。自分が生きていくので精一杯のほんの少しのものだけを持ち、それ以上に手を出せば死ぬのが条理である。賭博師というのはそういう生き方しか出来ない生き物だ。

「賭博師の死に方は碌《ろく》なもんじゃないって相場が決まってるんだよ」

ジョンは賭博師ではないが、賭博師の友人でそれを傍《そば》で眺めて来た。だから分かるだろうと肩を竦《すく》めたが、しかし返って来た言葉はもっと馬鹿げたものだった。

「知ったことか！」

「…………おいおい」

「他の奴《やつ》がどうとか、今までがどうだったとか、それに何の関係がある！　怪我《けが》をしていなければ、一発くらい殴られていたかもしれない。

「今まで出来なかったのなら、お前がやれば良い！　今日まで生きて来たんだから、明日だって生きられる！　どれほど馬鹿げたことを掲げようが、貫き通せばそれが正しい生き方だ！」

帝都で最も馬鹿で、最も拳闘に対して真摯《しんし》に向き合い、それを貫く男が高らかに吠《ほ》えた。

「お前がやりたいという以上に、やるべき理由が必要か！」

堪《たま》らないな、とラザルスは思う。

賭博師は幸せにはなれない。当たり前の話だ。いつか運が尽きて、あっさりと殺される。覆《くつがえ》すことは可能だろうか。

どうにかしてリーラを取り返し、ブルース・クォーターをやり込めて、その後を、当座リーラがまともに暮らせるようになるまでは生き延びる。明日だとか来週だとかその程度のスパンでしか物事を捉《とら》えて来なかったラザルスからすると、それは終末の日までの日付を数えるような遠いことに感じられた。

欠片《かけら》の現実感も伴わなかったが、伴わないからこそ立ち向かえる気がした。どれほど苦労するか分からないからこそ、一歩は踏み出せるかもしれない。

ワインを飲み干して、立ち上がった。

「全く、カッコいいな、ジョン」

「ありがとう！」

「少しは照れろよ馬鹿」

ポケットに手を突っ込んで金貨を取り出す。いつものエリザベス女王の姿をまじまじと見つめてから、

「表が出たら助けにいこう」

ジョンが何をいうよりも早く弾《はじ》いた。

上がった金貨の行方をジョンは目で追ったが、ラザルスはもう見る必要もないとさっさと踵《きびす》を返した。居間を出ながら、殴られた拍子に血で汚《よご》れてしまった服を脱ぎ捨てる。

ちん、と背後からコインの落ちる音がした。どちらが出るかなど、始めから分かっている。

「表だぞ！」

「知ってる」

テーブルの上にはエリザベス女王が見えていることだろう。ジョンの大声に返事をしながら、自分の部屋から服を取り出して着替える。

「で、どうするのだ？　やはり殴り込みか！」

「馬鹿かよ。一拳闘士に解決できる話じゃないっていってるだろうが」

「ならばどうする！」

「決まってんだろ。相手が裏社会の組織で、力が大きくて、とても勝てないというのなら、もっと大きな力で殴れば良いだけだ」

この帝都には、一晩のうちに貧民が富豪や貴族や王族にすら変われる場所が一カ所だけある。

「賭けにいくんだよ」

黒地に金糸で刺繍《ししゅう》が施された衣服は、ラザルスの一張羅だ。膝裏《ひざうら》ほどまで伸びたコートとベスト、ズボンで三《み》つ揃《ぞろ》いのそれは、本来ならば上流階級が行くような格調高い賭場に赴く必要が出来た際に着るものである。

怪我《けが》をしているので帽子こそ被らなかったが、その服を着て、更に片手にステッキを携えたラザルスが馬車に乗り込んでくると、御者はぎょっとした顔を見せた。

貴族か新興富裕層にでも見えたのだろう。どちらにしろ本来ならば専用の馬車に乗る身分で、下手に非礼を働いたらどんな面倒事が起きるか分かったものではないとその表情が語っていた。

そしてラザルスの後ろからジョンがのっそりと入ってくると、御者の困惑は助長される。二人乗りの馬車だというのに、ジョンが入ってくるとラザルスの座る部分は随分と圧迫された。天井にはジョンの頭が擦《こす》りそうになっていて、彼は手狭そうに身体を丸めている。

「ブラック・チョコレート・ハウスまで」

とだけラザルスはいって、馬車の壁面に頭を凭《もた》れさせた。

どれほど決意を固めようが、無茶を押し通すと決めようが、根本的に怪我《けが》が治った訳ではない。目を開けているのも億劫《おっくう》だという気分はどうしようもなく付き纏《まと》っていた。

「で、賭けるとは具体的にどうするのだ！」

説明を省いて連れて来たジョンがそう聞いてくるが、返事をするのも疲れる。しかし考えていることを実現するには彼の協力が不可欠になるだろう。

「………ブルース・クォーターは商売人だし、ブラック・チョコレート・ハウスは商品だ。賭けて、その上前を跳ねて、それで儲《もう》けている」

「そうだな、そうだ！」

「だから、簡単な話だ。賭けて、賭けて、勝ち続ければ良い。ありったけの力で勝利し続けて、今日でブラック・チョコレート・ハウスを潰《つぶ》す。簡単だな？」

ブルース・クォーターは裏社会でそれなりの力を持った人間だが、それなりでしかない。その持っている金には限度があるし、ラザルスがこれまでの経験から考えるに、ブラック・チョコレート・ハウスに貯蓄されている金はそれほど多くない。

「賭場から全ての金を勝ち取るなんて出来るのか？　賭場にどれだけ金があるか知らんが！」

「出来るさ。まぁ、もっと言うならば、全部の金を奪い去るなんて真似《まね》はする必要がない。何せ、ブルースの奴《やつ》は今トラブルを抱えているからな」

贋札《にせさつ》と、その符丁。まさしくリーラが連れ去られた理由そのものだ。

贋札《にせさつ》の市場相場は印刷されている額面の半額らしい。どれほどの枚数を刷ったかは知らないが、即座に全部の贋札《にせさつ》を掻《か》き集《あつ》めてトラブルを終わりにしないのだから、相当量が出回っているのは間違いない。たとえ買い戻しにかかる金額が、印刷された額面の半分であっても、その金額はかなり膨大である。

「贋札《にせさつ》を回収するにしろ、トラブルを収束させるにしろ、どっちにしろ金は必ず必要になる。

そんでブルースの失脚を狙っているどっかの組織も、必ずいる。俺が賭場を完全に破産させせなくても、自由に動かせる金をそこそこ削ってやるだけで今のブルースは首が回んなくなる」

「何と言うか、皮肉だな！」

「贋札《にせさつ》のトラブルが起きたからリーラが連れ去られた。贋札《にせさつ》のトラブルがあるからブルースの賭場をぶっ潰《つぶ》せる。全く、笑い話にもなんねぇよなぁ」

ラザルスはくつくつと喉を鳴らしてから、その笑みを引っ込めた。

「一晩、一晩だけだ。何日もかけていたら、リーラはあの店からいなくなるし、対策が取られる。だから一晩で金をかっぱらって、ブルースの組織を潰《つぶ》す。そんでお終《しま》いだ――――どうした？」

視線を感じてラザルスが片方の目を開くと、ジョンは不思議そうな顔をしていた。

「しかし賭けで賭場を潰すというのは、賭博師としての勝ち方ではないのか？」

「…………勝率も考えずに突っ込んで、賭場ごと根刮《ねこそ》ぎにするようなのが、賭博師のやり方であって堪《たま》るかよ。農家が来年の種籾《たねもみ》もまとめて売っちまうようなもんだぞ」

ごろごろとした、石畳を車輪が踏む振動がラザルスの頭に伝わってくる。痛覚は頭の中でぴりぴりとした刺激になって弾《はじ》け、ラザルスは震える息を吐き出した。

「なるほど、話は分かった！　では、何のゲームをするのだ？」

「ヴァンテアン」

即答した。その答えは、賭場に向かうと決めた瞬間に考えていたからだ。

「…………知らないゲームだ！」

「まだ若いからな。フランスの方で作られて、こっちに来たのは最近のことだ」

ラザルスがそう答えて口を噤《つぐ》むと、沈黙が降りた。しばらく待ってから返事が来ないのでラザルスがまた口を開く。

「何でそのゲームだとか、どういうゲームだとか聞けよ」

「異なことをいう！　〝ペニー〟カインドが俺を賭博の腕で頼る訳あるまい！　俺が一緒に行くのは暴力が必要な時に備えてで、説明しないということは必要ないということなのだろう！」

「そうだけどよ」

賭場を潰《つぶ》そうと考えているのだ。賭けの途中で、家に来た若者のような連中に妨害されては堪《たま》らない。ラザルスがジョンを連れているのはその際の抑止力としてであり、つまり番犬だ。

そもそも、とラザルスは熱を持った傷口に浮かされるように、

「根本的に、賭場には勝てない。勝てないようにゲームが出来ている」

「どういうことだ？　お前は勝っているではないか！」

「例えばルーレットで考えろ。赤か黒、奇数か偶数、前半か後半。これらの賭け方の配当は二倍。つまり賭けた額と同じ額の利益が得られるってことだ。分かるな？　仮に――次出るのが

赤か黒かなんて判断基準はないんだから、人々は赤と黒に半々に賭けるとしよう。ここで一度ルーレットを回して、赤に球が転がり込んだ。ではこの場合、賭場の利益はどうなる？」

「………ないな！　半々に同額が賭けられているなら、黒に賭けられていた金額を赤の連中に渡して終わりだ！」

「そうだ。簡単だな。実際にやったらもっとぶれるんだろうが、大局的に見れば、そうなるように収束される。大数の法則だ。試行を重ねれば、全体として赤と黒の賭けも、他の賭けも、半々になるだろう」

　が、しかし、とラザルスはルーレット盤を示すように手を丸くした。

「ルーレットには賭場総取り《0と00》が存在する」

　赤の0と黒の00に球が入ったら、賭場の勝利。賭けられていた金は全て賭場が徴収するというのが、およそどこの賭場にでもあるルールである。

「確率的には低いものだが、必ずそのスポットに球が入ることはある」

「なるほど！　それが賭場の利益になる訳か！」

「まぁ、実際には一点賭けとかもあるし、話は複雑なんだが、おおよそそういうことだ。賭場にあるゲームは、確率的に必ず賭場が儲《もう》かるように設計されている。ルーレットに限らず、例外なく、全てのゲームが、だ」

　一点賭けの配当は三十六倍だが、しかしルーレットのスポットは三十八箇所あることが多い。

つまり同額を賭け続けるならば、一点賭けで得る配当よりも、そこに至るまでに支払い続ける金額の方が必ず上回るのだ。

「む、ではお前はどうなんだ！　〝ペニー〟カインド！　お前はその賭場でいつも勝っているではないか！」

「賭場を相手にしてないからな。ブラグだの賽子賭博《ザーラ》だの、客同士でやる賭博なら話は少し違ってくる。それに『必ず賭場が勝つ』ってのは大局的に見た場合で、もっと小さく見れば客が賭場に勝つ場合だってある」

百回コインを投げて百回表が出ることはまずあり得ない。およそ表が五十回、裏が五十回に収束するだろう。だから本質的に客は賭場には勝てない。確率という壁がそこにはある。

だが十回だけコインを投げるならば、八回か九回くらい表が出ることは、ままあることだ。

それを客の勝利として、逃げてしまうのだ。

大数の法則が大数に至る前に、数度の確率のぶれが、移り気な運命の女神がこちらに微笑《ほほえ》んでいる隙に、賭博を終えてしまう。

「小さく勝って、手早く切り上げる。だから俺は小銭《ペニー》稼ぎって呼ばれてるんだろうが」

「何故《なぜ》だろう、聞けば聞くほど悲観的な内容に聞こえて来たぞ！　リーラを取り返すつもりがあるのか！」

「だから、賭場に勝つのは殆《ほとん》ど無理なんだっつの」

ラザルスはまた目を閉じて、それから付け加えた。

「ただヴァンテアンは極めて例外的に、大局的にも客の側が勝つことが出来るゲームだ」

ラザルスがブラック・チョコレート・ハウスに入ると、一瞬だけ細波《さざなみ》のように動揺が広がっていくのが分かった。

客達が動揺したのはラザルスの顔にまだ傷が残っているからだろう。喧嘩《けんか》が日常茶飯事の帝都とはいえ、側頭部から血を滲《にじ》ませている奴《やつ》が賭場にわざわざ入ってくることは少ない。

従業員達が動揺したのは、ラザルスにまつわる話を幾らか聞かされているからに違いない。贋札《にせさつ》に関するトラブルは従業員ならば誰でも知っているようだし、物騒な連中を動かしたのだから、リーラが連れて来られたことも殆《ほとん》どの従業員は知っているのだろう。

宵の口の、暖まりかけていた賭場の空気が微《かす》かに冷える。店内に流れ込む外気に背中を押されるようにして、ラザルスは店を横切った。

コートの裾を翻《ひるがえ》し、一歩ごとに手に持ったステッキが床を打ち付けて不機嫌そうな音を鳴らす。ステッキを持って来たのははったりを利《き》かせるためが半分で、もう半分は頭部と背中の痛みのせいで歩くのも辛《つら》いからだ。

ラザルスは店の中央、一番大きなテーブルの右端の席へとどっかりと腰を下ろした。

そこでは通例、一番人気のあるゲームが行われている。昨今は人気の移り変わりも激しいが、今日はここでヴァンテアンが行われていた。

「よう、参加して良いか」

ディーラーの喉がひくりと動くのが分かった。

今頃バックヤードは大騒ぎだろうと、ラザルスは想像する。彼が何をしに、何のつもりでここに来たのかが分からずに混乱しているに違いない。

何せつい数時間前に頭をぶん殴られたのだ。滅多なことをするタイプの賭博師ではないと思われているはずだが、しかし殴られたのをあっさりと許してすぐに賭けをしにくるほど非人間的にも思われていないだろう。

ラザルスを追ってのっそりとジョンが入って来て、さらにその混乱の気配は増した。

破れかぶれに殴り込みで奴隷を取り返しに来たという可能性を考慮しているのか、さりげない仕草でバックヤードから物騒な雰囲気を纏《まと》わせた男達が出てくる。

だが逆にいえばラザルス達は来店しただけだ。

それだけの理由で賭博への参加を拒否するのは難しい。ここで無理に追い出すと賭場の経営と評判に関わってくる。周囲には賭博に興じている客が大勢いるのだ。

「……どうぞ」

一瞬視線を店の奥に向けてから、年嵩《としかさ》のディーラーが唇を舐《な》めて言葉少なに答えた。

「ジョン、そっち座れ」

ラザルスの左隣の席にジョンもどっかりと座り、椅子が軋《きし》みを上げる。拳闘士であるジョンを知っている人間は多いのか、あちこちから客の視線も集まっているのが分かった。

「で、ラザルス！　ちょっとルールを教えてくれ！」

迷うことなどないといわんばかりに、堂々と座っておきながらジョンはその言い草だった。

ラザルスは相変わらずの態度に頭痛を覚えながら、同卓の三人に詫《わ》びつつ軽く説明をした。

「別に、そこまでルールの難解なゲームじゃない」

丁度ゲームの切り替わるタイミングだったのか、ディーラーが新しいトランプのデックを取り出していた。

幾つのデックを交ぜるかというのは明確なルールが立てられておらず賭場によってまちまちなのだが、ブラック・チョコレート・ハウスでは二つのデックが交ぜられるのが通例らしい。

複数のデックの集まりがシューと呼ばれるケースへと収められる。

一度、扇のようにテーブル上でディーラーがトランプを広げる。五十二枚で一組、二つのデックを合わせたので百四枚が裏返しに並べられた。これは、カードの裏側に傷やマークをつけることでのイカサマをしていないという賭場側のアピールだ。

端のカードをディーラーが弾《はじ》くと、トランプ全体が波打って今度は表を上にした。こちらはカードの種類を弄《いじ》っていないというためのもの。

「ヴァンテアン――これはフランス語だな。英語でいうなら二十一《トウエンテイワン》。端的に賭けの内容を表した、良い名前だ。そのうち、こっちの国じゃトゥウェンティワンって呼ばれるようになるんじゃないかね」

ラザルスはそう予想したが、しかし後の歴史ではこの賭博はもっと別な名前で呼ばれるようになる。フランスで生まれたこの賭博は十九世紀に入り急速にイギリス国内で広がりを見せ、二十世紀初頭になってアメリカで名前がこう変わった。

ブラックジャック、である。

世界で最も有名なゲームの一つとなるブラックジャック――まだヴァンテアンという名前のそのゲームを、ラザルスは簡単にジョンへと語る。

「まず、大抵のゲームはそうだが、最初に金を賭けろ。ヴァンテアンは基本的に後から賭け金を変えることが出来ないから、慎重にな」

いいながらラザルスはポケットから1ギニー金貨を取り出して、ぱちりとトレイに置いた。

いきなりの高額な賭け金に、ディーラーと同卓の人々がぎょっと目を剝《む》くのが分かる。ラザルスは如何《いか》にも強気そうに笑みを保った。

この時代の、一般的な労働者の年収はおよそ20から25ポンドだ。1ギニー金貨はおおよそ1ポンドなので、つまり一年間で稼ぐ金額の4％程度をラザルスがトレイに乗せたのだから、周囲の驚きも当然のものだろう。

それがわざとであり、揺さぶりの一種であると分かったのか、ジョンは悪趣味だといわんばかりに眉を曲げていた。ジョンの方は、普段の戦いからすると極めて真っ当で堅実な、半クラウン銀貨というほどほどの値段だった。半クラウン銀貨は2シリング6ペンス。20シリングで1ポンドなので、こちらは割と賭場でもよく見かける金額だ。それでもやや高めなほどだったが。

「次にテーブルの全員に二枚ずつカードが配られる。ディーラーも含めて」

ディーラーが自分の前にカードを二枚並べる。一枚は表向きで数字の5。これはアップカードと呼ばれる。もう一枚は裏向きで置かれたので、ラザルス達からは数字が分からなかった。次いでラザルス達の前にカードが分配される。卓についている五人の前に、それぞれ二枚。ラザルスの前にはAと3。ジョンの前にはキングとジャックの絵札が来た。

「数字はそのまま、絵札は10として扱う。Aだけは扱いが特殊で、プレイヤーが任意に1か11か好きな数字であるとすることが出来る。そして手札の合計を21に近づけていくのが、このゲームの目的だ」

「む、つまり今俺は20で、お前は4あるいは14ってことか!」

「選べる行動《アクション》は三つ。ヒット、スタンド、あるいはダブルダウン」

ヒットは一枚カードを引くという選択肢。これを宣言すると、ディーラーが山札からもう一枚カードが送られてくる。

スタンドはもうカードを引かないという選択肢。つまり今の手札でディーラーに勝負を挑むということだ。

　ダブルダウンはやや特殊で、『後一枚だけカードを引く代わりに、賭け金を二倍にする』という宣言だ。後から賭け金を弄《いじ》れる選択肢はこれだけである。

「ふむ！　ならばスタンド、でいいのか！」

「お前、手札が20の段階でヒットしたらぶん殴るぞ。ついでにいっておくが、手札の合計が21を超えたらバストと呼ばれる。これは無条件で敗北だ」

　即《すなわ》ち『21に近づけていく』というルールはより正確には、『22以上にならない範囲で21へと出来る限り近づけていく』となる。

「因《ちな》みにこの賭場、スプリットとかは採用してるか？　あぁ、してるのか。ディーラーに二枚配ったってことは、今はノーホールカード方式は採用していない？　ころころルールを変える辺りが、如何《いか》にもブルース・クォーターって感じだな」

　新しい物好きなだけのことはある、とラザルスは楽しげな笑みを浮かべてみせた。

　行動を選択するのは卓の左側の席からだ。順にヒットやスタンドが選択され、ジョンは当然ながらスタンドした。ラザルスはヒットする。

「ヒット」

　ラザルスの元にジャックの絵札が来る。Aを1の扱いに変えて、これで14。

「ヒット」

もう一度。今度は9が来た。23でバストだ。全く、とラザルスは首を横に振る。

「幸先《さいさき》が悪い」

「おいおい！　大丈夫か、ラザルス！」

「さぁな」

他のプレイヤーも次々にヒットやスタンドを選択し、全員がスタンドあるいはバストした時点でディーラーが伏せていたカードを捲《めく》る。

数字の7。

「因《ちな》みにディーラーには戦略が存在しない。手元の数字が16以下ならばディーラーは自動的にヒットを選択するし、16を超えたら自動的にスタンドになる」

現在は12なので、ディーラーはヒットを選択。次のカードで5が出て、ぴったり17でディーラーはスタンドした。

勝敗が決し、ディーラーが終わったカードを全て滑らかな手つきで集めると脇に一纏《ひとまと》めにする。

「ディーラーに勝てば賭け金が戻って、賭け金と同額が配当になる。つまり賭けたのと同額の利益が手に入る。おめでとう、ジョン」

ラザルスがそういって軽く拍手をしたが、ジョンはじろりと睨《にら》みつけてくるばかりだった。

何をいいたいのかは表情で分かる。そんな調子でいいのかといいたいのだろう。確かにラザルスにとってもギニー金貨は安いものではない。しかし、賭博で一度きりの勝ち負けを捉《とら》えても仕方のない話だ。

だからこうする、とラザルスはポケットから次の賭け金を取り出した。

二枚のギニー金貨が、賭け金を乗せるためのトレイに置かれる。

「さ、次だ」

その次は、プレイヤーが全てのアクションを終えた後、ディーラーがナチュラルであることが発覚した。

最初に配られた二枚のカードが合計21、つまりAと10カードで構成されたこの手札は、プレイヤー側に同様にナチュラルの手札を持つものがいなければ、問答無用でディーラーの勝利となる。

（つーか、伏せ札《ホールカード》がある癖に、確認は最後なのか。もしかすると俺に対する警戒から今ルールを変えたのかも知れないが）

ラザルスは人の顔色を読むことに長《た》けている。そしてその能力は、ここの経営者であるブルース・クォーターも重々承知だろう。

通常のホールカード制ならば、ディーラーのアップカードがAまたは10カードだった場合、まずディーラーが伏せ札の確認を行う。ディーラーも表情を殺す訓練はされているだろうが、ラザルスが僅《わず》かな変化から伏せ札の内容を読み取ってくるかも知れない、とブルースが思うのは当然のことだ。

（実際、似たようなことは出来るしな）

伏せ札の確認を一律で最後にしてしまえば、ラザルスから判断材料を一つ奪うことになる。

流石《さすが》に、ディーラーも知らない伏せ札の内容までは見通せない。

ラザルスは舌打ちをして、その次の賭け金を取り出した。四枚の金貨が積み重ねられる。

「………お前一体幾ら持って来たんだ！」

「勝つのに必要な分だけだ。さあ、ディーラー、次を頼む」

つまり、家にあったありったけの金ということなのだが。何せラザルスの家は二代続いた賭博師であり、貯金とは無縁の生活ではあったが、そこら中にあったかどうかも忘れていたような金は転がっていた。

どこかの誰かがそれを律儀《りちぎ》に、横領もせずに整理してくれたお陰で、その金を掻《か》き集めるのには苦労しなかった。

その次のゲームでは、ラザルスはバストしなかったものの手札は18。三枚のカードを引いたディーラーが19となって、またラザルスは負けた。

八枚のギニー金貨が置かれ、ディーラーの頬が引《ひ》き攣《つ》る。

「さあ、次だ、どうした、ディーラー」

ディーラーが動揺している理由ははっきりと分かる。この賭けも含めて、ラザルスは既に十五枚のギニー金貨をテーブルに置いている。

これが負けて熱くなっているカモならば舌舐《したなめず》りをしているところだろうが、ラザルスのことはディーラーもよく知っているのだ。淡々とした表情と手つきで、ただそうするのが正しいというように賭け金が倍にされ続けていくのは、どうしようもなく重圧だろう。

そして、これが正しいのだ。

異様な雰囲気に押されるように、しかしそれを隠してディーラーは滑らかな手つきでカードを配る。ラザルスの元には2と8のカードが来た。

「ヒット」次いで4が。

「ヒット」次にはAが。微妙に運が向いていないないと思いながら、ラザルスは再び、

「ヒット」4がもう一枚来た。

「スタンド、だ」

同卓しているジョンも残りの三人も、それぞれに賭博をしているのだが、しかし彼らの視線はちらちらとラザルスとディーラーの間を行き来していた。高額な賭けの行方がどうなるか、気になっているのだろう。

ディーラーの表向きのカードは5であり、伏せられていたカードを返せば8が出た。そしてもう一枚ディーラーはカードを引き、これが3。更にヒットを重ね、次で7が出てバスト。

「まぁ、そりゃそうだ。やってりゃいつかは勝てる」

ヴァンテアンは元々ディーラー側とプレイヤー側の勝率が、ほぼ半々なのである。賭け続ければ勝率50％前後に収束するようになっている。

ラザルスはディーラーから渡された十六枚のギニー金貨を手元で積み重ねた。

隣のジョンにひっそりと囁《ささや》く。

「これが、負けない賭け方って奴《やつ》だ」

「今とても負けていなかったか！」

「違う。一回一回の勝利じゃない。全体で見た場合に、賭けに負けたら金を倍にして再挑戦する、というやり方が『負けない』という話だ。頭の中で計算してみろ」

一度目の賭けでは一枚を賭け、負ければ二枚を賭け、更に負ければ四枚賭ける。

今までラザルスが失った金貨は七枚だったが、今の賭けでは八枚のギニー金貨を賭け、配当で同じ枚数のギニー金貨を得た。それまでの損失が一回の勝利でプラスに転じた。

仮に今の賭けで負けていたとしても、次の賭けで十六枚のギニー金貨を賭けて勝利すれば、それまでの損失をきっちりプラスに変えることが出来る。どれほど負けが続いたところで、常に倍額を賭け続ければ、どこか一度の勝利でそれを取り返せるのだ。

「…………おお！」

頭の中で想像してそれに気付いたのか、ジョンが感心したように唸《うな》った。

「ま、あくまで理論上はって話だがな。まずもって倍額を賭け続けられるだけの資金力がないと話にならないし。ヴァンテアンは、プレイヤー側の勝利になることが多いから、割とこの戦略が成立するんだが」

このブラック・チョコレート・ハウスでは設定されていないが、賭場によっては掛け金の上限が定められている場合もある。それに賭場の側がイカサマを使って来て負けが込むようになれば、この戦略はあっという間に崩壊するだろう。

なりふり構わず金をかき集めて、どうにかという程度の策だ。

「だが、それに、ラザルス！」

「知ってるとも。だから言うなよ」

これは負けないための賭け方で、勝つための賭け方ではない。

最後に勝った段階で賭けを切り上げれば必ず損はしないのだが、しかし得られる利益もまた微々たるものだ。

普段の賭けならばともかく、賭場を潰《つぶ》してリーラを取り戻すと宣言したにしては勝ち方が足りないとラザルスだって知っている。今これをやっているのは、勝ちも負けもしないままシューが終わりを迎えるまでやり過ごすためなのだ。

（久しぶりだからなぁ、こうやってマジで勝ちにいくのは。もしかして初めてか？）

何度もゲームが繰り返され、ラザルスの手元の金は徐々に増える。だがそれは派手な動き方ではなく、拍子抜けのような雰囲気があった。

次に大きく動いたのは山札が随分と減って、これが最後のゲームになろうかという時だった。

ディーラーのアップカードは6。

ラザルスの元にはAと9のカードが来た。

左の席から順に行動が選択されていき、ラザルスまで回ってきた時点で山札のカードは五枚。

ラザルスはその山を見て首を傾《かし》げてから、

「ダブルダウン」

「なッ」

と声を漏らしたのはジョンだったが、それ以外の全員も、ディーラーを含めてぎょっと目を開いた。

「ラザルス、お前さっき、手札が20で引いたらぶん殴るといってなかったか！」

「さっきはさっき、今は今だ。ほら、カード寄越せよ」

ラザルスが賭け金を倍にし、指先でとんとんとテーブルを叩《たた》いて合図をすると、ディーラーが異様なものでも見るような目付きでカードを送って来た。

カードの数字は2。

Aを1として計算すればバストはしないが、しかし合計は12で先程よりも下がってしまった形である。しかもダブルダウンを宣言しているためにもう一枚引くことも出来ない。

ただ、ラザルスは、

（運が向いて来たかな）

と少しだけ思った。

ディーラーが伏せ札を表にする。伏せ札は10。トータルは16で、自動的にヒットが選択される。次いでカードは8が現れた。

ディーラーのバストにより、ラザルスの勝利である。

「………」

キツく顔を顰《しか》めたディーラーの前で、ラザルスはへらりと笑って立ち上がった。

「いやぁ、ツイてた」

倍になった賭け金と同額の配当を自分のテーブルに置いて、ラザルスは一旦席を離れる。丁度シューが底をついたところで、そういった時には数分ばかりの休憩があるのだった。

「で、さっきのってどういう魔法なんですか、ラザルスさん！」

ずっと座っていると腰が痛くなるな、と少し歩いていたラザルスに、知り合いの賭博師であるキースが近付いて来た。

「何だ、キース。いたのか」

今日は傍《かたわ》らに女性を連れていないので真面目に賭博をしに来たのかと思ったが、しかし視線を遠くに向ければキースに向かって熱い視線を注いでいる女性がいた。話を中座して少し距離を置き、やきもきさせるような作戦らしい。

「ラザルスさんのあのダブルダウンって、つまり賭け金を倍にするための方策だったんですよね？　でも何でラザルスさんはディーラーがバストすると知ってたんですか？　イカサマ？」

「馬ぁ鹿。カードにも触れられないのにイカサマが出来てたまるかよ」

手つきでヒットとスタンドの意思表示も出来るために、その気になればヴァンテアンはプレイヤー側がカードに触れることすらなくゲームを進めることも可能だ。逆にいえばブラグなどのようにカードを擦《す》り替えるイカサマをする余地が少ないということでもある。

賭博師というものは手の内を隠したがるもので、それは同時に『どうせ教えてもらえるはずもない』と他人に踏み込まないような気質になりがちだ。ただそれは賭博師を名乗っているだけの情夫であるキースには関係のないようで、初めてシティの外に出た少年のような好奇心でもって彼はあっさりと尋ねてくる。

「じゃあ、あれはどういう訳だったんです？」

「………別に難しい話じゃない。最後のゲーム。俺に回ってきた時点で、表に出ていなかったカードは六枚。ディーラーの伏せ札が一枚に、山札が五枚だった」

ラザルスは久しぶりに使っている脳味噌《のうみそ》に血を巡らせるように眉間を揉《も》みながら、

「その六枚の内訳はQ、10、9、8、8、2だった」

「はい？」

「ディーラーのアップカードは6。つまりどんなカードが伏せ札になっていたところで、必ずヒットしなくちゃいけない。そして残りのカードからして、『2が伏せ札』、あるいは『ヒットで2を引く』以外なら必ずバストする。さっきのはそういう状況だった。だから単純に勝ちにいくよりも、ダブルダウンして賭け金を上げて、相手のバストを待った方が利益が大きかった。引いたら偶然、2が来てくれたからディーラーの勝ちもなくなったしな」

「待った。多分、ラザルスさんがいった通りの山札だったのは分かりましたけど、じゃあ、何で残りのカードが分かったんですか？　あ、そうか！　透視ですね？」

キースの明るい声音は、本当に透視というものを心から信じているようにも、単なる冗談のようにも聞こえる。

「それが出来りゃ苦労しないっての」

もっと泥臭く、面倒臭く、力任せな方法しかラザルスは知らなかった。結果として酷使に堪え兼ねた脳が、既に文句をいって来ている。

「覚えたんだよ、全部のカードを」

「全部……………全部ですか⁉」

シューに纏《まと》められた百四枚のカードのうち使用された九十八枚を記憶したのだから、残りの六枚が分かるのは必然のことだ。

とはいえそれは口でいう程簡単なことでもない。使用されたカードは全て一纏《ひとまと》めにされて片付けられ、ファラオンのように専用のケースキーパーで開示されている訳ではないからだ。テーブル上の全てのカードを眺めることは可能でも、それを頭に叩《たた》き込むほどの悠長な時間はない。

（久しぶりだから出来るかどうか分からなかったが、この分だと記憶力に関しては問題なさそうだな）

とラザルスは思う。本気で限界まで勝ちを狙わないのならば、こんな完全なカードの記憶なんて必要ないのだ。

（そして、これでようやくスタートラインだ）

全部のカードを記憶することが出来た。それで勝利が必ず得られるようになった訳ではない。今のこれは綱渡りの綱に足をかけることが出来ただけであり、これからその縄を歩いて渡らなくてはいけない。

「まともな神経じゃやってられねぇな。……………あ、チョコレート二つくれ」

カウンターへと寄って、ラザルスは脳味噌《のうみそ》を働かせる餌にしようとチョコレートを注文する。すぐにウェイトレスが二つのカップを持って来て、

「一個は俺の連れに頼む」

ラザルスがそういったのでそのチョコレートをキースへと差し出そうとした。しかしその動作をラザルスは止める。

「そいつが俺の連れに見えるのかよ」

「え、えっと、お連れ様は、あの、ジョン様の方で？」

どうやらこの清楚《せいそ》さを表情一杯に湛《たた》えたウェイトレスも立派な帝都の住人で、血腥《ちなまぐさ》い試合を眺める趣味があるらしい。

「そいつでもねぇよ」

「あの、えっと……」

戸惑ったような顔をしているウェイトレスを見るのは楽しかったが、彼女を虐《いじ》めていても仕方のないことだ。ラザルスは軽く肩を竦《すく》めた。

「良《い》いからブルース・クォーターのところ行って『連れのところに差し入れてくれ』っていってたと伝えてこいよ。それでどうにかなるはずだ」

固唾を呑んで推移を眺めているはずのブルースも、それで用件を理解してくれることだろう。ウェイトレスは説明する気のないラザルスの言葉を訝《いぶか》しげに聞いていたが、しかし結局いうことに従ってバックヤードへとしずしずとチョコレートを運んでいった。これでリーラがここにいなかったら赤っ恥だな、とラザルスは肩を竦《すく》める。

これ以上うろうろとしていると、次のゲームに参加できなくなりそうだ。ジョンや、同じ卓にいた他の三人の客もぼちぼちと席に戻っている様子である。

「あれ、そういえばラザルスさん、何で今日はそんなにやる気なんですか？」

「暇なら後でジョンにでも聞けよ」

キースをその場に残して、ラザルスはチョコレートのカップを片手に中央の卓へと戻る。戻って来てくれなくて結構だ、と表情にはっきりと書いてあるディーラーの前に座って、舐《な》めるようにチョコレートを啜《すす》った。

「あぁ、美味《うま》い」

それから外連味《けれんみ》たっぷりの笑みを浮かべてみせる。

「この美味《うま》いチョコレートが今日で飲めなくなるのは、悲しい話だ」

ディーラーの顔が、ぶん殴られたように歪《ゆが》んだ。

カウンティングと呼ばれる、カードを記憶することによるヴァンテアン——ブラックジャックの必勝法が完成を迎えるのはずっと後の時代のことだ。

ラザルスはそのカウンティングの手法の一部を、経験則から理解していた。

百四枚のカードを掻《か》き混ぜ終えたディーラーが、仕切り直すように一度自分の手の甲を撫《な》でていた。落ち着くための癖のようだったが、落ち着く必要があると露《あら》わにしてしまっている時点でディーラーの失策だ。

「トマス・アクィナスの唱えた遊びの三つの掟《おきて》って知ってるか？」

一度目のカードが配られた時点で、ラザルスの方から口火を切った。何を考えている訳でもなく、単に卓を沈黙で包むのもどうにも気が憚《はばか》られ、適当に口を衝《つ》いた言葉である。

そういう時には大抵、養父の教えてくれた多くの決まり事や掟《おきて》が口から出てくるのだった。

（ともかくとして、この世にツキだの運だの流れだの、都合のいいものは存在しない。世界ってのはもっと厳然として完璧なものだ）

どれほど連続して勝とうが、ルーレットのスポットが変わる訳ではない。コインの表裏が変化する訳でもない。そこに意味を見出《みいだ》してしまうのは人間が過去の経験から学ぶ生き物であり、しかしその学んだことの正しさが保証されていないからだ。意味のないところに意味を見出《みいだ》してしまうその本能が、ありもしないツキや運勢を見てしまう。

ただ、とラザルスはちらりと山札を見る。

例外的に、ヴァンテアンにおいては『流れ』というものが存在する。何故《なぜ》ならば、ヴァンテアンは限定された山札で行われるゲームだからだ。

（山札のカードの偏りと、プレイヤーの勝率には明らかに関係がある。それに殆《ほとん》どの奴《やつ》が気付かないか、気付いても利用出来ないのは、まずその山札全部を覚えるのが難しいからなんだろうな）

ヴァンテアンでは絵札《フェイスカード》は全て10として扱われる。

つまりこのゲームで最も多いカードとは全体の約31%を占める10である。ヴァンテアンとは10カードが支配するゲームといってもいい。

「寡聞にして知りませんでしたが、どのようなもので？」

　とこちらも同じくディーラーの、ただ口が動くに任せるような生返事。

「一つには、それは破廉恥《はれんち》なものであったり、他の人に迷惑をかけるようなものであってはならない。――――おっと、一つ目から帝都の賭博がアウトだぞ？」

　戯《おど》けた調子でいうと、同じ卓にいた数名が噴き出した。

　カウンティングのベースとなる、ラザルスが経験的に理解している思考はこうだ。

『一、9、10、Aの高い数字の札《ハイカード》が山札に多ければ多いほどプレイヤーが有利である』

『二、2～8までの低い数字の札《ロウカード》が山札に多ければ多いほどディーラーが有利である』

『三、ハイカードの中で特にゲームを支配するのは10のカードである。ロウカードの中で特に支配的な振る舞いをするのは5のカードである』

　シャッフルによってカードは撹拌《かくはん》されるが、しかしそこには必ず偏りというものが存在する。つまりゲームの進行に従って、山札には必ず『傾き』が生まれる。

　賭け金を常に一定にしてゲームを行った場合、プレイヤーはディーラーに、あるいは賭場に勝利することは不可能である。

　しかしカウンティングという手法を使えば、残りの山札の中にある『流れ』が、即《すなわ》ち運やツキといったものが見えてくる。その流れに沿って、プレイヤーの有利に傾いた時には大きく賭け、不利に傾いた時には小さく賭ける。

勝ちを限界まで大きくし、負けを限界まで小さくする。

（だから数度のゲームで負け続けるのは単なる確率の偏りだし、ゲームの形式上仕方のないことはいえ――――）

ゲーム再開直後の四度、ラザルスは負け続けた。

もしかすると何らかのイカサマを相手に行われているのかもしれない。カードを弄《いじ》るほどの派手なことは出来ないよう目を見張っているので、多分、覗き見《ピーキング》と呼ばれる単純なイカサマだろう。

指輪やテーブルの一部を磨き、鏡のようにして山札の一枚目を覗《のぞ》き見るイカサマだ。

一枚目が有利なカードならばディーラーは自分の手札へとそれを送り、不利なカードならば卓越した指さばきによって、一枚目を配っているような素振りで二枚目《セカンド》のカードを自分の元に送り込む。卓で負けて欲しいプレイヤー――今なら間違いなくラザルスの元へと天辺《てっぺん》のカードを渡せば、意図的に一人のプレイヤーを不利な立場に陥《おとし》れることが出来るのだ。

「トマス・アクィナスに曰《いわ》く二つ目は、遊ぶ人物・時・場所にふさわしい遊びをするべきであり、あらゆる場合に規律正しいものでなくてはならない。――――おっと、これもまた、ダメだな。何せ賭博は違法行為だ。規律正しいとはとてもいえない」

ピーキングの嫌なところは、イカサマをしたという証拠がどこにも残らないという点だ。

指輪をしている男は珍しくないし、そこに貴金属が取り付けられていることもしばしばある。

シャイナーと呼ばれる覗き見用の鏡《ピーキング》は、しかしカモフラージュされてしまえばそれがイカサマに使用されていることを告発することは不可能だ。

そして自分以上の指さばきを持っている相手が、二枚目《セカンド》を送り込んでいることを見ることも相当な運が無い限りは難しい。

（――負け続けていることを座視していることは難しい。自分の戦略に根本的な間違いがあるのではないかと、疑心暗鬼が浮かんでくる）

負けが積み重なる。

イカサマが行われているのか行われていないのか、単にラザルスが繰り返し負け続けているということだけが厳然たる事実だ。

（カウンティングによって得られる有利。引くことの、ピーキングによって押し付けられる不利。計算が出来ないから、進んでみないと答えが分からないのが歯がゆいところだ）

が、踏《ふ》み止《とど》まらない。

「三つ目の掟《おきて》は、遊びに没頭しながらも、決して節度や慎重さを失ってはならない、だ」

だとしたら、今日のラザルスにそんなものは全くなかった。今日のラザルスは、ここに遊びを何一つとして持ち込んでいないことになる。

ちりちりと脳裏を焦がすのは、聞こえなかった少女の悲鳴だ。だが、確実に叫ばれて、ただ耳に届かなかった悲鳴である。

ラザルスから全ての遊びを剝《は》ぎ取ったのは、賭場の側だ。

「要するに、ここは、全然遊びではない。ここで今行われている賭博ってのは、もっと醜悪で、どうしようもなく、卑近で、必死になってやるものだ」

チョコレートのカップの底に残っていた、どろどろとした甘みをラザルスは一息に飲み干した。

勝ちも負けも同じように踏み越える。何度となく勝つことも、何度となく負けることもまた賭博における必然だ。勝ち続けるも、負け続けるも、あり得ない話。大事なことはその流れを摑《つか》み、流れに乗ることである。

(有利を出来る限り得て、不利によって出来る限り引かれ、その答えは)

数度もシャッフルが行われた頃には、すっかりラザルスの眼前に現れていた。

ラザルスの眼前に並べられたのは、三百枚に及ぶギニー金貨の山。即《すなわ》ち、今この場においては、賭場の作り上げた不利を、ラザルスの有利が上回ったということだ。

「賭博師の三つの決まり、その最初の二つは『負けない』『勝たない』だって俺は父親に習ったが、残念ながら今日の俺は賭博師としてここに来ていない」

顔を真っ青に染めたディーラーが、どうあってもラザルスを負けさせることが出来ないということを理解したのか、その手の中からカードを滑り落とさせた。ばらばらとカードが広がって、ラザルスは頭痛を堪《こら》えながら口《くち》の端《は》を持ち上げる。

「残念だが、今日の俺は勝つぞ」

気がつけば中央の卓の周りは、人だかりによって覆われていた。

(まぁ、それも当然か)

それなりに名前の売れた賭博師が、その有名なスタイルをかなぐり捨てて、真っ向から賭場に喧嘩《けんか》を売っているのである。

ジョン・ブロートンの巨体によって集まっていた視線が自然とラザルスの方へと移るのは必然のことであり、物見高い連中は既にひそひそと何が起きているのかを予想している様子だ。噂《うわさ》は賭場全体に広がっているようで、それに従業員達が歯噛《はが》みしているのも伝わってきた。

「ふー…………」

額から顎へと伝い落ちた汗を拭《ぬぐ》って、ラザルスは雫《しずく》を落とした。

繰り返される計算と綱渡りが精神を痛めつけて、酷《ひど》く憔悴《しょうすい》した気分だった。チョコレートを飲み干したというのに、未《いま》だに飢え渇いたような感覚がある。

気がつくと、ラザルスの卓に座っているのはラザルスとジョンだけだった。ラザルスが尋常な状態にないのは見れば分かることだし、賭場との真っ向からの殴り合いが起きているのだ。ある人は難を避けるためにさっさと賭場から逃げ出したし、あるいは傍《はた》から観戦していた方が面白いと群集に交じった人もあった。

「く、クソ。ただで済むと思うなよ！」

「お里が知れるぞ、ディーラー。仮にも客に対してそれかよ」

年齢からすると、相当自分の腕に自信があったのだろう。中央の卓を任されていたことからして、ゲームの支配力に自負を持っていたに違いない。

すっかり打ちのめされてしまったディーラーは普段の礼儀を脱ぎ捨てて、悪態を吐き捨てる。少なくとも、もうこのディーラーが今日勝負をすることはないだろう。となれば別の人間が出てくるのだろうが、

（まぁ、そろそろか）

この後のことが大体想像がついて、ラザルスは溜《た》め息《いき》を零《こぼ》す。

隣に座っていたジョンは、ディーラー側から殆《ほとん》ど手を出す余裕もなく放置されていたせいか、さりげなく元手よりも少し多い金額を手元に確保していた。

「で、ラザルス！　どうだ、もう十分儲《もう》けたか！　あの子は取り戻せそうか！」

「まさか。この金額は賭場にとってもかなり痛手だろうが、まだ致命傷じゃない。殴りつける時は全力で、二度と立ち上がる気もなくなるように、が喧嘩《けんか》の基本だ」

ストリートチルドレンをしていた頃はそうだったし、拳闘士であるジョンにもそれは分かっているだろう。

ディーラーが裏側に入っていくのを椅子の背に寄りかかりながら見送る。

「ふむ！　人が代わるのか！　次は誰が来るのだろうな！」

「誰が来るかは知らないが、どんな奴《やつ》が来るのかは知ってる」

「というと？」

「用心棒だな。それも暴力的じゃなく、もっと上等な賭博師の奴《やつ》だ」

今日のラザルスのように賭場に対して敵対的な行動を仕掛けてくる賭博師というのは珍しくない。そういった場合には暴力による解決策が待っているのだが、しかしそれが取れない場合もある。

(例えば今の俺とか、な)

ラザルスの行動の行く末を、今は周囲に集《つど》った多くの群衆が見つめている。

この場で、大義名分もなくラザルスを無理矢理排除した場合、この後ブラック・チョコレート・ハウスがどういった空気に包まれ、どんな噂《うわさ》が立つかなど火を見るよりも明らかだ。

ブルース・クォーターが商売人である以上は、現状で暴力による解決は不可能である。彼にとっては賭場が円滑に運営されることが勝利条件であり、ラザルスの排除はその手段のうちの一つでしかない。

「それにしても妙に人の集まりがいいような――――」

といいながら視線を巡らせたラザルスは、人の頭の隙間に見慣れた栗色《くりいろ》の癖毛を見つけた。

キースが落ち着きのないキツツキのように、忙《せわ》しなく人混みを歩き回っているのがわかる。

「……………あの野郎、煽《あお》ってやがるな」

距離があるので話は聞こえないが、しかしキースが何をいっているかは簡単に想像がつく。

途中の休憩の際にでもジョンに聞いた、今日ラザルスがここにいる理由を人々に噂話《うわさばなし》として流しているのだろう。元々キースは顔が広い上に、少女のために賭場を潰《つぶ》しにきた孤独な賭博師という、物見高い連中ならばサメよりも活発に食いつきそうなネタだ。

今頃話は膨らんで、ラザルスはかつての騎士道精神を体現する立派な賭博師、とまで尾ひれがついている可能性が高い。

よくよく耳を澄ませば、『ラザルスが少女の奪還を成し遂げるかどうか』で群衆の間で賭けが行われている。

ラザルスの剣呑《けんのん》な視線に気付いたのか、キースがこちらを向いて笑顔で手を振ってくる。

「しかもあいつ、胴元をやっているようだな！」

「……………結果として助かっちゃいるんだが、何だろうな、この腹の立つ感じ」

話が大きくなればなるほど、人の興味を引けば引くほど、ラザルスの立場が固まるのは事実だ。それはそれとして今度酒場で会ったら、わざと負ける方の鶏を教えてやろうと決心した。

ラザルスが今日を生き延びて、今度があればの話だが

「ともかく、次出てくるとしたら、腕っこきの賭博師だろうよ。俺に話が来たこともあるが、こういう場所だとあらゆる手段でプレイヤーを打ち倒せるディーラーが雇われてる」

「なるほど！　ならば大丈夫だな！」

「どういう意味だよ。お前の発言、たまにわかんねぇな」

「大丈夫に決まっているだろう！　俺の友人の〝ペニー〟カインドだぞ！　暴力で来られたら不味《まず》いと俺もここにいたが、相手が賭博師であるならばお前が負ける道理はあるまい！」

全幅の信頼があるとでもいいたげなジョンに、ラザルスは疲労から来るものではない頭痛を覚えた。大体、賭博の素人《しろうと》の癖に何故《なぜ》そんな判断がつくというのだろうか。

やってられないとラザルスは天井を見上げる。

「まぁ、勝つしかないんだから、勝つさ」

「────あら、柄にもなく強気じゃない」

横笛の音色のように軽やかな声が聞こえて、ラザルスの背筋が粟立《あわだ》った。

その声が余りに馴染《なじ》み深く、しかしここで聞くとは思っていなかった声だからだ。ついでにいえば、二度と会いたくないし会わないだろうと思っていた相手でもある。

「…………おいおい、冗談だろ」

「そんなにも意外かしら。幾ら帝都には賭場が多いとはいえ、元々広くもない街だもの。こういうことだってあるわ」

振り返ったラザルスが見たのは、艶《あで》やかな妙齢の女性だ。男なら誰もが腕に抱きたいと思うような曲線美の体つきを、後方が大きく膨《ふく》らんだ形のドレスで彩《いろど》っている。肩から胸元にかけ

てはこれでもかというほどに露出され、しかしそこから感じられるのは美しさであり、下品さではない。

金色の髪の毛は結い上げられ、うなじは露《あら》わ。今はこちらを向いているために見えなかったが、盆《ぼん》の窪《くぼ》の辺りに小さな黒子《ほくろ》が縦に二つ並んであることをラザルスは知っていた。

たった今裏側から出てきた女性の名を、ラザルスは呻《うめ》くように呼ぶ。

「フランセス。フランセス・〝ヴァージン〟・ブラドック。この賭場で雇われてたのか……」

「ええ、ええ、そうよ。ラザルス・〝ペニー〟・カインド。久しぶりね。その顔の感じだと、嬉《うれ》しい再会とは思えなさそうだけれど」

血管の透けて見えそうな白い肌と口紅の対比は鮮やかで、彼女の笑みはまるで顔に刻まれた今にも血の滴《したた》る傷口のように見えた。

フランセス・ブラドック。彼女に関して、ラザルスが思い返すことは多い。

彼女はラザルスと同じように賭博を生業《なりわい》とする賭博師であり、〝ヴァージン〟などと称されることもある女性だ。同じ頃に賭場に通うようになり、得意なゲームが近かったことから、昔からの馴染《なじ》みである。

あるいは昔の恋人でもある。養父の残した家に、かつて一緒に暮らしていたことがある。その頃のことを思い返せば頭痛と寂寥感《せきりょうかん》しか残っていないが。今はリーラに私室として与えたあの部屋に彼女が起居していた記憶は、既に色褪《いろあ》せてしまっている。

最近は余り活躍の話を聞かず、しかし関係のない話だと思っていたが、彼女は今裏側から出てヒールの音を鳴らしながらディーラーの席へと立った。

即《すなわ》ち、彼女こそがこのブラック・チョコレート・ハウスの用心棒なのだ。

(賭場側の用心棒とか一々調べてられないし、隠されてることも多いから知りようがなかったとはいえ、よりにもよってこいつかよ……)

保存していたはずが酢になってしまったワインを飲んだような顔で、ラザルスは黙り込む。

対照的にフランセスもまた友人の一人として捉《とら》えているジョンは、楽しげに両腕を広げた。

「フランセス！　ははは！　久しぶりだな！」

「あら、ジョンも。珍しいわね、貴方《あなた》が賭博に励んでいるだなんて。悪い友人に影響されているんじゃない？」

「今日はたまさかのことだ！　仕方があるまい！」

「ええ、そうみたいね」

自分が呼ばれた状況はきちんと聞いているだろうし、テーブルの上を見れば一目瞭然だ。

〝ペニー〟カインドとあだ名されるほどに徹底的に大勝ちを避けて来たラザルスが、金貨で山を作っているのだから、それはもう異常なことだというしかない。

「さて、ディーラーを代わらせてもらうわ。ジョン、どうせ付き合いでここに座っているだけなんでしょう？　そろそろ席を立つ頃合いよ」

「ふむ、そうだろうな！　ラザルス、後は任せたぞ！」

元々暴力的な行為への対抗措置として連れて来ただけのジョンなので、賭博に関して当てにしてはいない。立ち上がるジョンを、ラザルスは返事をする余裕もなく手を振るだけで送った。

フランセスもまた微笑《ほほえ》みを浮かべて、

「そういえば最近余り会うこともなかったわね。ジョン、今度、食事でもしましょ」

その微笑《ほほえ》みを見て、周囲の男性達の間に溜《た》め息《いき》が細波《さざなみ》のように広がっていった。

フランセスの身に纏《まと》う美しさは天性のものだ。今はそれを華美なドレスが引き立てているが、しかし仮に彼女が泥に塗《まみ》れ襤褸《ぼろき》切れしか纏《まと》っていなくとも、彼女の華々しさが損なわれることはないだろう。

彼女が一歩賭場へと出てきた瞬間から、空気が塗り替わっている。先程までの噂話《うわさばなし》すらも萎《しぼ》んで、キースが熱い視線をフランセスに送っているのが分かった。

ジョンに向けていた優しげな笑みは、しかしラザルスに向き合う頃にはすっかり温度を失っていた。唇の形はそのままに、そこから親愛の感情だけが拭《ぬぐ》い去られる。

「で、一体どういう訳？」

「なんだ、ブルースから聞いてないのかよ」

「馬鹿が賭場に喧嘩《けんか》売ってきたのを退治するのが私の仕事だもの。そこに動機は必要ないわ。理解できない理由で、理解できないことをするから、馬鹿は馬鹿って呼ばれるのよ」

「違いない。じゃあ、馬鹿な俺に動機なんて聞かないでくれ。必要ないんだろう」

「必要のないことを話そうとしない面白みのない人間だから、いつまで経《た》っても友達がジョンしかいないんだわ」

ラザルスは相槌《あいづち》の代わりに、肩を竦《すく》めた。『ジョン以外にもいるぞ』と反論しようかと思ったが、三回か四回ばかり聞き返されるともう反論が出来なくなる程度の人間関係だ。

お互いの近況を聞くこともなかったし、かつて恋人だった頃の思い出を口にすることも無かった。何せお互い変わりなく賭博師であることは状況が証明していて、変われないからこそ別れた思い出を突《つつ》き回しても、お互いに瘡蓋《かさぶた》に爪を立てる以上のことにはならないからだ。

「念のためにいっておくけれど、知り合いだからって手加減すると思わないでね？」

「お前が俺のことを知り合いだと思っててくれたことに驚いてるよ」

この賭場で最も強い賭博師が、真新しいトランプのデックを二つ取り出した。

フランセスの登場によってますます周囲の人だかりは増し、もうブラック・チョコレート・ハウスの中でまともに機能している卓は存在しない。賭場の中の誰もが、様々な予想や感情を添えて、中央の卓で向かい合う二人の賭博師を見ていた。

「さ、終わりにしましょうか」

そこで『始めよう』といわないのが、如何《いか》にも彼女らしいとラザルスは密《ひそ》かに笑った。

ピアニストが鍵盤の上でその十指を躍らせるような鮮やかな手つきで、フランセスがカードをシャッフルする。

二つのデックを手の中で持ち、手の中で軽く反らせて弾《はじ》くようにしてバラバラに重ね合わせる。春先の雨が窓を叩《たた》くような軽やかな音とともに二つのデックが一つに合わされ、それをまた二つに分け、重ねる。それをフランセスは四度繰り返した。

向かい合いながら、ラザルスは自分の呼吸が僅《わず》かに速まっているのを感じる。

(落ち着け。恐れず、怯《おび》えず、だが考えろ)

呼吸を落ち着けようとしたし、落ち着けようとしたことをフランセスは察したのだろう。最初のカードを配りながら、ちらりと瞳に笑みが横切る。

(このままだと、俺は負ける)

確信とともに、ラザルスはゲームに挑んだ。


二度、シューが底をついて、明暗はハッキリと分かれた。

四十回近くのゲームが行われ、その中でラザルスの勝利は一度としてなかったからだ。

ラザルスの目の前にあった金貨の山は、六十枚以上も減っていた。一発一発、まるで金槌《かなづち》で殴るようにフランセスが全ての勝負で勝利を重ねてきた結果である。勝てないことを見越したラザルスは賭け金を減らし、だからこの程度で済んだ。もしも前のディーラーと同じ程度の戦略、金額で賭けていたら、今頃金貨の山は一枚も残っていなかったに違いない。

フランセスが現れた時には彼女の美しさによって辺りに沈黙が満ちたが、今は全く別種の沈黙が賭場の中にはあった。

賭場を相手取って、見た目上は淡々と勝利を積み重ねていたラザルスが、ただの一度も勝利を得られなかったのだ。ヴァンテアンというゲームに精通していようがいまいが、この事態の異常さは誰の目にも明らかだった。

（四十回も勝ちがない確率は……）

と考えてからラザルスは馬鹿馬鹿しくなってその思考を止《や》めた。ゲームに対して作為が働いていることは明らかで、問題はその作為の種別なのだ。

「あら、調子悪いのかしら。もう帰った方が良《い》いんじゃなくて？」

山札に残っていた二枚を纏《まと》めて捨て札に重ねながら、フランセスが蜂蜜のように甘い笑みを浮かべている。

ラザルスは返事をせずに立ち上がって、しかしまだゲームに参加することを示すためにその場に金貨を残した。ひそひそと今の異様な勝負の流れについての言葉を交わしている人混みの隙間を縫って、外の空気を吸うために一旦賭場から出る。

「ラザルス！」

とそんな彼を追ってジョンがついてきた。

ラザルスは賭場の壁面に寄りかかって、帝都の微《かす》かに腐ったような匂いのする空気を肺一杯に吸い込む。賭場の中には煙草《タバコ》の煙が満ちているが、外は外でいつも重苦しく湿っぽい。どこにいたって肺の中が灰色に汚《けが》れていく気分になる。もしかしたら、そうして汚《けが》れていくことを生きていくというのかもしれないが。

隣に並んだジョンをちらりと見て、ラザルスは肩を竦《すく》めた。どうでもいい、と口に出しはしなかったが、そういう態度を保たないといけない程度には追い詰められていた。

「全く。あいつ、本気で俺に向かってきてるぞ。元恋人に対して情のない女だと思わないか？」

「俺は恋愛沙汰に関して詳しくないが、元恋人だから思い切り敵視されているのではないか？」

「お前たまに急にそうやって正論いうのやめろよ」

ひりひりと熱を帯びていた頭が、冷えた空気によって温度を失《う》せさせていく。そうするのを待っていたように、ジョンは聞いてきた。

「で、アレは一体どういう訳だ！　何故《なぜ》勝てない！」

「………そうだな、ジョン。お前、人よりも動体視力が良《い》いだろう。例えばトランプのデックを掻《か》き混ぜる時に、一枚のカードの位置を目で追うことは出来るか？」

「ふむ？　やったことはないが可能だろうな！　一枚どころか、十枚くらいなら何とかなるかもしれん！」

「自分に有利なカード、あるいは不利なカードを目で追って、デックでの位置を確かめておく。これがシャッフルトラッキングと呼ばれるイカサマの一種だ」

一つのデックでゲームが続けられる時間はそう長くはない。シャッフルごとに、有利と不利を追えるのならば、それが齎《もたら》す利益はどれほどのものかは明白である。

フランセスの顔を思い出す。

「あの女は、指先で全てのカードに対してそれをやってる」

全て、全部、シューの百四枚に対して。確か最大で三デックまでなら出来ていたはずだ、とラザルスは溜《た》め息《いき》を零《こぼ》した。

「シューの最初の一枚から最後の一枚まで、あの女は自分の好きなようにカードを並べられるし、その全部を把握している。意図的に流れを作っている。結局のところヴァンテアンの戦略はある程度決まってるからな。あいつは自分が絶対に勝って、絶対に負けないように、百四枚を並べたんだ」

積み込みだとか、シャッフルトラッキングだとか、一々名前を考えるのも嫌になるほど、完璧な技術だ。

トランプのデック数と客の人数に合わせて変容する『負けない流れ』を考える頭脳と、それを指先の感覚のみで完成させる技術と、あれだけの人数の前で小揺るぎもしない度胸。フランセス・ブラドックという女賭博師が、賭場に雇われている理由も分かるというものだった。

「………想像を絶しているな！　一体どういう技術だそれは！」

「知るかよ、あんな出鱈目女《でたらめ》。つーか、ディーラー側はただでさえ有利なのに、あいつが相手に回るとかマジでどうしようもないな」

同じプレイヤーという立場ならばともかく、フランセスは今日はディーラーであり、カードに触れるのは彼女だけである。こちらからシューの並び順に対して干渉が出来ない時点で、もうかなりどうしようもない。

「ラザルス、お前は同じことは出来ないのか！」

「多少なら目で追えるが、全部は無理だな。そしてあいつは俺が目で追えることを知ってるから、それを踏まえた上で順列を作ってくるだろう」

「うぅむ、そうだ！　意図的にめちゃくちゃな戦略を取れば良いのではないか？　無意味にヒットして、無意味にスタンドして、そうすれば順番が無茶苦茶になるのでは！」

「…………お前、頭の回転は遅くないんだよなぁ。俺がそれをやらなかったと思うか？」

何せ相手がこちらの手の内を知っているように、こちらも相手の手の内を知っているのだ。ゲームが始まったその瞬間からラザルスは、フランセスがどういった順列を作っているのかを経験から予測し、それを崩すために戦略に乗っ取らないヒットやスタンドを何度も行った。

「――――その上で勝てなかった。この意味が分かるか？」

「お前がどのタイミングでそういった戦略的ではない行動を取るか、予測した上でデックの順列に組み込んでいる…………？」

「その通りだ」

「…………想像を絶しているな！」

ジョンは繰り返した。結論は、つまりそうなる。本当にフランセスは、想像を絶する技量を振るう、賭博師の極致の一人なのだ。

ラザルスは喉に渇きを覚えて辺りを見回し、しかしワインでも飲んだら吐いてしまいそうだと探すのをやめた。が、そうやって緊張を覚えること自体がフランセスと戦うことからの逃げのようで、結局近くの屋台で木製の容器に入った卵酒を買ったのだった。

「むぅ、何か弱点とかはないのか！　一緒に暮らしていた頃にそのシャッフルトラッキングとやらについて教わったのだろう！」

「別に、教わってない。一緒にいた頃に見て盗んだだけだ」

賭博師にとって習得した技術というのは貴重な財産であり、掛け替えのない武器だ。ラザルスは養父によってそれを教えられたが、例外的なことである。

一緒の家にいたところでラザルスとフランセスは、お互いの技術を詳《つまび》らかにすることはなかったし、むしろ積極的に隠そうとしていた。それでもお互いにお互いの技術を、見て、その概要を知った。教わっただとか、知っただとかではなく、盗んだという言葉が一番適している。

ただそれだけの関係で、そうだったからこそフランセスはある日、水鳥が飛び立つようにあっさりといなくなったのだろう。

「どうしたもんか」

これまでの人生なら、最善の選択肢など決まっている。さっさと賭場に戻って、卓の上に置いてある金貨を全て引っ掴《つか》み、家に帰って寝ることだ。あるいは、この状況に陥ってしまっていること自体が最善の選択肢ではない。

では今のラザルスはどうすればいいのか。

「……………とりあえず席に戻らないと、勝手に賭けを終わりにされたら堪《たま》ったもんじゃないな」

ラザルスは寄り掛かっていた壁から離れて、伸びをした。飲みかけの卵酒に飽きたので、ジョンの胸元へと押し付ける。

その際に、一つ思いつきがあって、ポケットに手を突っ込んだ。だがいつもの金貨の重みはそこにはないし、考えてみれば用途に適してもいない。

「ジョン、何か適当なコインを一枚持ってないか？」

ラザルスが卓に戻ると、フランセスは心底意外そうに目を開いた。

「あら、帰ってきたの」

「賭博師だからな。欲深いんだよ」

先程のゲームによって作られた捨て札の山へとフランセスが手を伸ばして、山を二つに分ける。その山札にどういった順序でカードが積み重なっているかを彼女は把握していて、今の間に次をどうやって並べるかも考えたことだろう。

軽やかな音とともにシャッフルが行われ、次のカードの山が作り上げられた。

二枚のカードが配られる。ラザルスの元には3と9のカード。フランセスの元には3がアップカードで、二枚目は伏せられている。

(常識的に考えれば、ヒットを選択すべきだな)

が、如何《いか》にもヒットをしろと誘っているようにも思える。ヒットをした方が有利だからこそ、ラザルスがそう判断して10を引くようにフランセスが仕込んでいる可能性は高い。

「………スタンド」

少し悩んでからラザルスはそういった。

淡々とした手つきでフランセスが伏せ札を捲《めく》る。現れたカードは4。無言のままに彼女はヒット。ディーラーの元に来たカードは9だった。

舌打ちをするラザルスの前で、合計が16なのでもう一度ヒット。次には5が来て、彼女はバストしないままぴたりと21に合わせた。

「ヒットしていれば勝ったのに」

とフランセスがくすくすと笑う。考え過ぎだと嘲弄《ちょうろう》するような声で、実際、まともな判断をしていれば勝てたはずの勝負だった。勝てないように誘導されていたのだが。

フランセスの表情はこのゲームを完全に支配していると宣言していて、実際その考えは間違いではないだろう。次は戦略に乗っ取ってまともな行動をとるべきだとも思うし、しかしそう思うこと自体がフランセスの誘導とも思える。一度芽生えてしまった猜疑心《さいぎしん》はフランセスの姿を神にも等しく肥大させて感じさせ、疑心暗鬼が胸の内で騒ぎ立てる。

(ダメだな。完全にドツボに嵌《はま》ってる)

次のカードが配られたが、自分から正常な判断力が失われていることをラザルスは自覚した。そしてこの自覚も失われてのめり込んだ瞬間が、ラザルスの人生の終わりなのだろう。あるいは自覚があるという自覚すらもが既に賭博の狂気に塗《まみ》れ、とっくにラザルスは分水嶺《ぶんすいれい》を越えてしまっているのかもしれないが。

次の手元の二枚を眺めるが、数字は頭の上を滑っていくようだった。既にそこの数字に意味はないのだ。結局のところ数字からどういう判断をするかが重要なのではなく、フランセスが読み取ってくるこちらの思考が、相手を凌駕《りょうが》出来るかという、そういう問題にことは収束する。

「仕方ない」

ラザルスは呟《つぶや》いて、ポケットに手を突っ込んだ。取り出したのはジョンから貰《もら》ってきた、一枚の錆《さ》び付いた銀貨である。

訝《いぶか》しげに眉を顰《ひそ》めたフランセスに、ラザルスは昔のことを思い出しながら聞いてみる。

「困った時にやることはいつだって決まっている、っていう考えの話をお前に教えたことがあったか？」

「教わった記憶はないわ。聞いたことはあるけど」

「そうか。なら、それで十分だ。つまり今俺がするべきことはこうだろう」

ラザルスはコインを指で上に弾《はじ》いた。

普段よりも僅《わず》かに鈍い音で飛んだコインを受け止めて、ラザルスはその面を確認する。オリバー・クロムウェルの横顔が打刻されているから、そちらは表だ。

「ヒット」

カードの意味も統計的な有利不利も放棄して、ラザルスはただ書かれている数字を数え、まだバストでないことだけを理解する。更にコインを弾《はじ》いて、次も表が出た。

「ヒット」

「………ちょっと、正気？」

「俺が正気だったらこんな場所に座ってる訳ないだろ。………おっと、これでバストか」

ラザルスが何をしているのか理解したのだろう。今日初めて、フランセスが婉然《えんぜん》とした笑みを引き攣《つ》らせた。

次のゲームもまた同様だ。ラザルスはただコインを弾《はじ》いて、裏が出れば、

「スタンド」

数の大小も有利も不利も全ての思考を投げ出し、コインの表裏だけで判断をして宣言を行った。

当然ながら何の利益もない場所でヒットやスタンドが繰り返され、ラザルスは二度目のゲームでも敗北する。だがラザルスの目は楽しげにぎらぎらとした光を宿し、対照的にフランセスの頬を汗が伝っていった。

異変が起きたのは、五度目のゲームだ。

「ヒット」

ラザルスの元に来たカードはAと7。常識的に考えてヒットをするべきではない場面でも、ラザルスはコインの表を見れば自動的にヒットをする。ラザルスの元には10のカードが送られてきて、しかし次のコインは裏だったのでラザルスはスタンドを選択した。

フランセスのアップカードは2で、捲《めく》った伏せ札は8。ヒットが選択され、次に7が来た。合計が17なので自動的にスタンドになる。

即《すなわ》ち、ラザルスが勝利したのだ。

フランセスがこの賭場に現れてから、五十回近いゲームが行われ、初めてのラザルスの勝利だった。固唾を呑んで事の推移を見守っていた連中が、一斉に歓喜や悲嘆の声を上げる。それぞれ、ラザルスが少女を取り戻す方と、取り戻さない方に賭けた連中だろう。

「おや、知り合いだから手加減してくれたのか？　優しいな」

「………一回勝っただけで何いっているのよ」

とフランセスは呟《つぶや》いたし、彼女の顔は平静そのものといった感じだったが、しかしその瞳の奥の焦《あせ》りにラザルスは気付いていた。

（当たり前だ。コインの表裏を、予想できるはずがない）

コインの表裏は完全な乱数だ。フランセスの戦略はラザルスが自分の頭で考えることを前提として組み上げられたものであり、まさか思考を完全に放棄するとは思っていなかったのだろう。または、思っていたところで備えようがなかったのか。

（まー、こっちが散々勝って資金が潤沢だから出来る阿呆《あほう》みたいな戦略だがな）

五回目のゲームで勝利するために、四回のゲームを負けているのだ。とても効率がいいとはいえず、常ならば絶対に選択しない方法だろう。大量の金をかけてディーラーを打ち倒したところで、賭博師として何か得がある訳ではないのだから。

だが今はフランセスを打ち倒さなければならない。そのためには多少の出費は必要だった。

「さ、続けよう」

「ええ、そうね」

そこからのゲームの流れは、異様としかいいようのないものだった。

ディーラーというのは元々ヴァンテアンのゲームの中では機械的な選択しかせず、16以下でヒットし17以上でスタンドするだけのものである。

対するラザルスもコインを投げて、表裏によって機械的にヒットとスタンドを選択するのだ。

どちらも完全に戦略を放棄していて、しかし大局的な視点ではそれが戦略で必要なのだとどちらもが理解している。乱数が精緻《せいち》に組み立てられていたフランセスの流れを引き千切り、数回に一度はラザルスの勝利するゲームが生まれた。

「しかし、意外ね」

「何がだよ」

だからという訳でもないだろうが、淡々とカードを配りながら、フランセスがラザルスに話しかけてきた。

「貴方《あなた》がこうしてここに座っていることがよ。ねえ、小銭稼ぎ《ペニー》のカインドというよりは、ふにゃちん野郎《ウィニーカインド》って感じだった貴方《あなた》はどこにいってしまったの？」

「もしかしたらその駄洒落《パン》はずっと昔から温めてきたのかもしれないが、お前が思ってるほどは面白くないし下品だぞ」

ラザルスは、コインを弾《はじ》き過ぎて痺《しび》れを覚えた指を軽く擦《さす》る。

「というか、下らないあだ名についてお前がいうなよ。なぁ、〝ヴァージン〟ブラドック」

「あら、私はそのあだ名気に入っているのよ。貴方《あなた》のみみっちいのと違って、女王様と同じものだもの」

「そうじゃなくて、お前、もう処女《ヴァージン》じゃないじゃん」

「………貴方《あなた》の方が下品よ。それに、そのあだ名はそういう意味ではないの」

とフランセスはラザルスのことを睨《にら》んだが、しかし一瞬指先が止まったのをラザルスは見逃さなかった。ラザルスが、彼女が〝ヴァージン〟というあだ名に相応《ふさわ》しくないことを知っている理由とその過去を思い出したのかもしれない。

「まぁ、呼べなくしたのは俺だしな」

「怒るわよ」

「悪かったよ。先に揶揄《やゆ》してきたのはお前だろ」

フランセス・〝ヴァージン〟・ブラドックの前でラザルスは肩を竦《すく》めた。

実際のところ、〝ヴァージン〟という呼び名は彼女に対する尊称である。幾らかのやっかみがそこに含まれていることも認めざるを得ないが。

賭博には勝ち負けがつきもので、そして女性が負けた際にはその負け分の支払いが身体で行われることも多々あった。

〝ヴァージン〟とは誰もが目を惹《ひ》かれるような艶《あで》やかな容姿をしながら、しかし一度として負けることなく生き続けてきたフランセスに対して、男達がつけたあだ名だ。誰もが一度は彼女を賭博で打ち負かしその身体をと画策してきたが、誰もを彼女は打ち倒して生きてきたのだ。

「しかし、同じように『負けない』という賭博師なのに、俺はペニーなんてしょっぱいあだ名で、お前はヴァージンって尊称なのは割と納得がいかないよなぁ」

ラザルスがそう溜《た》め息《いき》をついた頃に、シューが終わりを迎えた。百四枚でのゲームが終了し、最後に負けた分のギニー金貨が回収される。今度は休憩を入れるつもりがないのか、ラザルスが立ち上がらないのをみるとフランセスはすぐに捨て札の山を手に取って、

「…………」

しかし動きが止まった。

「どうした、続けろよ」

ラザルスは声をかけるが、彼女が動かない理由をラザルスはよく理解している。そのために負けの方が多いようなふざけた賭け方で戦ってきたのだ。

彼女はラザルスがどういう賭け方をするか予測し、その上でデックの配列を指先によって成立させている。

だが、今こうしてコインを投げることによる対策を見せつけられたのだ。たった今のゲームをラザルスは全てコインによって決定し、その有効性を確認していたが、十分にゲームの途中でやめるという選択肢もあった。

どう並べれば良いのかが分からない。

彼女に突きつけられている問題は、それだ。これまでの何の迷いもないというような流麗さは消え、初めてトランプに触れた子供のような戸惑いがフランセスに浮かんでいるのが分かる。

だが彼女が困った様子を見せていたのも数秒のことだ。算段がついたのか、算段がつかなくとも迷っているのを表に出し続けるのは不味《まず》いと思ったのか、彼女は身に染《し》み付いた仕草に従って山札を二つに分けて、そこにラザルスは声をかけた。

「そうだ。そういえば、俺が何でこんな馬鹿なことやってんのかって話、ブルース・クォーターから聞いてないんだろ？」

負け込んでいるために、金貨は減り続け残り二百枚ほど。だがラザルスが賭場でそれだけの大金を稼ごうとするのは、彼のことを知っていれば誰もが分かる異常事態だ。

「貴方《あなた》が馬鹿だから、馬鹿やっているんでしょう？」

「まぁ、そういうなよ。別にそんなに入り組んだ話でもないんだから」

ラザルスは先程、ゲームが終わりを迎えるまで、何も考えずに機械的な選択を繰り返した。しかしその間も常に頭はきちんと働かせていた。カウンティングと同時に、全てのカードの順列もまた記憶したのだ。

つまりフランセスが二つに分けたトランプの束の中身を、ラザルスもまた知っている。

フランセスが動揺してくれるのは一度きりだろう。シャッフルの時にここまで露骨に迷うのは彼女にとっては屈辱以外の何ものでもなく、もうこれ以上どれほど驚くべき方策を取ったところで、ここまで露骨に手先が迷うことはあるまい。

（だから、仕掛けるならば今だ）

次の試合は放っておいても五分五分の戦いへと持ち込めるが、五分五分では意味がない。必要なのは賭場を打ち倒すほどの勝利で、それがどれほど低い確率だろうと、0ではない今に畳み掛けるしか、ラザルスには選択肢がないのだ。

彼女の人格や性格や手先の動きを記憶の中から引っ張り出し、こういう時にどういうシャッフルを選択するかを理解し、そっと隙間にナイフを刺すようにラザルスは囁《ささや》く。

「――今日は惚《ほ》れた女を助けにきたんだ」

バツン、と楽器の弦《げん》の切れるような音がした。

フランセスがそれでも滑らかに行っていたシャッフルが、手から滑って制御されないままに交ざった音だ。一枚一枚を嚙《か》み合わせて行われていたはずのトランプが、束のままにバラバラに交ざり、それが彼女にとって不慮のことである証明のように強く折り目が残った。

「………そう」

フランセスは答えて、乱れたカードを整える。もう一度束を分けて彼女はシャッフルを行う。

(だが、今の一言で、完全にフランセスはカードの順列を見失ったはずだ)

ただでさえ集中力を要する、異常な精密さの作業なのである。ほんの僅《わず》かな動揺によって、彼女は順列の記憶に失敗した。

対して、ラザルスはある程度は目で追えている。そもそもフランセスの本来のシャッフルの速度ならば全てを追えるはずもないのだが、彼女の手つきは普段よりも遅れている。

（全部じゃなくて、一部を追うだけなら、ギリギリ）

舌が別な生き物のように動くのを、他人事《ひとごと》のように感じながらラザルスは目に力を込めた。

「ちょっと前に、色々あって奴隷の女を一人買ってな。なんというか、そう、絆《ほだ》されたっていうのか？　トラブルでこの賭場に連れてかれちまったんだが、取り戻してやろうという程度には親しく思った。賭場ごとぶっ潰《つぶ》してやろう、っていうくらいにはな」

話す内容は何でも良かった。既に彼女を動揺させるという目的は達成されているからだ。

咄嗟《とっさ》の時には身に染《し》み付いた習慣が出る。それがフランセスの場合には、四回繰り返されるシャッフルだ。完全な状態で行われるシャッフルは一枚ずつ嚙《か》み合わせるようにしてカードが交ざるため、その行方を考えることも難しくはない。

（だから、そう、このゲームでけりを付けよう）

最後とすることに決めたシューが卓に置かれ、フランセスの視線がラザルスに突き刺さった。複雑に絡《から》み合った感情は解いて読み解くことが出来ず、ただ古びた木材のささくれのように心の表面に傷をつけてくる。

「最低ね」

「知ってるよ」

最低なことをしてでも助けようと、そう思ったのだから。

ヴァンテアンというゲームは10のカードによって支配されている。絵札《フェイスカード》と10の数字の札を合わせ、全体の三割以上を占める彼らは、多ければ多いほどにプレイヤーが有利となるカードだからだ。

このゲームをする時には誰もが10の数字を強く意識しなければならないし、より10の動向を理解したものが勝つといっても過言ではない。

だから、次のゲームの始まりからしばらくすると、その場の誰もが異様さに気付いた。

「………どういうこと？」

六ゲームを終えて、10カードが一枚も出て来なかったからである。

フランセスは小さく疑問を呟《つぶや》いたが、しかし彼女はその原因にも気付いていただろう。彼女のシャッフルが万全ならばこんな異様な偏りなど生むはずがなく、そして彼女に動揺を齎《もたら》したのは目の前の人物だからだ。

ラザルスは全てのカードを追うような技量は持たない。だが、10カードに絞ってしまえば、

（試したことはなかったが、人間やれば出来るもんだな。多分、出来ただろう）

自分では触れられないが、フランセスがシャッフルで作り出す順番は分かった。彼女がどう失敗するのかも、何と声をかければ動揺をするのかも、知っていた。だからわざわざ好きだのなんだのと適当なことを嘯《うそぶ》いて、シャッフルを乱させたのだ。フランセスはそれによってシュー内の順列を見失い、ラザルスはその一部分だけを記憶した。

山札の減りを確認し、自分が先程作ったはずの状況を思い返し、今が勝負所だと決心する。

ラザルスはおもむろに手元のギニー金貨の山を、二つに分けるなり片方を前に押し出した。

「百枚。次のゲームに賭ける」

ざわり、と群衆が一斉に息を呑んだ。この辺りの賭場に出入りしている人間の年収の、およそ五倍である。これまでは多くても十枚ほどしか出さなかったラザルスがそうしたのだから、何か大きなことが起きるのは明らかだった。

「次のゲームね。そこで全部は賭けない貴方《あなた》の小賢《こざか》しさ、嫌いではないわ」

フランセスもまた何かを感じているのだろうに、しかし平然とした態度を崩さないままカードを分配する。

ディーラーの元に現れたアップカードはA。伏せ札が一枚。

ラザルスの元には10カードが二枚送られてきた。

(やはり、来たか)

口元が歪《ゆが》むのを感じる。

(さっきのシャッフルまでに、10カードの位置は全て把握した。百四枚全てのカードを追うことは出来ないが、10カードに絞ればその行方を把握することは出来る。それに、シャッフルを乱せば、ある程度意図的に10カードの束をデックの順列に仕込むことも)

フランセスが『ラザルスがどうやって賭けるか』を知っているように、ラザルスもまた『フ

けざるを得ない。

無論、それが賭けであったことは間違いないが、それしか勝ち筋が見えなかったのだから賭けざるを得ない。

「スプリット」

ラザルスは即座に宣言する。

「……………スプリット？」

と背後から声が聞こえたので振り返れば、群衆から頭一つ抜き出ているジョンだった。

スプリットは、ヴァンテアン自体が若いゲームであることを考えた上で、最新に近いルールだ。普段のゲームでは余り出る機会が無いので知らない人も多いようで、ジョンの呈した疑問の声に頷《うなず》いている顔も多い。

ラザルスは手元の二枚の10カードを二つに分けて並べながら、

「スプリットは持ち札が二枚とも同じである時に選べるルールだ。その二枚のカードを分割《スプリット》し、別々の二ゲームとして扱うことが出来る。その際には、最初の賭け金と同額をもう片方のゲームにも賭ける必要がある」

ラザルスは残っていた百枚のギニー金貨をもう片方へと寄せた。

フランセスが眉を顰《ひそ》めながら、二枚の10のカードのそれぞれに、一度ずつヒットを行う。

続いて現れたのもまた10が二枚だった。ラザルスの手元に10のペアが二つ発生する。

「両方ともスプリット」

「……賭け金は？」

ラザルスは無造作にポケットから大量の装飾品を取り出した。価値も大きさもまちまちだが、驚くほどの数の宝石や金がテーブルに積み上げられる。

家の戸棚でその他のガラクタと一緒に肥やしになっていたものである。

「ここ、質も兼ねてるだろ。ほら、昔父親が賭けで取って来たらしい貴金属と」

付け加えてラザルスは懐《ふところ》から一枚の紙を取り出した。それが権利書であることは、きちんと押された拇印《ぼいん》から明白だった。

「もう片方は俺の家の権利書。ぼろけた家だが金貨百枚は何とかなるだろ。色々と詰まってる家だしな」

こういった賭場では金に換えて衣服や貴金属でも賭けが認められている。客のための措置というよりも、負けが込んで判断力を失った客が尻の毛まで賭けることを期待してのことだが。

反射的にスプリットされた場の札へとカードを配るために指を動かしながら、フランセスの顔は既にはっきりと引き攣《つ》っていた。

「正気なの？」

だが、普段の無表情を捨て去っているのはラザルスも同様だ。ラザルスの顔は青ざめ、脂汗が浮かび、しかし口元には興奮した笑みが滲《にじ》んでいる。

「はっ。正気に見えるのかよ」

スプリットによって生まれた四つのゲームへと、四枚のカードが配られる。

K、9、10、9。ラザルスはカードを見るなり宣言した。

「Kと10の来たゲームを、スプリット。そうだな、じゃあ片方には、俺の身体を賭けよう。身体の権利、だ」

賭場の負けが労働などによって支払われることも、ままある話だ。だが、しかし今の賭博で賭けられている金額はおよそ百ポンドである。百ポンド分の負けを身体で払おうと思ったら、奴隷に身分を落とすのと変わらない。

破滅へと半歩分踏み出す感覚。ラザルスは熱で浮かされたように視線を上に持ち上げて、

「もう片方は、どうしようか。しまったな、もう少し手持ちがあれば良いんだが」

「ラーザルスさーん！　これどうぞ！」

「む、お、キースか。それ、どうした」

キースが手に持っていたネックレスを差し出した。大粒の真珠がたっぷりとあしらわれたネックレスは、百ポンドに釣り合うほどに高価そうだが、明らかに女物だ。

「さっきそこで、気の良《い》いご夫人からお借りしました」

「お前、本気でいつか刺されると思うが、今だけは感謝してやるよ」

ラザルスは受け取ったネックレスをもう一枚の10カードの前に置く。

これでテーブル上のゲームは六つ。カードが配られ、それぞれ20、20、19、19、20、20。全てに百ポンドもの大金が賭けられ、並行して六つの賭けが行われている。

賭場の人間も、遊びにきていた客達も、それを食い物にしようとしていた賭博師達も、全員がその卓の行方をじっと見つめていた。

つまり、このゲームに決着をつける、ディーラーの伏せ札を。

「………なるほど。確かに、派手で、良《い》い賭け方ね。でも、分かっているのかしら。私のアップカードはAよ。そして貴方《あなた》は自分で10カードの束を作った」

フランセスが細い指で、とんとんと伏せられたカードを叩《たた》く。

「これが10だったら、貴方《あなた》は破滅よ?」

「いいや、それは10じゃない。そしてこんだけ金を掻《か》き集めれば、十分に致命傷だ。10じゃないから俺の勝ちだ」

きっとな、と付け加える。

そもそも他人が触れているカードに、横から囁《ささや》きかけるだけでどうにかカードを揃《そろ》えたのだ。ラザルスの技術が完璧だったならばフランセスのアップカードにAが来るはずはないし、19といった半端《はんぱ》な合計の手札もなかっただろう。

気がつけば店内は静まり返っていた。じりじりと蠟燭《ろうそく》の灯心が炙《あぶ》られる音が嫌に耳に響く。

フランセスはカードを捲《めく》るために指をかけてから、少し震えた声で聞いてきた。

「貴方《あなた》は負けるし、そうしたら貴方《あなた》に会うのはこれで最後だから聞いておきたいことがあるのだけれど」

「俺は勝つし、お前は再就職先を見つけるのが大変だと思うが、答えてやるよ。何だ？」

「さっき、貴方《あなた》、賭博師の三つの決まり事っていっていたじゃない。『負けない』『勝たない』その二つは聞こえたし、納得したの。でも最後の一つを貴方《あなた》はさっき誤魔化《ごまか》していたから、それが気になって」

「………あぁ、それか。聞いてたのかよ」

話したことなかったか、とラザルスは内心で静かに驚く。

養父に教わった三つの決まり事はラザルスの生き方そのものといっていい程に重要なものだ。

長い間一緒に暮らしていたというのに、その重要なものの話を一度もしていなかったらしい。

聞かれなかったからな、とラザルスは自分に言い訳をしたが、考えてみればラザルスもまたフランセスがどう生きてきて、何を思って生きているのかを知らない。聞かなかったからだ。

そんな繋《つな》がりだったのだ。

ラザルスはもう今更気を張ってもどうしようもないと、身体から力を抜いて椅子の背に深く寄りかかった。

「清教徒《ピューリタン》の連中に聞くまでもなく、賭博は倫理的に正しくない行為だ。『神の意思を試すことなかれ』。俺たちの神様は賭け事が大嫌いだし、賭博師だって大嫌いだろうよ」

子供だった自分の見た、養父の泣きそうな顔を思い出す。

「だから、三つ目は『祈らない』、だ。俺たちは進んでこの道に踏み込んだ。だから神様に祈っちゃいけない。祈った奴《やつ》は、それこそ天罰が下る」

「なるほど。良《い》い言葉ね」

そう答えて笑ったフランセスは、今日初めて心の底から、打算なく笑っているように見えた。

一瞬だけ二人の間で笑みが交わされ、すぐに消える。

「俺が勝つぞ」

「私が勝つわ」

残された言葉は既にお互いへ向けられたものではなく、単なる宣言だった。

次に捲《めく》ったカードが10か否《いな》か。たったそれだけの行為で、ラザルスかあるいはこの賭場が終わりを迎える。

空気の軋《きし》む音すらも聞こえるような緊張の中でフランセスの指が、今度こそカードをしっかりと摘《つま》み――

「もう沢山だ!!」

銅鑼《どら》声《ごえ》が空気を破った。

帝都に自分とフランセスしかいないような気分になっていたラザルスは、夢から覚めたように顔を上げた。フランセスもまた、咄嗟《とっさ》に摘《つま》んでいたカードを下ろしながら声の主を見る。

バックヤードから大柄な男が出てくるところだった。

身長は高くないが固く太った身体と、鑿《のみ》で刻んだような顔立ちの人物である。人間というよりは二足歩行の雄牛という感じのその人物の名前を、この場にいる人ならば誰もが知っていた。

賭場の誰かが、彼の名前を囁《ささや》く。

「ブルース・クォーター……」

「もう沢山だ！　誰がこんな見世物をしろといった！　ここが誰の店だと思っている！」

「今はお前の店だけど、丁度カード一枚でお前の店じゃなくなるところだ」

赤色を通り越して青紫に染まった顔で怒り狂うブルースに、ラザルスはにやにやと笑ってみせた。ぎょろりとブルースはラザルスを睨《ね》め付けてくる。この場でぶん殴られるかと思ったが、ブルースは驚異的な自制心を発揮してその拳を握り締めるに留《とど》めた。

「ラザルス・カインド……！」

「お前に名前で呼ばれるのはぞっとしないな。どうぞ、〝ペニー〟カインドと呼んでくれ」

「ついてこい」

ぎりぎりと引き絞った歯の隙間からブルースはそうとだけいった。うっかり口を開いたらのど笛に嚙《か》み付いてしまいそうな気分なのだろう。

ブルースが足音を踏み鳴らしながらまたバックヤードへと消えていく。

客も従業員も、ばっさりと断ち切られた賭博の行方に戸惑ったように顔を見合わせていた。

「あぁ、そういうこと」

フランセスは呆《あき》れた鼻息を鳴らしながら呟《つぶや》く。真っ先に状況を把握したのは彼女だった。ただし、最初からこうなると予想していたラザルスを除いて、だが。

「まぁ、こうなるよな」

「贋札絡《にせさつがら》みのトラブルね。それで、貴方《あなた》の好きな子が連れ去られた。でもブルースにとってはそれほど優先度が高くない。そういう感じの事情なのね」

「『惚《ほ》れた女』、はお前への当て擦《こす》りだぞ？」

「そうかしら？　でも、そうよね。きっとその連れ去られた子は『状況的に白と断定できないから、潰《つぶ》しておいても損はない』。そのくらいなのかしら」

「ご明察」

ラザルスは立ち上がった。ブルースが前に出てきてああ叫んだ理由をはっきりとラザルスは分かっている。

割に合わないのだ。

ブルース・クォーターは商売人である。即《すなわ》ち彼にとって最優先なのは彼の利益であり、紙幣の偽造も、贋札《にせさつ》の符丁を流出させた疑いのあるリーラを回収することも、その手段でしかない。更にいえばリーラを実際には疑っているというほどでもないのだろう。潰《つぶ》しても損がない怪しげな人物だから、潰《つぶ》しておく。それだけだ。

今のゲームでフランセスが負けていたら、金貨六百枚以上の金額の損が生まれた。割に合わない。実際にはどちらの賭博師が勝つかは半々ほどの確率だっただろうが、『ちょっと怪しい奴隷を一人捕まえる』と『賭場の権利を手放す必要があるほどの損が生まれる』では全く天秤《てんびん》が釣り合わないのだ。

派手な賭け方をラザルスが選んだのも当然のこと。六つもスプリットをして金貨や権利書が積み上げられる様子は、さぞかし視覚的にブルースへと圧迫感を与えたことだろう。

フランセスが胸元を手で扇《あお》ぎながら溜《た》め息《いき》を零《こぼ》す。

「呆《あき》れた。あれだけ見栄《みえ》を張っておきながら、結局勝つつもりも負けるつもりも、賭博で決着をつけるつもりがなかったんじゃない」

「お前は俺を負かせば勝利だったが、俺はそうじゃなかった。それだけの話だろ」

ラザルスは伸びをしながら答える。半々の確率で賭場が潰《つぶ》れるような事態になるならば、ブルースは決着がつく前に奴隷の返却を選ぶだろう。そうなることは分かっていた。

フランセスが、ドレスのポケットから一枚のハンカチを取り出す。何をするのかと思えば、彼女は卓上で伏せられていたAの隣のディーラーのカードを、裏にしたまま持ち上げると、ハンカチでくるりと包んだ。近くに置かれていた蠟燭《ろうそく》を摘《つま》み上げて、一カ所に纏《まと》めたハンカチの端を蠟燭《ろうそく》によって留める。

ひら、とハンカチで隠された最後のカードがフランセスの指の中で振られた。

「醒《さ》めちゃったわ。どうなったかは、また今度会った時に確かめましょ」

「次会う時は、お前がディーラーじゃない場所で会えるようにするよ」

「あら、貴方《あなた》の真面目な顔が見られるのだから、こっちの席も悪くなかったけれどね」

勘弁してくれ、とラザルスが首を振る前でフランセスは颯爽《さっそう》と賭場から出て行った。聖書の預言者が海を割ったように、彼女の足取りを誰も遮ろうとしなかった。

「ジョン、金貨十枚と、ステッキと権利書とかだけ回収しておいてくれ。キース、ネックレスを丁重に返しておいてくれ」

ラザルスはそれだけ言いおくと、バックヤードへとブルースを追っていった。


後ろ暗い奴《やつ》は地下に潜りたがるのは何故《なぜ》なのだろうか、と黴臭《かびくさ》いブラック・チョコレート・ハウスの地下へと続く階段を下りながらラザルスは考えた。

勿論《もちろん》そこには当局の監視の目を逃れるためだとか、中で行われる行為による悲鳴や罵声《ばせい》を外に響かせないためだとか、色々と実利的な理由が存在しているのだろう。

が、そこにはそれだけでなく、例えば賭博師が『賭博師は祈らない』という決まり事を自らに課すような、どこか自虐的な感情が混じっているような気がした。

地下に降りる際には多くの感情が籠《こも》った視線を従業員達から向けられたが、しかしこの場で何かをされるという心配はなかった。

ブルースはどすどすと足音をさせながら進み、一つの部屋の前で止まった。

そこはそれまで並んでいた扉とそう変わらない扉の前だったが、よく見れば鍵は外側からかけるように作られていて、扉の縁は鉄によって補強された頑丈なものだった。

ブルースが開けた扉を潜って、ラザルスは室内に入る。

小さな部屋だった。調度と呼べるものは朽ち果てて薪《まき》になる直前という感じのベッドだけで、それ以外には部屋の片隅にマグカップが一つ置かれているのみ。部屋に相応《ふさわ》しくない、客用の綺麗《きれい》なマグカップの中ではすっかり冷め切ったチョコレートが泥のような水面を覗《のぞ》かせていた。

そしてその部屋の隅に蹲《うずくま》った人影が一つ。

ラザルスは何かをいおうとして反射的に口を開いてから、慌ててそれを閉じた。何か、であって自分でも何をいうか分からなかったからだ。一つ呼吸をしてから、さも散歩の途中に寄ったような詰まらない顔で鼻を鳴らす。

「何だよ、折角差し入れたのにチョコレート飲まなかったのかよ」

「………?」

リーラはゆっくりとした動きで顔を持ち上げた。褐色の頬は少し痩《こ》けていた。

懐《なつ》かしい顔だ、と少し思う。懐《なつ》かしむほどの期間を彼女と過ごしていないが、ラザルスの記憶にある新しい彼女の顔とははっきりと異なった死んだような表情で、その違いが分かるということがラザルスとの生活が彼女を変えていたという証左だった。

リーラは何も返事をしなかった。どころか殆《ほとん》ど感情が動いていない。

きっと彼女の生きて来た人生ではこういう状況が幾度もあったのだろう。即《すなわ》ち、彼女に対して都合のいい助けが現れる『幻覚』を見るような機会が。

「……全く」

ラザルスはつかつかと歩み寄って、彼女の手を握った。

「ほら、立てよ。帰るぞ」

「………あ」

裏路地の煉瓦《れんが》のように冷えきった手だった。ぞっとしたラザルスが、体温の伝わるように強く握ると、リーラの目蓋《まぶた》がひくりと動く。

ラザルスの込めた力に応えるようにリーラの指が握り返してきて、ゆっくりと彼女が目を見開く。嘘《うそ》ではないことを確かめるために頻《しき》りに視線が走り回り、最終的にラザルスと目線を合わせてぴたりと止まる。

「あ、あ、あぁ」

リーラは立ち上がろうとして、しかし足を引っかけて転ぶ。ラザルスの腹へと突っ込んできて、それを受け止めたが、緊迫した賭博によって疲れていたのだろう。ラザルスも纏《まと》めて後ろへとひっくり返った。

次の瞬間に上がった声を、ラザルスは誰のものだか咄嗟《とっさ》に分からなかった。

「ぁ、あああああ！　あああぁぁっぁあああああああっ！」

腹の辺りで声が爆発して、同時にラザルスの身体にぎゅっと細い腕が回される。リーラが泣いているのだと理解したのは倒れたまま視線を下ろして、彼女の泣き顔を見てからのことだ。

ラザルスはリーラの声を初めて聞いた。

お世辞にも、綺麗《きれい》な声ではなかった。薬によって焼かれたのだ。彼女の声はざらついて、濁り、人間の声というよりはもっと原始的な音という感じだった。

が、それを聞いてラザルスは嫌な気分はしなかったし、もっといえば安心していた。間違ってもそんな顔を表に出す訳にはいかないので、厳《いか》めしい顔をどうにか保ったが。

「…………なんだよ、思ったよりも元気じゃんか」

「あぁああ！　あああ！　ぁぁあああああああああ！」

「落ち着けっての、全く」

少しでも隙間を空けたらまた離れ離れにさせられる、というようにリーラは必死になってしがみついてくる。

ラザルスは億劫《おっくう》そうに首を振ってから、彼女の頭に手を伸ばした。もう彼女はその手に怯《おび》えることはなくて、頭を撫《な》でてやるとやがて彼女は落ち着きを取り戻していった。それには、長い時間が必要だったたが。

そして、落ち着いた途端にリーラはあっさりと意識を失った。

考えてみればもう夜明けの近い時間帯であり、賭博師として徹夜慣れしているラザルスならばともかく、若い少女の起きている時間ではない。

目の下に残っている隈《くま》からして、こちらにいる間に眠ることも出来なかったのだろう。目の下を擦《さす》ってやると、彼女は目を閉じたままくすぐったそうに身じろぎをした。

「というか、人の服に顔押し付けて好き勝手に泣きやがって。一張羅がぐっしょぐしょじゃんかよ」

ぶちぶちといいつつ、ラザルスは眠りながらも服の裾を握り締めているリーラの指が離れないように、彼女を抱き上げるようにして身体を起こす。

「で、満足か」

「何だ、まだいたのかよ。覗《のぞ》き見《み》とは趣味が悪いな」

抱き上げたまま振り返れば、そこには腕組みをしたブルースがいた。どうやら話しかけるタイミングを窺《うかが》っていたらしい。彼は鼻息も荒く、

「この私の顔に泥を塗ったのだ。精々、夜道に気をつけて暮らすんだな」

「どんだけ古典的な脅しだ。それに、俺がお前の立場ならそんなことはいわないがな。むしろ俺のことはこれから丁重に馬車で家まで送るし、当分の間俺にトラブルが降り掛からないように陰に日に気を遣うし、何だったら美味《おい》しい食材をたっぷりと俺の家に送るぞ」

「…………気でも狂ったのか？」

何故《なぜ》自分の店でトラブルを起こした奴《やつ》にそんなことをしなければならないのか、とブルースの表情が語っている。

「決まってるだろ。今日の客の中には記者だっているだろうし、今日の夜のことは明日のどこの新聞も取り上げるから、さ」

実際にいるかどうかをラザルスは把握していないが、いるに違いないとは思っていた。帝都の噂《うわさ》の巡りの早さは凄《すさ》まじいものがあるのだ。仮にいなくとも誰かが必ずこれを記事にして雑誌に持ち込むのだから、結果としては変わらない。

「暇人どもがこぞって噂《うわさ》の的にするだろう俺が、どっかで近いうちに殺されてみろ？　次の日の新聞の見出しはこうだ。『少女を巡る陰謀！　ブルース・クォーターによる残虐なる復讐《ふくしゅう》劇《げき》！』」

「む、ぬぅ………！」

「どころか、お前が殺さなくても、俺らがそこら辺で変なもの食って食中毒を起こして死んだだけで、似たような記事が一面を飾るぞ」

そうなったらブルース・クォーターの経営する多くの賭場がどうなるかなど語るまでもない。

当分の間、ブルース・クォーターは絶対にラザルスに手を出すことが出来ない。そして『当分』が過ぎた後には贋札《にせさつ》とその符丁に関するトラブルは解決するか、あるいは解決出来ずにブルース・クォーターは失脚するだろう。どちらにしろ、ブルースがリーラを狙う利益がなくなるか、狙うどころの話ではなくなる。

経営者であるブルースは当然のようにそのことに気付いた。彼にへらりと笑ってみせる。

「いやぁ、困ったなぁ。今日は利益が出なかったからなぁ。これじゃ、俺は金がなくってそこら辺で鉛白《えんぱく》入りのパンを食って、鉛中毒で死んじまうなぁ」

「こ、の………！　足下を見おって！」

歯を食い縛っていると益々《ますます》牛のように見えるブルースが、ラザルスを見ている。

「何の何の。金貨六百枚に比べれば安いもんさ」

ふと思い出してラザルスは付け加えた。

きっとロンドン塔のライオンの檻《おり》に手を突っ込んで楽しむ奴《やつ》というのは、こういう気分に違いない。

「食材をくれるついでに、お前のところのやたらと美味《うま》いワイン煮のレシピ教えてくれよ」

終　困った時に選ぶべき一つのこと

「めでたしめでたし、世はことも無し。ハツカネズミが来て物語はおしまい、となってくれれば良かったんだが――」

帝都に暮らしている人間は大抵碌《ろく》でなしだし、何をして暮らしているんだか分からないような人間が大半で、更にいえば飢えた狼《おおかみ》よりも新鮮な噂《うわさ》に貪欲《どんよく》である。

だからラザルスが起こした一件は、流石《さすが》に全ての新聞で一面を飾ったとはいかないが、主にゴシップ系の新聞や雑誌で広く取り上げられることになった。

そうでこそブルース・クォーターに対する牽制《けんせい》になり得るとラザルスは利用したのだが、

「――まさか、ここまでとはなぁ」

溜《た》め息《いき》を零《こぼ》して、眼前の手紙の山を突《つつ》いた。

一人用のテーブルの天板が見えなくなるほどに積み上がっていた手紙は、軽くついただけであっさりとバランスを崩し、床にばさばさと落ちる。

「…………！」

リーラが手紙を慌てて拾っているが、ラザルスは面倒になって椅子に寄りかかってぼんやりとしていた。

帝都は噂話《うわさばなし》が大好きだったが、それはラザルスの予想を超えていた。

「どんだけ暇なんだよ帝都の連中……」

夥《おびただ》しいほどのその手紙の山は、全てラザルスへの招待状だ。送り主は賭場であったり、知り合いの賭博師であったり、知らない賭博師だったり、どこかのクラブハウスであったり、あるいは貴族であったりと様々だが、その内容は決まっている。

要は、一躍時の人となったラザルスと同じ卓につきたいのである。

勿論《もちろん》手紙の送り主達に悪意がないことは分かっているのだが、それはそれとしてラザルスは別に社交的な性格ではない。

ちょっとした名鑑が作れそうなほどに連なった手紙を見ればもう億劫《おっくう》さしか感じず、リーラが一生懸命に拾うのが面白いので、彼女から見えないようにラザルスは床へとしばらく手紙を撒《ま》いていた。

「………？」

全部の手紙を拾ったと思ったら、ラザルスがひっそりと撒《ま》いた手紙がまだ床に落ちているのを見て、リーラが首を傾《かし》げる。ラザルスは笑いを噛《か》み殺しながら、

「問題は収入がなくなったことだ」

何せ新聞は大袈裟《おおげさ》にラザルスの勝ちを書き立てたし、それでなくとも賭場を潰《つぶ》す寸前まで追い詰めたのは、様々な枝葉末節《しようまっせつ》を省いていえば事実なのである。

今ではどこの賭場に向かってもラザルスは入った瞬間に経営者側からマークされるし、まともな賭博など出来るはずもない。客とてラザルスを知っているのだから、ラザルスに興味を持って近付いてくることはあれ、きちんと勝負はしてくれない。

「この前の稼ぎは、流石《さすが》にブルースの顔を立てるために置いてきたしなぁ」

あの時、ブルース・クォーターはきちんと、計算高く賭けの真っ最中に声をかけてきた。

あの時点では賭け金は宙に浮いた状態で、正確にはどちらの持ち物でもなかった。ラザルスが持ち帰ってもいいとも見られるのだが、あれだけ目の前でおちょくったのだから、それ以上逆なでするのは得策ではないと百枚以上の金貨は丸々置いてきてしまった。

「金貨と、出てきた貴金属と、しばらくは食い繋《つな》げるだろうが、その先はどうするか」

『ごめんなさい』

「まぁ、仕方のないことだろ。悪いと思うなら、今度かっぱらってきたレシピのワイン煮作ってくれ」

ラザルスは手紙を山ではなく塔のようにどこまで積み上げられるか挑戦しながら、今後のことにぼんやりと思いを馳《は》せた。

自分一人なら先のことなど考えなかったし、考える必要がある状況に陥りもしなかっただろう。そのことに不安感を抱くが、さほど嫌いな感覚ではなかった。

「一番手っ取り早く解決するなら、旅行でもするか。帝都以外ならマシというか、まだあんまり話が広まってないだろうし」

『どこへ、ですか？』

「バースっていう街があるんだがな、そこの儀典長って職業を賭博師がやってるんだ。街を挙げて賭博を推奨している奇特な街らしいから、そこが良《い》いかもしれないな」

帝都から馬車で一日程度と、遠くないのも実に良《い》い。

思いついてしまうと、新しい土地で心機一転というその発想は拭《ぬぐ》い去り難《がた》かった。幾ら手出しをされないとはいえ、これからの生活をブルースに睨《にら》まれながら続けるのも面倒だ。一旦旅行してほとぼりを冷ませば、また帝都で賭博師として暮らしていけるようになるだろう。

「因《ちな》みにバースは温泉街としても有名だぞ。温泉、知ってるか？」

『？』

「地面から熱いお湯が湧いてんだよ。そこに浸《つ》かると怪我《けが》だの病気だのが治るってんで、暇な貴族達がよく通ってるな」

『どう、でしょうか？』

「………地面の下にはドラゴンがいて、そいつの息吹《いぶき》でだな」

ラザルスは温泉が湧いてくる仕組みを知らなかったので、適当に応えた。リーラは、今にも地面を突き破ってドラゴンが出てくるというような動きで、つま先立ちになる。

「まぁ、問題があるとしたら」

頬杖《ほおづえ》をついて、ラザルスは目を細める。

「お前を連れて行くかどうかだ。折角河岸《かし》を変えても、お前は目立つからな。お前を連れて行ったら、俺が〝ペニー〟カインドであることも、この前の騒動も必然的に知られるだろう。連れて行かなきゃ、まぁ多分バレないはずだ」

目の前で餌を取り上げられた犬は、きっとこんな顔をするに違いない。リーラの顔には一瞬裏切られたというような失望感と悲哀が浮かんで、それから、そんな感情を抱いたことを恥じるように服の裾を握って俯《うつむ》いた。

会った頃から比べれば随分と表情豊かになったものだ。

ラザルスは空とぼけた調子で肩を竦《すく》め、いつものソブリン金貨を取り出す。

「そうだな。表が出たら連れて行こう。裏が出たら置いていく」

「…………」

ラザルスは指に金貨を挟んでリーラの前で揺らした。どちらかが出ることを彼女は切望して視線を上げ、しかしその感情を表に滲《にじ》ませまいと必死になっている。趣味が悪いことを自覚しながらも、そうして彼女に表情を浮かべさせるのは楽しい。

ラザルスはにやりと笑って、

「ほら」

無造作にその金貨をリーラの手へと押し付けた。

「さ、善は急げ、だ。旅の準備をしにいくぞ」

「…………？」

投げないのかとリーラは首を傾《かし》げて、彼女がそうしていることを感じながらラザルスはさっさと歩き始めた。

訝《いぶか》しげにリーラが金貨を手の中で弄《いじ》る気配がする。彼女は指先で重たい金貨を摘《つま》んで、表と裏を眺め、

「…………！」

両面に描かれたエリザベス女王の顔に目を見開いた。エリザベス女王の描かれた面は表であり、即《すなわ》ちこのコインは両方が表だ。

「困った時にやるべき事は、いつもあらかじめ決まっているのさ。ほら、置いていくぞ」

ラザルスが声を掛けると、リーラは笑顔を浮かべ、それから不満を表明するように頬を膨らませた。

あとがき

皆様はじめまして。まずは拙作を手に取って頂いた読者の方々に多大な感謝を。あなたの本棚の彩りの一助になれば、これほど嬉しいことはありません。

さて、この小説は歴史系フィクションです。

基本的には十八世紀末のイギリスの文化をなるべく忠実に書いていますが、フィクションの都合上、自覚的にであれ無自覚的にであれ史実に沿っていない部分があります。主に鬘《かつら》とか。偏《ひとえ》に私の筆力の不足から来るものですが、御寛恕《ごかんじょ》頂ければ幸いです。

そしてあとがきのこの場を借りて、実在の人物を元に改変した部分だけ簡単に触れておこうと思います。若干のネタバレを含みますので、あとがきを先に読む方はお気をつけ下さい。

まずジョン・ブロートン。元ネタはジャック・ブロートンという十八世紀中葉に活躍したボクサーです。ブロートン・コードと呼ばれるボクシング史上初めてのルールを一七四三年に制定した方でもあります。多分この小説の世界だとジャック・ブロートンは実在しません。

次にフランセス・ブラドック。元ネタも同じ名前で、一七五〇年頃にバースという街で活躍していた女性の賭博師です。史実だと資産家の父親が死に、妹とともに多額の遺産を受け継ぎましたが、賭博での失敗から二十三歳で自殺をしました。

また、作中ではオペラ椿姫《つばきひめ》が実際の事件として取り扱われています。椿姫自体、版によって時代設定が異なるのですが、初期のものを採用して十八世紀に椿姫がいたことになっています。大きなところは多分これくらい、のはずです。きっと。何か抜けていたら紙幅が足りなかったものということで一つ。

以下謝辞です。

全くの新前である私を担当し、親身なアドバイスをくださった編集の阿南《あなん》様。十八世紀らしい服装という無茶ぶりに、美麗なイラストで応えて頂きましたニリツ様。素敵な推薦コメントを賜りました、鎌池和馬《かまちかずま》様、三木一馬《みきかずま》様。趣味をありったけ詰め込んだこの作品を推してくださった選考委員の方々。突然小説の新人賞を取ったよ等と言い出して大変困惑させた家族。愚痴やら妄想やら変態発言やらに根気強く付き合ってくれた友人達。

そして、ここまで読んでくださった読者の皆様にもう一度、ありったけの感謝の言葉を捧げたいと思います。

まだまだ未熟な身であり、頂いた賞の重みにすら怯える有様ですが、今後とも精進してく所存です。またの機会がございましたら、是非ともよろしくお願い致します。

二〇一七年二月吉日　周藤蓮《すどうれん》

◉周藤　蓮著作リスト

「賭博師は祈らない」（電撃文庫）

本書に対するご意見、ご感想をお寄せください。

電撃文庫公式ホームページ 読者アンケートフォーム
http://dengekibunko.jp/
※メニューの「読者アンケート」よりお進みください。

ファンレターあて先
〒102-8584 東京都千代田区富士見1-8-19
アスキー・メディアワークス電撃文庫編集部
「周藤 蓮先生」係
「ニリツ先生」係

初出 ……………………………………………………………………………………

本書は第23回電撃小説大賞で《金賞》を受賞した『賭博師は祈らない』に加筆・修正したものです。

……………………………………………………………………………………………

電撃文庫

賭博師《とばくし》は祈《いの》らない

周藤《すどう》 蓮《れん》

発　行　2017年3月10日　初版発行

発行者　塚田正晃
発行所　株式会社KADOKAWA
〒102-8177　東京都千代田区富士見2-13-3
プロデュース　アスキー・メディアワークス
〒102-8584　東京都千代田区富士見1-8-19
03-5216-8399（編集）
03-3238-1854（営業）
装丁者　荻窪裕司（META＋MANIERA）
印刷・製本　旭印刷株式会社

ISBN978-4-04-892665-2　C0193　Printed in Japan

電撃文庫　http://dengekibunko.jp/
株式会社KADOKAWA　http://www.kadokawa.co.jp/

電撃文庫創刊に際して

文庫は、我が国にとどまらず、世界の書籍の流れのなかで〝小さな巨人〟としての地位を築いてきた。古今東西の名著を、廉価で手に入りやすい形で提供してきたからこそ、人は文庫を自分の師として、また青春の想い出として、語りついできたのである。

その源を、文化的にはドイツのレクラム文庫に求めるにせよ、規模の上でイギリスのペンギンブックスに求めるにせよ、いま文庫は知識人の層の多様化に従って、ますますその意義を大きくしていると言ってよい。

文庫出版の意味するものは、激動の現代のみならず将来にわたって、大きくなることはあっても、小さくなることはないだろう。

「電撃文庫」は、そのように多様化した対象に応え、歴史に耐えうる作品を収録するのはもちろん、新しい世紀を迎えるにあたって、既成の枠をこえる新鮮で強烈なアイ・オープナーたりたい。

その特異さ故に、この存在は、かつて文庫がはじめて出版世界に登場したときと、同じ戸惑いを読書人に与えるかもしれない。

しかし、〈Changing Times,Changing Publishing〉時代は変わって、出版も変わる。時を重ねるなかで、精神の糧として、心の一隅を占めるものとして、次なる文化の担い手の若者たちに確かな評価を得られると信じて、ここに「電撃文庫」を出版する。

1993年6月10日
角川歴彦